GILBERTS UNGLAUBLICH UNGLAUBWÜRDIGE ABENTEUER

FSC
www.fsc.org
MIX
Papier aus verantwortungsvollen Quellen
Paper from responsible sources
FSC® C105338

Impressum
1. Auflage
ISBN 978-3-754-67504-5

Lektorat: Andrea Wendl
Layout, Satz & Karte: Georg Jonder
Coverillustration: Marija Tiurina
Schriften: Fraunces, Adobe Caslon Pro

Voltmannstr. 102b, 33619 Bielefeld
www.kronenwuerger.de

Herstellung und Druck über tolino media GmbH & Co. KG, München.
Printed in Germany

GILBERTS UNGLAUBLICH UNGLAUBWÜRDIGE ABENTEUER

Ein Roman von Georg Jonder

Gebietskarte

— Ostgrasland —

Langweil

— Kapitel 1 —

Grasland. Wir befinden uns im späteren Fantasy-Mittelalter. Diese Geschichte erzählt aus dem Leben von Gilbert, Abenteurer, Ritter – beides selbsternannt – und seinem unverhofften, doch willkommenen Kampf zur Rettung der Welt. Aber dazu später mehr.

Schon in den frühen Jahren seiner Kindheit hatte er versucht, sein Können auf die Probe zu stellen, indem er sich zugunsten seiner leidtragenden Umgebung stets auf die Suche nach der nächstgrößten Gefahr begab. Vermeintliche Monster stellten sich dabei meist als besonders große Schnecken oder fälschlicherweise als solche identifizierte Kotwürste heraus. – Nichts, was ihn abgehalten hätte.

Und so hatte es sich eines Tages zugetragen, dass seine Eltern beim Anbau von Mungobohnen wieder einmal ihre

Aufsichtspflicht vernachlässigten. Dem Brauche nach befestigten sie daran kleine gelbe Zettelchen, mit aufgemalten Schaubildern von Harnröhrenentzündungen – und ja, nicht jede Tradition ist sinnvoll. Jedenfalls war der kleine Gilbert bei einem jener Abenteuerversuche ungesehen einen Berghang hinuntergefallen, wo er in einem abgelegenen Waldstück landete. Dort war er von einer Herde graugestreifter Ameisenbären aufgenommen worden und ihm wurde die Gabe zuteil, mit ihnen zu kommunizieren.

Leider war diese Gabe vollkommen nutzlos gewesen, da es sich um die letzte Herde graugestreifter Ameisenbären gehandelt hatte, und bei seinem Auffinden drei Wochen später ebendiese von einer Gruppe Vertreter auf Wildschweinjagd verspeist wurde.

Und wie es zu jeder guten Fantasygeschichte gehört, so wurde dereinst Gilberts Vater von einem übelriechenden, garstigen Drachen gefressen, als er gerade einmal achtzehn Jahre alt gewesen war. – Ja, Gilberts Vater war früh potent gewesen und hatte viele Kinder kreuz und quer in ganz Grasland gezeugt. Ob mit Ziegen, Ogerfrauen oder schlüpfrigen Wassernymphen – die übrigens einen grauenvollen Kleidergeschmack vorwiesen, was die Wahl der passenden Unterwäsche anbelangt. (Wer mag schon Miederhöschen, und nach wie vielen Schokoladenschnittchen reift die Erkenntnis, dass der Kauf eine Fehlentscheidung war?) So gab es Bastarde über Bastarde. „Gilberts Vater, der Schänder“ ward er mit einem geschmacklosen Augenzwinkern in aller Herren Länder nur genannt. Eine Legende, um die sich viele Legenden rankten und für den ein oder anderen exzentrischen Therapeuten der Grund für Gilberts früh ausgebildeten Abenteuerdrang und all die weiteren Probleme, über die er nicht sprach.

Gilberts Mutter machte das Gebaren seines Vaters nicht viel aus, denn sie wechselte zu seinen Lebzeiten zum Kult der masturbierenden Mönchskuttenträger von Maulbeertal-Bergburg und vereinte dadurch Ruhe und Gelassenheit in sich. – Und aufgrund ihrer schlechten, grünlich-schmerzenden Zähne, wegen derer sie sowieso nicht viel sprach. So wuchs Gilbert bei und mit seiner Mutter (wobei auch sie damals erst siebzehn Jahre zählte) in dem kleinen, moosbehangenen Holzhüttchen am Waldesrand auf.

Gilbert war ein junger Mann Anfang Mitte Ende zwanzig, als er sich auf sein erstes, großes Abenteuer begeben sollte. Dieses nahm seinen Anfang, als er, über Auen tollend, dabei die Schafe trollend – diese auf Rache grollend stets sein Ende wollend – und nach Hause zum Abendessen sollend, im Graben bei den Feldern ein Kettlein fand. Es war eine schnörkelige, vermutlich edelsteinbesetzte Kette, darin eingefasst ein großer Stein, der im Lichte der untergehenden Sonne rot schimmerte – denn er war sehr rot. Da Gilbert sich in seiner sozialen Geschlechterrolle im Übermaß gefestigt sah, hängte er sie sich an seinen Gürtelbund und schritt gen Haus. MUTTER UND GILBERT stand auf dem Schild neben der Tür, welches mal ein Schneidebrettchen gewesen war, bis Gilberts Mutter sich beim Maisschälen zwei Finger und ein Ohrläppchen damit abgetrennt hatte. Er klopfte und trat ein.

Von innen wirkte die Wohnung etwas größer. Sein Blick schweifte über die Feuerstelle mit angefachtem Osterfeuer, vorbei an Säulengängen, bis hin zur Ahnenhalle.

„Mutter! Ich bin wieder zu Hause!“ Der Marmor hallte wie eine Antwort auf seine Schritte. Gilbert benetzte sein Gesicht mit etwas wohltemperiertem Wasser aus dem kleinen Eckspringbrunnen in der Galerie. Als er noch jünger gewesen war, hatte er sich geschworen, dass er es eines Tages zu Ruhm und Reichtum bringen und aus diesen ärmlichen Verhältnissen entfliehen werde. Noch wusste er nicht, dass ihm diese

Möglichkeit bald geboten werden würde. Das Wasser aus dem Brunnen fühlte sich samtig an, wie eine Feuchtigkeitslotion – und zwar nicht irgendeine vom Discounter, nein! Sondern wie eine von den Guten aus diesen Naturkosmetikläden, in denen man beim Eintreten immer gleich seltsam angesehen und vom Verkaufspersonal gefragt wird, ob man etwas Bestimmtes suche. Als hätte man sich aus Versehen in den Laden verirrt und fände nicht wieder allein hinaus. Und man fragt sich nur, wer zur Hölle in den Zielgruppenraster dieser Läden fallen könnte.

„Gilbert, bist du das?" Eine verhutzelte, ganz in Seide gehüllte Frau kam bedächtig – oder einfach nur langsam wegen der Schmerzen im unteren Rücken – den samtenen Teppich entlanggeschlurft.

„Ja, Mutter, ich bin's!", antwortete Gilbert und verdrehte die Augen. „War ja auch nicht schwer zu erraten; immerhin bin ich der Einzige mit Schlüssel."

Es stimmte. Gilbert besaß den einzigen Haustürschlüssel und so wurde seine Mutter zu ihrem Verdruss regelmäßig von ihrem Sohn – mal beabsichtigt, mal unbeabsichtigt – ausgesperrt oder eingeschlossen. Es folgte ein langes Streitgespräch über das Für und Wider von Zweitschlüsseln (und die Kommerzialisierung der gesamten Schlossereiindustrie), sodass der Lachsschmorbraten in der Gästeküche – denn die eigentliche wurde gerade aufwendig saniert – kalt wurde.

Es war schon spät in der Nacht, als er ins Bett fiel und Gilbert daraufhin die Laken wechseln musste – denn wer hat schon gerne Lachs im Bett?

Als Gilbert nun so dalag, da dachte er an all die fantastischen Geschichten aus den Federn der Autoren Rheinbergen oder Uldrick, die ihm als Kind vorgelesen worden waren – von dem Seefahrer Odysseus oder Alexander, dem vielleicht nicht ganz so großen Eroberer. Wie gern würde er nicht auch solche

Abenteuer erleben, dass jeder, der da käme, sagen tät': „He, seht den Gilbert! Das ist ein wahrlich heldenhafter Abenteurer! Der sieht mehr Röcke von drunter als Latrinen! Es gibt keine Brust, die seine schöpfungsgleichen Hände noch nicht umschmeichelten! Brüste, ja Brüste! Brüste …"
Und so schlief er ein.

Ein Traum, eine verheißungsvolle Vision sollte Gilbert wecken, doch sie tat es nicht. Dessen statt übernahm diese Rolle der einbeinige Hahnerich, der zwar nicht der Familie gehörte, sie jedoch trotzdem eines jeden Donnerstages bei Tagesanbruch terrorisierte – so auch an jenem Dienstagnachmittag.
Gilbert war zerknirscht, so wie er da in seinem Bette hing, und warf seine Nachttischsonnenuhr ob des Störenfriedes. Doch diese flog gegen das Fenster, prallte ab, schnellte zurück und traf ihn vollen Schmerzes am Nasenbein, welches schon viele Fenster, Türen und sogar einmal die Schenkel einer ostbuckelbergischen Turmspringerin hatte aushalten müssen (doch das ist eine andere Geschichte), und nachgab.

„Verdammte Schei… Ooh… !", fluchte Gilbert, drückte sich die Decke an die Nase, was zu einer Kettenreaktion führte, infolge derer er aufgrund deckenlos kalt werdender Füße das Bett verlassen und in seine aus ausgelöffelten Eichhörnchen geschusterten Mockenwärmer schlüpfen musste. Diese hatte er eigentlich für seine Mutter aus dem Grund angefertigt, dass die Leute sie nicht dauernd wegen ihrer Füße beäugten, da sie es nicht einsah, sich häufiger als jeden ersten März des Monats die Zehennägel zu schneiden, was dann jedes Mal zu einem schlachtengleichen Kraftakt ausartete, dessen Einzelheiten man sich an dieser Stelle besser sparen möchte.

Seine Hörnchenschlappen trugen ihn – noch immer fluchend – in die Vorratskammer, wo er sich erst einmal einen großen Schluck Schwackelsburger Wolfsmet (in der alkoholfreien Variante natürlich) genehmigte, um den Eisengeschmack aus Mund und Nase zu befördern, gefolgt von einem Zwiebel-Mettbrot aus Bäcker Borris Knaus'rigem Kantinchen. Seine Nase war nun – so kam es ihm jedenfalls vor – etwas weniger symmetrisch als vorher.

Nach dem morgendlichen Ritual, welches darin bestand, den zerrupften Hausgeier drei Minuten lang mit einem Stock zu piksen, machte Gilbert sich fertig, weinte ob der Grausamkeiten, die er sich dabei an den Kopf geworfen hatte, machte sich anschließend fertig, rief, er sei dann mal weg, und schritt aus dem Haus.

Es folgt eine wundervoll detailverliebte Beschreibung der sonnendurchtränkten Landschaft, welche mit ihren grasbedeckten Hügeln und prächtigen Wäldern an Neuseeland erinnert. Im Hintergrund läuft eine fröhliche Melodie, die Aufbruchstimmung verspricht. Das ganze Programm eben.

Gilbert lebte in Langweil, dem südlichen Teil Graslands, nicht weit entfernt von Mohntal und den Bergen der siebzehn Mogren. – Ein verdammt bescheuerter Name für einen Haufen Steine, von dem niemand mehr wusste, woher er rührte, außer den vertrottelten Altvorderen, die ihn ersonnen hatten. – Neben allerlei Schaf- und Ponyherden gab es auch viel Politik, doch die war ihm mittlerweile reichlich egal.

Er schnappte sich einen auf dem moosigen Boden liegenden, modrigen Stock und stapfte damit durchs hohe Gras, hin und wieder auf dieses einschlagend. Durch die Länder ziehen und mehr Abenteuer bestehen, als an zwei Händen abzuzählen war – gewiss gefährlich, doch mit viel Gold und Ruhm und wuschigen Jungfrauen honoriert, welche zwar meist recht ungewachst waren, dafür jedoch wohlig dufteten, wie mit einem Eimer Mundwasser getränkt (und nicht etwa das Billige von

Zahnschmelz und Söhne). Das wäre der gelebte Traum, das Non-plus-ultra im Gefühlstaumel, die Klimax eines jeden –

„AUUUU!!" Jaulend sprang etwas Kleines, Wuseliges wild fuchtelnd und fluchend durch die Luft. Gilbert hatte es gedankenverloren mit dem Moderstock erwischt. „GENAU ZWISCHEN DIE AUGEN!"

„Nein, was bist du denn Ulkiges?!" Gilbert ging in die Knie, um das kleine Etwas besser beäugen zu können.

Ein pelziger Gnom setzte sich mit seiner winzigen, plattverrotzten Nase nicht einmal drei Fuß vom Boden ab (die großen, flauschigen Öhrchen mit eingerechnet). Das Auffälligste neben seiner Größe und Behaartheit – meine Güte, Gilbert wollte auch so einen Bart haben! Wer vermochte noch den Übergang zwischen Bart-, Nasen-, Brust- und Ohrenhaar festzumachen? – war seine kurze Hose mit aufgestickten Fichten. Getragen wurde sie nicht etwa von den schlabbrigen, viel zu langen Hosenhaltern, sondern von dem noch längeren, sich zwischen den Nadelbäumen abzeichnenden – meine Güte, er wollte … – lassen wir das. Gilbert war versucht, ihn anzufassen.

„ICH bin ein Hurtz! Genauer gesagt; der EINZIGE Hurtz." Der Hurtz rückte seine Frisur zurecht. Mancher hätte sie auch Vogelnest genannt oder versucht, darin Brombeeren zu finden. „Ein Hurtz geht allein, lebt allein und mag auch keine anderen Leute in seinem Waldstück."

„Oh, na so was." Gilbert begab sich (aus Kreislaufproblemen) wieder in die senkrechte Position. „Ich nenne dich Klein-Mann!"

„ICH HEISSE SCHMODRICK!"

„Wer schreit, der wähnt sich argumentativ im Nachtei– AH!"

Schmodrick sprang Gilbert vor Zorn an die Kehle und vergaß dabei seinen körperlichen Malus, bis Gilbert den Monchhichi-gleichen Wicht wie einen Jutebeutel, gefüllt mit beidseitig angespitzten Bleistiften, in die man die peinlichsten Doppelnamen der letzten Jahrgänge (wie Justice-Fly oder

Ann-Schmerbe) eingeritzt hatte, durch die Luft wirbelte und gegen einen günstig stehenden Baum klatschte.

„Okay, okay!“, stammelte der Gnom und rieb sich seine puschelige Stirn. „Bitte hab Erbarmen! Ich bin nur etwas grantig, weil ich auf der Jagd heute nichts außer ein paar Mandeln und anderen Nüssen erlegen konnte. So hab doch Mitleid mit dem armen, kleinen Schmodrick!“

Gilbert dachte auf seinem Weg durch den Wald noch eine Weile über die Worte des Kleinmannes nach, den er an dessen Hosenträgern an den höheren Ast eines Baumes gehängt hatte. *Ein seltsames Kerlchen*, sagte er sich und aß noch ein paar der Mandeln. *Mandeln sind doch gar keine Nüsse.*

Er war schon eine halbe Weile durch den frühlingshaften, grünen, und doch irgendwie verwunschenen Wald geeiert – vielleicht war es aber auch erst eine drittel Weile oder zwei siebtel Weilen; sein Zeitgefühl war nie das beste gewesen und seine Taschensonnenuhr hatte er zu Hause gelassen, weil die Mechanik defekt war – da trat er auf einen kleinen Waldschlag. (In Bezug auf den Wald sprechen wir hier übrigens von einem positiven *verwunschen.*) Umgeben von gleißendem Sonnenschein erblickte er eine Quelle. Das Becken war gefüllt mit kristallklarem Wasser, was bei den Kristallen aus Grasland dem Anblick einer dünnen Linsensuppe gleichkam.

Nachdem er sich auf einen partiell moosbedeckten und – er hätte es schwören können – leise zischenden Stein gesetzt und sich ob einer bequemen Lage seines Gemächts bemüht hatte, benetzte er sein Gesicht mit etwas ganz besonders nassem Wasser. Wie auch sein Vater schon und dessen Großvater, also gewissermaßen sein Urgroßvater – väterlicherseits, versteht sich – und nicht sein Großvater, da dieser vollends als Enttäuschung in der gesamten Verwandtschaft galt und am Familienbaume aufgehängt wurde, so war auch Gilbert gesegnet worden mit der Befähigung, selbst dem Kinderwunsch einer Horde rolliger Karnickel gerecht zu werden. (Im übertragenen Sinne natürlich.) Leider hatte er seine Männlichkeit dahingehend noch nicht unter Beweis stellen können, denn es mangelte sowohl an potenziellen – sprich attraktiven – Mädchen in Langweil, als auch an Mut und Zuversicht in seinem Herzen. Daran hatte bisher nicht einmal seine sehr schöne, zarte Haut etwas ändern können.

Wie er so dasaß an der Quelle, da öffneten sich plötzlich die Wässer und aus ihren feuchtesten Tiefen empor trat zu Gilberts großem Erstaunen (und Entzücken) eine geisterhaft-verzauberte Frauengestalt, gehüllt in ein – zu seiner noch größeren Freude – blickdurchlässiges Kleid. Und von ihrer bezirzenden Stimme geblendet, dabei noch rätselnd, ob dies physikalisch überhaupt möglich sei, hörte er sie sagen:

„Heil dir, großer Krieger, der du einst sein werden wirst!"

„H-hallo." Ihre Worte umschmeichelten seine Ohren, ihre Rundungen seine Augen.

„Ich bin der Geist dieses Flusses." (Es war eher ein Tümpel.) „Kein Zufall soll es gewesen sein, dass unsre Körper sich heut' trafen."

Gilbert fuhr sich, noch etwas verwundert, durch die Haare. „Eh ... Nicht?"

„Du magst zwar dümmlich sein …"

Er nickte kurz. „He, Moment mal –"

„Doch du bist vom Feuer des Mutes beseelt. Und du hast schöne Haut."

„Oh, danke, ich –"

Die üppige Erscheinung ließ Gilbert gar nicht zu Wort kommen. „Du wirst auf eine lange Reise geschickt werden, die dir und allen eine güldene Zukunft heißen werden wird. Darum höre mich an, holder Junge, denn dies ist von großer

Bedeutung: Du wirst vielen Wesen begegnen werden. Nimm diejenigen mit dir, denen du Vertrauen entgegenbringen kannst, und sie werden dir, einem Leuchtfeuer gleich, die rechte Richtung weisen … werden."

„Nun gut … Welt retten, Vertrauens-Feuerdings, alles klar."

„Du wirst auf jemanden treffen werden, der dir freundlich gesonnen sein wird, auch falls dies dem ersten Blicke nach nicht so erscheinen werden wird. Halte dich an deine Gefährten und du wirst zum großen und in seiner Weisheit noch viel größeren Karottenbaume gelangen werden. Er wird dich mit einer großen Aufgabe betrauen werden. Die Geschicke der Welt wandeln sich zum Schlechten. Grün darf die Sonne nicht erscheinen! Spargel ist ein hohes Gut! Merke dir meine Worte, junger Winfried mit der sanften Haut von öliger Seide! Und nun lebe wohl!"

Und wie sie erschienen war, so verschwand die bildhübsche Erscheinung auch wieder in der Tiefe des Gewässers, das die Konsistenz von erbrochenem Chili innezuhaben schien.

Was war das eben nur gewesen? Er hieß zwar nicht Winfried und überhaupt und so, aber war er wirklich …

„Meine lieben Götter, so was habe ich ja noch nicht erleben dürfen! Donnerlittchen, also die hatte aber mächtig Holz vor der Hütte, die Kleine!" Hinter Gilbert lehnte mit überkreuzten Armen der Hurtz an einem Felsen. Er hatte sich eine Pfeife angesteckt.

„Ganz schön rüpelhaft, so einer reinen Gestalt gegenüber", erwiderte Gilbert. Sie waren riesig gewesen. Er selbst hatte seine Augen das halbe Gespräch – worum auch immer es gegangen sein mochte – nicht von dieser Oberweite lassen können, hatte die Aufmachung doch förmlich zu einem Blicke aufgefordert.

„Ich schätze, nach dieser Darbietung sind wir quitt", sagte Schmodrick. „Das entschädigt mich genug für meine Mandeln."

„Moment. Weißt du, wo ich diesen Karottenbaum finden kann?“ Sollte er wirklich der Auserwählte sein, so würde ihm das den Ruhm, nach dem er so sehnlich trachtete (und damit verbunden natürlich auch nie endende Ströme an Gold und Frauen), endlich einbringen – und die Rettung der Welt würde seine erste Aufgabe sein, die ihn seinem Ziele näher brächte.

Der Hurtz kratzte sich mit der Pfeife am Kopf. „Karottenbaum … Ne, noch nie gehört. Klingt seltsam. Vielleicht findest du ja in Halen wen, der sich mit Fantasiepflanzen auskennt. Lebe wohl.“

Er pustete einen Rauchring in die Luft (na ja, eher eine eingedellte Pflaume) und wandte sich ab, um hinter dem Felsen zu verschwinden, doch Gilbert hielt ihn an seinem süßen, wurstig-pelzigen Stummelärmchen fest.

„He, was soll das?!“, schrie der Hurtz.

„Ich weiß es auch nicht“, entgegnete ihm Gilbert, „doch es erschien mir für den weiteren Verlauf der Geschichte relevant.“

Und so folgte der Hurtz ihm widerwillig und unter Gilberts Androhung von Schlägen und schlechten Witzen, denn es gibt eine Sache, die ein Hurtz nicht abkann, und das sind Schläge.

Die Abenteurergilde

— Kapitel 2 —

Nach einer endlos scheinenden Langeweile, bestehend aus „Oh, sieh! Ein Stock!“, und „Bäume gibt's hier!“, erreichten sie eine schön angelegte Allee, deren Boden mit laubartigen Blättern bedeckt war. Gilbert und Schmodrick – er war übrigens Linkshänder – lieferten sich gerade eine hitzige Diskussion: „Du willst dem kleinen Hurtz also weismachen, die Welt ist eine riesige Landkarte, wo das Wasser an den Kanten runterläuft?“

Gilbert blickte den kopfschüttelnden Kleinmann verständnislos an. Er selbst hatte natürlich recht – er war ja schließlich nicht blöd. Wenn man auf einem der kleinen Punkte am Himmel stünde, dann hätte die Welt zudem die Farbe von Pergamentpapier. Von unten sähe man das nur deshalb nicht, weil man zu nah am Boden sei, so seine Theorie.

Sie mussten fast in Halen sein, dem nächsten größeren Ort bei Langweil. Plötzlich erwischte etwas Gilbert im Gesicht. Er kreischte mit einer – ihm unangenehm bewusst werdend – viel zu hohen Stimme und versuchte, das Etwas hinfortzufuchteln.

„Was ist das nun schon wieder?!" Ein Paar Stiefel hatte ihn am Kopf getroffen und hing noch immer auf Augenhöhe herum.

„Pass auf das Diebespack auf!" Der Hurtz zog ihn an seiner Hose ein Stück zur Seite und deutete auf die Erhängten, die vor den Mauern der Stadt von fachmännisch gefertigten, liebevoll geschmückten Galgen in den schönsten Farben des Regenbogens baumelten. Auch die Galgen waren schön bunt.

„Geschieht dem recht, dass der hier hängt!" Gilbert klopfte sein Haupt ab und blickte hinauf zu dem Toten, den er tangiert hatte. „Was geht der mich auch so an?!"

„Gefällt es euch?"

Er blickte sich um. Am Wegesrand saß auf einem Schemel eine einsame Gestalt in einem nachlässig geschnürten Brustharnisch aus Leder (was es genau genommen nicht zu einem Harnisch machte, sondern zu einer Art Kürass) und einem viel zu engen Paar Pantalons. Der Mann lehnte sich an einen kleinen, hölzernen Beistelltisch, auf dem allerlei Tand lag.

„Wir schminken sie und ziehen ihnen lustige Verkleidungen und Perücken über, damit die Touristen sich nicht so vor den Toten gruseln. Aber was soll man auch machen? Gefängnisstrafen helfen nicht mehr. Dieser hier", er zeigte nach oben zu einem eher stümperhaft hergerichteten Elvis-Imitat, „der wollte seine Eigentumswohnung vermieten. Für zweiundachtzig Dorsch!"

Gilbert war noch sichtlich beeindruckt von der schäbigen Schmalzlockenperücke des Gehängten. „Zweiundachtzig Dorsch … Und ist das hier … viel?"

„Nein!" Der Mann am Wegesrand schlug auf den Tisch und

jammerte leidvoll: „Das ist ZU WENIG! Per Gesetz sollte er für solch eine Lage mit Hangblick, zwei Zimmern und separatem Bad fünfundneunzig verlangen! So was macht den ganzen örtlichen Immobilienmarkt kaputt! Menschen wie er, die machen mich krank! Ich sag euch; in diesen Zeiten ist es kein Spaß mehr, der Armee zu dienen!"

Gilbert wurde hellhörig. „Der Armee? Das heißt, Ihr seid Soldat! Ihr habt bestimmt schon viel von der Welt gesehen."

„Durchaus! Na ja, mehr oder weniger. Ich bin Mitglied der ortsansässigen Abenteurergilde. Wenn ich nicht gerade wieder die Scheiße der Erhängten wegwischen muss. – Hm." Der Fastsoetwasähnlicheswieein-Soldat (machen wir uns nichts vor; er war ein Söldner) musterte Gilbert eindringlich. Vielleicht etwas zu eindringlich. „Wir können Frischfleisch wie dich gebrauchen. Warum meldest du dich nicht bei uns im Gildenhaus?"

Gilbert war hin und her gerissen; wäre er doch gewiss der perfekte Abenteurer. „Also ich weiß ja nicht. Eigentlich bin ich auf einer Mission, den großen Karottenbaum aufzusuchen und –"

„Verstehe, verstehe … Wichtige Angelegenheiten. Bäume und so." Er kratzte sich am Kinn und kam Gilbert näher, so nah, dass dieser schon befürchten musste, dass jenes, was sich da unter der hautengen Hose des Söldners abzeichnete, ihn tangieren könnte. „Hör mal … Die Auftraggeber zahlen gut und du kannst auch nebenberuflich arbeiten, quasi per Werkvertrag."

„Wic bei Söldnern?"

„Ja, ja genau. Haha. Wie bei Söldnern! Der Junge ist schlau. Er ist schlau!" Er sah den Hurtz an und zeigte auf Gilbert. Der Hurtz verdrehte seufzend die Augen.

„Also habe ich das richtig verstanden ..." Gilbert zog sein gefährlich nah beim Söldner stehendes Bein etwas zur Seite.

„Ich kann einfach meiner Mission nachgehen, nebenher noch ein paar Aufträge auf dem Weg abklappern und den Lohn einheimsen?"

Der Söldner schlug sich auf den Oberschenkel. „Du hast es erfasst! Er hat's erfasst. Heller Kerl! Melde dich einfach bei Kommandantin Cosma! Es ist gleich durchs Tor auf der rechten Seite die Gasse lang. Sagt, Justice-Fly schickt euch!"

Dem Söldner gegenüber zum Abschied noch einmal etwas verlegen die Hand hebend (wie bei Bekannten, die auf solche Abschiedsrituale Wert legen, einem jedoch so peinlich sind, dass man lieber nicht mit ihnen in der Öffentlichkeit gesehen werden will) schritten Gilbert und Schmodrick weiter den Weg entlang und durch das große, steinerne Stadttor.

Halen war eine kleine, ordentliche Stadt mit knapp zweitausend Einwohnern – wenn man die einundzwanzig Insassen des Sanatoriums, die fünfzig Kühe (zwölf braune, der Rest lila-weiß gefleckt), sieben Ziegen und drei Zwergwachteln mitzählte. Morde und andere schwere Verbrechen (wie das Trinken von Hagebuttentee, den man nicht mit kochendem, sondern nur mit lauwarmem Wasser aus dem Hahn aufgegossen hatte) beschäftigten die Bürger hier nur fünf-, vielleicht sechsmal im Jahr – Freudenhäuser und Barbiere dafür eigentlich jeden Tag. Innerhalb der Stadtmauern wanden sich die Pflastersteinwege durch die Kluften zwischen mehrstöckigen Fachwerkhäusern.

„Wie kommt es eigentlich", fragte der Hurtz, „dass du scheinbar so selten hier bist? Ich verstehe das nicht; Halen liegt doch gerade mal einen halben Tagesmarsch von deinem Zuhause entfernt."

Gilbert erinnerte sich schmerzhaft daran, wie sein Vater ihn damals mit in die Stadt genommen hatte, um „Dinge zu erledigen", wie er stets zu sagen pflegte. (*Schmerzhaft*, da seine vom Wecker lädierte Nase sich wieder bemerkbar gemacht hatte, nachdem er am Stadttor in den baumelnden Erhängten gelaufen war.) Volle fünf Stunden hatte sein Vater ihn vor einem „Geschäft“ mit rot gestrichener Tür und Gardinen vor allen Fenstern abgestellt. Als er dann durchnässt und mit breitem Grinsen wieder aus dem Haus getreten war („Wegen der langwierigen Erledigungen!“), da hatten sich schon zwei leicht bekleidete, stark geschminkte Damen (eine mit Bartschatten) Gilberts angenommen und ihm Brote geschmiert und belegt. Er erinnerte sich noch, dass er damals in seiner Verzweiflung all das Vertrauen, welches er in seinen Vater gelegt hatte, verlor, dass er seine belegten Brote eigentlich am liebsten ohne Rinde aß – und dass die eine Dame sich auffällig häufig im Schritt gekratzt hatte.

Sein Blick wanderte vom wolkenlosen Himmel zum Hurtz hinunter, während sie an allerlei kleinen Läden für Naturkosmetikprodukte, Haartinkturen und lose Teesorten vorbeiflanierten.

„Also?“, wiederholte der Hurtz, „Wieso bist du so selten in der Stadt?“

„Eh … Reisekrankheit?“

Schmodrick hob seine knubblige Augenbraue. „Aha?“

„Oh, da vorne ist ja auch schon die Gilde! Sieh nur!“

„Lenk nicht ab, das sind bestimmt noch hundert Fuß.“

Gilbert schritt schneller werdenden Schrittes voran. „Wir sollten jetzt aufhören zu reden; wir sind ja schon quasi da!“

Das Quartier der örtlichen Gilde war ein großes, dreistöckiges Fachwerkhaus mit gekreuzten Schwertern über der schweren, hölzernen Eingangstür. – Und an deren Seiten. Und an den Fenstern. Und daneben. Eigentlich waren überall an dem Haus Schwerter angebracht. Es war schon eher ein Schwert-, denn ein Fachwerkhaus. Der Anblick drohte, ins Alberne zu kippen.

Ein freundliches Wir haben geöffnet! :)-Schild, welches an der Tür aufgespießt war, lud zum Eintreten ein.

Gilbert nahm die Gelegenheit wahr und tat genau das. Er trat in eine große Halle, sich den Finger leckend, den er sich an der Tür geschnitten hatte. Das Licht fiel aus den Dachfenstern, durch eine endlose Schar an Staubpartikeln, geradewegs auf den Boden.

„Wohlan, junger Bursche!" Ein älterer und noch bärtigerer Mann stiefelte eilig auf Gilbert zu. Er trug auf seiner Lederrüstung in Brusthöhe ein Emblem mit den zwei sich kreuzenden Schwertern. Und auf den Armschienen waren auch welche. Nicht zu vergessen, die zwei Miniaturschwerter, die an seinen Schultern montiert in die Höhe ragten. „Ihr müsst neu sein; ich bin der alte, buschige Gareth. Was ist Euer Begehr, hier bei uns in der Gilde?"

„Ehm … Ich bin Gilbert! Und das hier …" Er machte eine Handbewegung gen Boden zu seiner Linken, doch Schmodrick war verschwunden. Gilbert sah sich kurz mit zusammengekniffenen Augen in der Halle um. Da gab es eine Feuerschale in der Mitte, um die herum ein paar Gesellen auf grob geschnitzten Holzbänken lungerten und sich schlüpfrige Geschichten erzählten, die ihnen ganz gewiss genau so passiert waren, während sie sich mit Brotmessern Essensreste aus den Zahnlücken pulten; es gab eine Art gildeninterne Bar, die noch geschlossen zu haben schien, und einige offenstehende Türen, die in mehr oder weniger zwielichtig wirkende Korridore und Räume führten. Er konnte den Hurtz nicht erblicken, zuckte kurz mit den Schultern und fuhr fort. „Ich bin wie gesagt Gilbert und ich wollte zu Kommandantin Cosma, um bei Euch aufgenommen zu werden!"

„Gilbert …" Der alte Mann runzelte die Stirn und strich sich über den Bart. „Gilbert? Doch nicht etwa …" Seine Augen fingen beängstigend an zu funkeln, „… der Sohn von Gilberts Vater, dem Schänder?!"

Bei dem Namen zuckte Gilbert zusammen und stammelte

nur vor sich hin: „Eh … Ja. Doch schon … irgendwie, also …“

Der Alte klopfte ihm schwungvoll auf den Rücken und schob ihn mit sich in Richtung einer Tür. „Ich kannte Euren Vater! Oh ja! Nicht gut, aber es war immer wieder ein … nun ja … spaßiges Vergnügen. Haha! Ich bringe Euch zu Frau Cosma. Kommt!“

Die Treppe am anderen Ende des Saales führte hinauf in den ersten Stock und vor eine hübsch gearbeitete Holztür, wie man sie aus alten Herrenhäusern kannte. Gareth klopfte zweimal und schob dann langsam die Tür mit seinem Arm auf.

Dahinter war ein großer Raum mit allerlei Schwertern, Karten und Urkunden an den Wänden und in den Vitrinen. Gilbert steckte, getrieben von Faszination und Neugierde, seinen Kopf hinein. In der Mitte des Raumes hatten sich mehrere Leute (sprich drei) um einen quadratischen, massiven Holztisch versammelt, auf dem eine Landkarte mit allerlei Markierungen ausgerollt war.

Eine Frau grübelte, auf beide Hände gestützt, darüber. Sie hatte hellblondes, ohrenlanges Haar (also bis zu den Ohren, nicht so lang wie Ohren – die übrigens je nach Abstammung und Alter auch ganz unterschiedlich lang sein können und je nachdem, wo man ansetzt zum Messen) und war von athletischer Statur.

„Frau Cosma? Hier ist ein neuer Bewerber für Euch!“

„Was du nicht sagst.“ Sie blickte weiterhin auf die Karte vor sich. Ihre Art hatte etwas sehr Männliches an sich. „Kann er denn irgendwas? Bring nicht dauernd irgendwelche Idioten von der Straße zu mir! Das sage ich doch immer wieder. Und immer wieder machst du es dann doch.“

„Aber Frau Cosma, er –“

„ER heißt Gilbert!“ Gilbert platzte in das Zimmer und plusterte sich auf. Die beiden Männer am Tisch sahen sich fragend an. „Abenteuerlich, geschickt, klug …“

„Bitte verschone mich mit diesem Unfug." Cosma versuchte, ihn zu ignorieren.

„Aber", holte Gareth aus, der, um Gilbert zu unterstützen, ebenfalls in den Raum geschritten war, „das ist Gilbert, Sohn von Gilberts Vater!"

„Ach was!" Die Männer murmelten.

Cosma blickte nun doch auf und musterte Gilbert kurz. „Gilberts Vater … Wir haben früher zusammen gedient."

Er bekam ganz große Augen. „In der Armee?"

„Unsinn. Als ob dein Vater ein Schwert hätte führen können. Nein. Bei Cintias Backstübchen; unten in Thal. Er war schon etwas ganz Besonders, dein Vater." Blitzschnell verschränkte sie ihre Hände hinter dem Rücken, als sie bemerkte, dass sie anfing, auf ihrem Finger zu kauen.

Gilbert hatte nicht gern Dinge hinter seinem Rücken und rückte deshalb ein wenig von ihr ab. „Tja, Ihr müsst wissen, im Gegensatz zu meinem Vater kann ich kämpfen und heldenhafte Sachen tun!"

Die Kommandantin kreiste gemächlich um ihn herum, was Gilbert sichtlich nervös machte. Ihr Duftwasser, das ein liebliches Odeur von Lilie verbreitete, brachte ihn zusätzlich in Verlegenheit.

„Hast du denn schon einmal ein Schwert geschwungen?"

„N-nein", stammelte er.

„Dacht ich's mir. Wieso also …" Cosma blieb stramm direkt vor ihm stehen. „… sollte ich dich in unsere Dienste nehmen?" Eindringlich schielte sie unter ihren dunklen Augenbrauen hervor.

Sie musste eher so der Herbsttyp sein, dachte Gilbert. Von ihren grünlichen Augen fasziniert, versuchte er, noch eindringlicher zurückzustarren.

Das wurde der Gildenleiterin anscheinend zusehends unangenehm, sodass sie sich einem Sessel zuwandte, sich gekonnt darauf fallen ließ und Gilbert mit nach vorne gebeugtem Oberkörper weiter aus einigen Schritten Abstand beäugte. Sie schien in ihm nicht den beschränkten Idioten mit schlechtem Kleidungsgeschmack, dürftigen Manieren und gepflegter Haut zu sehen, der er war. (Auch verstand sie nicht, warum er sich so nach vorne beugte.) Nein, sie sollte in ihm einen potenziell nützlichen Laufburschen für lästige Aufgaben sehen, die sonst niemand erledigen wollte; nicht einmal ein Praktikant, der auf ein wohlwollendes Arbeitszeugnis angewiesen war.

Nach einer kurzen Besprechung mit den beiden anderen erhob sie sich und wandte sich wieder dem inzwischen recht angespannten Gilbert zu. „Also gut! Ich werde dir einige Aufträge erteilen."

„Aufträge! Verstanden!" Gilbert fing vor Aufregung leicht an zu schwitzen.

„Wenn du sie für mich erledigst, dann steigen deine Chancen, ein ordentliches Mitglied der Abenteurergilde zu werden. – Aber ich kann nichts versprechen!"

„Natürlich!" Der Schweiß hatte sich in Gilberts Augenbraue gesammelt und drohte, sich seinen Weg tiefer hinab, Richtung Auge zu bahnen.

„Sehr gut. Ich ernenne dich hiermit offiziell zum Unterhilfs-Abenteuerlehrling! Dein erster Auftrag wird folgender sein ..."

Mit der linken Hand tastete Gilbert panisch seine Taschen nach einem Stift ab, um sich die Informationen aufzuschrei–
Autsch, Schweiß im Auge!

„Die Männer und ich trainieren viel und müssen bei Kräften bleiben. Dafür benötigen wir Kohlenhydrate und Elektrolyte. Geh in das nahegelegene Wirtshaus ‚Zur stürmischen Sirene' und hole uns ein Fass Kronenwürger Kraftbier! Das soll deine erste Probe sein!"

Gilbert bejahte und wollte zum Abschied die Hand reichen, was jedoch in peinlichen Verknotungen endete, da jeder dachte, der andere würde eine bestimmte, gerade angesagte Handschlagtechnik verwenden. Letzten Endes einigte man sich auf ein simples, dezentes Zunicken und Gilbert eierte die Treppe hinunter, sich der Tatsache gewahr werdend, dass ausgerechnet er, der sich bislang mit Gelegenheitsjobs wie Enten hüten, Hüte aus Enten machen oder Kreuze auf zu fällende Bäume malen verdingt hatte, nun eigentlich so etwas wie ein waschechter Abenteurer war.

Er hopste beschwingt aus dem Gildenquartier, schlug die Tür hinter sich zu und hörte nur ein wimmerndes „Uuuaaäähh…“. Es war Schmodrick, der von Gilbert beim Eintreten in das Gebäude offenbar ohne eigenes Zutun an der klingenbesetzten Tür festgenagelt worden war. Gilbert zog ihn vorsichtig –

„SEI DOCH VORSICHTIG!“

Gilbert zog ihn besonders vorsichtig ab und stopfte ihm ein paar Kugeln Ohrwachs, die er für eben solche Fälle immer in seiner Tasche dabeizuhaben pflegte, in die vielen kleinen Löcher, aus denen springbrunnengleich das Blut sprudelte, wie bei einem von der Gemeinde zu horrenden Summen errichteten Wasserspiel.

„Ich habe tolle Neuigkeiten!“, sprach der Abenteurer in spe, während er die letzte Kugel Wachs zwischen Zeigefinger und Daumen – wie er fand – ganz besonders schön rund formte.

„Ach ja?“ Der Hurtz lehnte an einem Haufen Holzscheite, mit bleichem Gesicht, drohend, jederzeit komplett in sich zusammenzusacken.

„Jaja! Diese Anführerin der Gilde, Cosma; sie sagte, ich könne – Achtung, das könnte etwas wehtun.“

„Autsch!“

„… ich könne ein echter Abenteurer werden! Ich müsse nur eine wahrlich einfache Aufnahmeprüfung bestehen. Stell dir das nur mal vor, Kleinmann … Gilbert, Abenteurer!“

„Gut. Dann kann ich ja …“ Schmodrick rang, halb im

Delirium angelangt und mit einer Haut wie zwei Tage in Wasser eingelegte Kreide, nach Luft und Worten. „... endlich gehen."

„Was? Oh, keineswegs! Ein echter Abenteurer wäre doch nichts ohne einen anständigen Knappen. Ha! Gilbert, Abenteurer. Und sein Knappe Kleinmann. Das hat doch einen außerordentlich wohlklingenden ... ehm ... Klang!"

„Was immer du sagst ..." Der Hurtz verabschiedete sich langsam, aber sicher in die Bewusstlosigkeit. Gilbert tat sich mit diesem Abschied anfangs etwas schwer, ließ ihn dann jedoch gewähren.

Die „Stürmische Sirene" lag nicht weit des Hafens – der genau genommen überhaupt kein richtiger Hafen war. Vollkommen sinnlos war er vor Jahren angelegt worden, wohl in der Hoffnung, dass eines Tages doch einmal der Meeresspiegel aufgrund des übermäßigen Fleischkonsums der einfachen Landbevölkerung und der Vorliebe für exklusive Grillabende im Freien seitens der städtischen Einwohnerschaft ansteigen und Halen zu einer florierenden Hafenstadt machen würde. Unverhofft jedoch plätscherte an seinen morschen Stegen noch immer nur ein ärmliches Bächlein den staubigen Boden entlang: Die Trübsarl – und der Pub wirkte von außen zwar wie eine recht hohe und dabei doch wieder heruntergekommene Fischerhütte, versprühte jedoch aufgrund der heiteren Betrunkenen, welche vor dem Eingang in Schlamm und Eigenurin lagen, einen einladenden Charme. Es war übrigens gerade erst Mittag und auch darüber hinaus gab es ein kleines Problem: Gilbert kam nicht hinein.

Der Türsteher, ein grimmiger Bursche, kratzte sich, an die sechseinhalb Fuß über dem Erdboden, die strohdicken, dunklen Bartstoppeln und stieg die zwei Sprossen seines Hochsitzes hinunter auf den biergetränkten, tönern gefärbten Untergrund (er selbst war übrigens auch knapp sechseinhalb Fuß groß). „Ich sagte doch, du bleibst da steh'n, Junge! Nimm die Griffel von der Klinke weg!" Er baute sich hünenhaft vor Gilbert auf. „Bist doch noch viel zu jung für so'n reudigen Pub wie die olle Sirene!"

„Werter Herr! Ich bin wohl älter, als Ihr mich einschätzt! Und gewiss alt genug, um hier in diesem Wirtshaus einzukehren."

„Das kannste den verrotteten Gebeinen meiner Uromi erzählen! So feine Haut aufm Zinken hat doch kein Volljähriger! Und was schleppste da überhaupt Widerwärtiges mit dir rum?" Er zeigte auf den Hurtz, den Gilbert den ganzen Weg von der Gilde bis zum Pub an einem Bein hinter sich hergezogen hatte und der – so nahm Gilbert an – das Kiesbett-Peeling für sein Gesicht gewiss dankbar angenommen hätte, wäre er nicht immer noch bewusstlos.

„Das ist mein Knappe! Schmorlig. Jedenfalls glaube ich, dass er so hieß."

„Sieht ganz schön mager aus, für so'n Knappen. Is' auch kaum was dran, und dann so haarig – oh Graus. Mit den kleinen Wurstfingern kann der ja auch nich' ma gescheit 'n Brotmesser halten, du!"

„Es geht hier ja auch nicht um meinen Knappen, es geht um mich. Und meinen Weg …" Gilbert deutete vorbei an dem griesgrämigen Portier. „… durch diese Tür da."

„Kannste vergessen, Bursche! Oder kannste dich ausweisen, mh?"

Gilbert fing an zu stammeln. „Na ja, also ich …"

„Siehste? Und jetz' verzieh dich. Hab noch andere Kundschaft und du stehst im Weg!"

Der Hafenplatz war – abgesehen von den in Erbrochenem eingelegten, frühkomatösen Trunkenbolden – menschenleer. Nicht einmal ein paar Heuballen trauten sich, vorbeizukullern. (Dabei brauchte Mutter Heuballen, seit zwei Wochen verwitwet, dringend ihre Medizin gegen Milbenbefall und die kleinen Zwillinge Heubällchen eins und Heubällchen zwei hätten nur schnell am Pub vorbei und immer an der Mauer entlang bis zu „Heinrichs Heimmedizinprodukte und Gartenutensilien" wehen müssen. Doch sie hatten Platzangst.)

„Aber … hier ist doch niemand?", sprach Gilbert, skeptisch um sich blickend.

„Verzieh dich jetz', hab ich gesagt! Sonst verkauf ich dir gleich 'n paar richtig saftige Ohrfeigen, da kannste dann lange von zehren!"

Noch ob des nach Kuhleder und abgestandener Schwefelsäure riechenden Flegels, der sich erdreistet hatte, ihn wegzuschicken, fluchte Gilbert leise vor sich hin. Würde er doch bald Abenteurer, Ritter gar sein. Er trat, noch in seiner gedanklichen Tirade aus Gram gefangen, am Pub vorbei und eine steinerne Treppe hinunter. Der Hurtz, den Gilbert noch immer hinter sich herzog, hätte jede Treppenstufe begeistert mit seinem Hinterkopf empfangen, wäre er nicht immer noch besinnungslos gewesen. Die vielen Beulen schienen die Aufschläge über die Zeit hinweg jedenfalls sehr gut zu dämpfen. Als Gilbert am Treppenende vom Gehweg einen Schritt auf die angrenzende Straße tat, musste er sogleich, erschreckt durch einen plötzlich neben ihm lospreschenden Karren, der gezogen wurde von einem rücksichtslosen Pferdegespann, einen Satz nach hinten machen, stolperte dabei über Schmodrick und landete rücklings in einer Gruppe Fässer auf dem schmalen Bürgersteig. Er brüllte dem Kutscher noch einige unflätige Beleidigungen dessen Großmutter betreffend hinterher, stupste seinem Begleiter mit dem Stiefel ins Gesicht, um sich zu vergewissern, dass dieser noch lebte, und wollte sich gerade wieder aufrichten, als er bemerkte, in was er dort gefallen war: Der Stürzkarren von eben musste diese unfassbare, fünfzehn Fässer umfassende

Ladung Starkbier der von Cosma und ihren zahnlosen Recken so ersehnten Marke „Kronenwürger“ direkt zum abschüssigen Hintereingang der „Stürmischen Sirene“ geliefert haben, vor dem Gilbert nun dalag. Er sprang auf, ignorierte seine vermutlich angeknackste Rippe und fing an, sich an einem der Fässer zu verheben.

„Ah, die Lieferung!“

Wie Gilbert da so zwischen den Fässern stand, gebeugt und beide Arme um eines von ihnen geschlungen, fiel sein Blick zu dem Eingang, der vermutlich die Hintertür der Gaststätte war. Dort lehnte ein Mann mit buschigem Oberlippenbart und ebenso buschigen Koteletten, die er sich nach oben über die ausgeprägte Halbglatze gekämmt hatte.

„Hast du die etwa alle allein hierhin verfrachtet?“

„Eh … ja … vielleicht?“

„Donnerlittchen!“ Er strich sich über den Bart. „Du bist bestimmt durstig, hm? Bist zwar noch recht jung, aber ein Bier sollte in deinem Alter doch drin sein, was? Weißt du was – ich helfe dir, die Dinger ins Lager zu bringen, und dann gibt’s einen Krug aufs Haus! Was sagst du?“

„D…anke …?“ Gilbert konnte noch nicht mit Sicherheit sagen, ob das Angebot gut oder schlecht war. Er war der Erfüllung seines Auftrags so nah und konnte ihn doch nicht vollenden. Jedenfalls jetzt noch nicht.

„Ich bin übrigens Pepe Patronius. Der hiesige Schankwirt und Schlosser! So, und jetzt komm immer rein; nur keine Müdigkeit vorschützen! Haha!“

Nachdem die Fässer in den Vorratskeller gebracht waren und Gilbert dabei gewiss an die fünfzig Gramm Salz verloren hatte (da er sich leider beim Hantieren ein kleines Löchlein in seine Tasche gerissen haben musste und so sein letzter Vorrat hatte hinausrieseln können), klopfte ihm Patronius auf die Schulter. (Anerkennend; nicht wie ein Priester bei seinen

Chorknaben nach der Messe am Sonntagmorgen.)

„Das lief doch sauber! Jetzt wo die Arbeit erledigt ist, willst du bestimmt wissen, wie ich hier gelandet bin, oder?"

Gilbert wischte sich die Stirn ab und schüttelte leicht den Kopf. „Nein, eigentlich ni–"

„Also gut, ich erzähl's dir!" Patronius schlug sich auf den Schenkel. „Bevor ich Wirt geworden bin, da wollte ich immer Koch werden. Das Kochen war meine große Leidenschaft. Ich wollte mich also als Speisekünstler verdingen. – Nur wollte mich keiner einstellen."

„Weil deine Speisen grässlich schmeckten?"

Der Wirt prustete los. „Nein, nein. Haha! Ich bin tragischerweise soßenblind."

„Soßenblind? Was soll das denn sein?"

„Das heißt, ich kann Soßen nicht auseinanderhalten. Schmeckt für mich alles gleich. Soßenblind halt."

„Fahre fort …"

„Wie du dir sicher denken kannst, blieb ich als Koch erfolglos. Deshalb wandte ich mich meiner anderen Leidenschaft zu."

„… dem Trinken", warf Gilbert ein.

„Dem Extremsegeln. Dabei lernte ich eine ambitiöse Frau kennen. Edrana hieß sie. Hat mir alles beigebracht. War nicht mein Fall. Viel zu viel Arbeit. Ihr Freund, schmieriger Typ, hat mir dann gezeigt, wie man Schnaps brennt und Leute bewirtet."

„Und so wurdest du …"

„Richtig." Der Wirt nickte. „So wurde ich Schlosser. Das mit dem Pub ist mehr so eine Art Liebhaberei."

Entnervt unterbrach Gilbert die Erzählung: „Können wir jetzt endlich …?" Er zeigte auf die Treppe, die in die „Stürmische Sirene" hinaufführte.

„Ach ja, natürlich! Komm, mir nach!" Patronius stapfte die grauen Treppenstufen hinauf und blieb vor einer Holztür stehen. „Nach dir."

Gilbert nickte ihm zu und drückte den Bretterbeschlag auf. Der Dielenboden knarzte unter seinen Füßen. Ein Schwall an Gerüchen drang ihm entgegen, und obwohl das Licht eine schummrige Atmosphäre erzeugte, mussten sich seine Augen, gewöhnt an den dunklen Keller, aus dem er gerade heraufgestiegen war, erst wieder damit anfreunden.

Das Innere des Wirtshauses erstreckte sich geräumig über zwei Etagen, verbunden mit einer Treppe, die zu einer Galerie und mehreren Türen im ersten Stock emporführte. Im Erdgeschoss, in das Gilbert nun eintrat, herrschte eine ausgelassene Stimmung. Leute tranken, Leute übergaben sich und in der Mitte des Raumes spielten einige ganz verwegene Gestalten an ein paar wüst zusammengeschobenen, grob gezimmerten Holztischen Karten. (*Karten* war ein beliebtes Spiel in der Gegend um Langweil und es wurde in allen Generationen gern hervorgeholt, wann immer es Zeit totzuschlagen galt – auch wenn die Verpackung darauf hinwies, es dürfe nur bis zu einem Alter von neunundneunzig Jahren gespielt werden.)

„Hier ist ja ganz schön was los!"

„Jaja! Die Lieferung kam auch gerade passend." Patronius schob Gilbert ein Stück vor sich her, bis zu einem Ausschanktresen, parkte ihn davor, stieg selbst dahinter und griff nach einem Bierhumpen. Kurz hielt er inne, musterte Gilbert noch einmal, langte dann nach einem lieblos abgewaschenen Glas und füllte es ihm zur Hälfte mit der goldgelben Flüssigkeit aus einem der Zapfhähne. „Hier, geht aufs Haus, mein Junge!"

Gilbert musterte argwöhnisch das fleckige Glas, knibbelte die ein, zwei Haare vom Rand ab und stürzte das lauwarme Getränk in einem Zuge hinunter. Sogleich wurde ihm ganz warm im Rachen und schon kurz darauf in der Brust und dem Magen. Diese Regungen waren ihm bisher recht fremd gewesen, war er doch von seiner Mutter immer angehalten worden, keinen Alkohol zu konsumieren, und hatte er doch durch diverse Eskapaden mit seinem Vater nie großes Verlangen danach verspürt.

„Dieses Bier …“

„Ist gut, was?“, erwiderte der Wirt, dem auf einmal ein Geschirrtuch über die Schulter hing, und lachend beugte er sich über den Tresen.

„Ja, das auch“, sprach Gilbert. Er hatte das Gefühl, langsam das Gefühl in seinen Lippen zu verlieren. „Ich bräuchte da ein ganzes Fass von.“

„Ja, aber ihr habt doch mich beliefert. Warum fragst du nicht einfach deinen Händler, Janolf, den alten Tunichtgut?“

„Ihr versteht nicht. Es ist eine Angelegenheit, die geht nur mich persönlich was an. Und nicht … eh … Jarnelf. Jarnolgh. Ganz schön heiß hier drin, oder nicht?“

„Ah, private Sache. Verstehe. Nun, ein Fass Kronenwürger macht nach Steuer zuzüglich Kurtaxe exakt sechs Dorsch.“ Gilbert schluckte, als ihm klar wurde, dass die Gildenmeisterin wohl vergessen hatte, ihm eine passende Summe für den Kauf auszuhändigen. „Aber ich habe doch gar kein Geld …“

„Tja.“ Der gelernte Koch kratzte sich vorsichtig (um ja keine Strähne seiner kärglichen Frisur zu zerstreuen) am Kopf und verschränkte die Arme. „Ohne Geld auch kein Bier. Kannst trotzdem gern noch ein Weilchen hier bleiben. Mach ein wenig Pause nach der anstrengenden Arbeit!“

„Ja, ich sehe mich mal etwas um.“

Seine Beine trugen Gilbert – gekochten Spaghetti gleich, die für ein unbefriedigendes Mahl mit lauwarmer Hackfleischsoße in der Kantine aufgetischt wurden – ohne weiteres Zutun in Richtung des anderen Endes der gut gefüllten Taverne. Auf halbem Wege rutschte er in einer Lache frittierter Kartoffeln mit Möhrenstückchen, Erbsen, gepökelter Wurst und anderen undefinierbaren Leckereien in einer braunen Suppe – kurz; Erbrochenem – aus, schlitterte drei, wenn nicht gar vier

Dielenbretter weit, konnte sich, vollster Konzentration, halbwegs fangen, nur um dann, vollsten Versehens, auf eine zerzauste, einäugige schwarze Katze zu treten. Erschrocken von deren Heulen warf er sich, das Gleichgewicht abermals verlierend, mit einer gekonnten Pirouette auf einen Stuhl bei dem großen Tisch, der in der Mitte stand.

„Ein neuer Mitspieler!" Knapp ein Dutzend Trunkene quetschten sich um Gilbert. Ihm war noch nicht ganz klar, was gerade passierte, und der gesamte Raum drehte sich und verlor sich hier und da. Ein molliger Mann mit Matrosenmütze drückte ihm ein Blatt in die Hand.

„Ich glaub, ich bin gar nich' in der körperlichen Verfassung, um mit Euch hier zu spielen, werte Herren!"

„Und Damen!", beschwerte sich eine Frau mittleren Alters mit zwei Hakenhänden, die sie zornig auf den Tisch schlug.

„Ach komm schon! Du hast unseren klapprigen Hendrik vom Stuhl gehauen; jetzt musst du auch die Ablöse mach'n!"

Gilbert riss den Kopf nach unten, wo zu seiner Linken ein dürrer, alter Mann in zerschlissenem Gehrock in ungesunder Körperhaltung (den rechten Fuß hinter dem Ohr), ohnmächtig auf dem Boden lag. Dann hob er seinen Kopf mit einer unkontrollierten, schwungvollen Bewegung wieder, dass es knackte, legte das hübsch bemalte Blatt des molligen Matrosen zur Seite und nahm die Karten des Alten auf die Hand.

„So sei's denn, meine Herr'n!"

„Und Damen!"

„Ich bin bereit, euch all'n so richtig innen Allerwertesten zu treten. So wahr ich Gilbert heiße! Gilbert. Ritter. – Ne, Abenteuerer!" Er hatte jegliche Kontrolle über seine Lautstärke und Stimmlage verloren. „Dassis übrigens mein Knappe …" Gilberts Augen stocherten in allen Himmelsrichtungen umher. „Er is' irgendwo da hinten. Inner Ecke. Sich ausruh'n. Schmorek heißter. Oder so."

„Einen Knappen hat er sogar! Der Junge ist bei uns Soldaten ja goldrichtig aufgehoben, haha! Deine erste Runde geht auf mich."

„Ja, fang'n wir jetz' ma annzu spiel'n, oder was?!"

Die Menge skandierte „Gilbert! Gilbert!". Es sollte ein langer, alkoholreicher Nachmittag und Abend werden …

Der Morgen danach

— Kapitel 3 —

Licht schien durch das Fenster direkt in Gilberts Augen. Schmerzverzerrt kniff er die Lider zusammen und runzelte die Stirn. War etwa schon morgen? Sein Schädel pochte und ihm war noch immer leicht schwummrig. Er tastete nach seiner Decke. Dabei griff er etwas Warmes, Weiches, das kein Ende zu nehmen schien. Seine Hand tastete sich daran entlang, einmal auf, einmal ab und dann – „B… Brüste?" Gilbert blinzelte zur Seite. Er hielt eine formschöne, blasse Brust in seinem Griff. Blitzschnell riss er seine Hand zurück und stürzte vor Schreck von der Bettkante. Ein kleiner Zettel vom Nachttisch hatte sich in Bewegung gesetzt und segelte ihm in den Schoß.

Bescheinigung über Zustellung von: 5 Fässern Kronenwürger.
An: Abenteurergilde, Sollbruchstraße 4.

Gilbert setzte sich auf. Hatte er etwa beim Kartenspielen seinen Einsatz so vervielfachen können, dass er damit das ganze Bier beschaffte? Und hatte er dabei wohl gar noch einem zarten Weibsbilde durch sein Können, seinen überwältigenden Charme und ein paar apart gesäuselte Worte zur Gänze imponieren können? Er krabbelte wieder zurück zur Bettkante. Über diese hinweglugend sah er in dem ihm unbekannten Bette eine nicht übermäßig angezogene (sie war nackt) Frauengestalt mit blassen Backen, blondem, langem Haar und ... spitzen Ohren! Eine Elfe. Er musste mit einer waschechten Elfe verkehrt haben! Seine Mundwinkel verzogen sich zu einem auf Außenstehende mehr als unheimlich wirkenden Grinsen. Er hatte es wirklich getan. Noch ganz ungläubig ob dieser Begebenheit, sich schon einen passenden, kecken Spruch zurechtlegend, falls die holde Bettgefährtin aufwachen würde, verlangte es ihm zuerst einmal nach ein wenig frischer Luft, einem gehörigen Katerfrühstück, um seinen gestählten Körper mit der nötigen Energie nach dieser zehrenden Nacht zu versorgen, und nach der Gewissheit, ob die Bierlieferung den Weg zu ihrem bestimmten Ziele gefunden hatte. Gilbert setzte sich wieder auf das Bett, zog sich die Stiefel an und sah der nackten Elfin noch ein Weilchen beim Schlafen zu. Er nickte, erhob sich und schritt aus dem Kämmerchen.

Es war ein Zimmer in dem Pub, den er gestern Abend offenbar nicht mehr verlassen hatte. Die Treppe hinabsteigend musste er wieder grinsen und dachte bei sich, was für ein verwegener Charmeur er doch sein müsse, wenn er es auf Anhieb schüfe, solch eine zarte Kreatur ohne viel Zutun für sich zu erwärmen.

„HEEEY!!!“

Er drehte sich erschrocken nach dem Schrei um, nur um reflexartig einem Schnürstiefel auszuweichen. Dieser flog an ihm vorbei, das Geländer hinunter und traf einen Gast, der noch vom Vorabend übrig geblieben an seinem Tisch über einem halb geleerten Krug hing. Dieser rutschte ein Stück zur Seite, schlug mit der Stirn auf die Tischkante und verblieb in dieser Position. Bestimmt rührte er sich aufgrund des hohen Alkoholspiegels nicht. (Machen wir uns nichts vor; er war vermutlich tot.)

„Wolltest du einfach abhauen?! Du schuldest mir noch fünfunddreißig Dorsch!" Am oberen Treppenabsatz stand wutschnaubend die vermeintlich eroberte Elfe, die Bettdecke vor den Körper gepresst und die Zähne zornig gefletscht, dass sich ihre für einen Alb verhältnismäßig große (und doch fein gezeichnete) Nase an der Wurzel zu runzeln begann. „Dienstleistungen gibt's bei mir nicht umsonst!"

Gilbert fing an, sich bruchstückhaft an den gestrigen Abend zu erinnern, und ihm wurde so einiges klar: der Met, die Glücksspiele, der Fakt, dass er sich als reicher Ritter ausgegeben hatte, der Esel … Alles fügte sich zu einem größeren Ganzen zusammen.

Er stemmte die Hand in die Hüfte und blickte hinauf. „Eine stattliche Summe für eine einfache Dirne wie dich!"

„He, ich bin Akademikerin. Ich habe einen Abschluss in Soziologie!"

„Mein Beileid. Ich muss jetzt aber mal weiter …"

„Ooooh nein! So nicht, mein Freundchen! Ich lasse mich doch hier nicht so leicht von dir und deinem Gesülze abspeisen! Du wirst erst gehen, wenn ich mein Geld bekommen habe!"

„Aber … so viel Geld habe ich gar nicht."

„Und was ist damit?" Sie zeigte auf den roten Anhänger, der von Gilberts Gürtel baumelte und vor sich hin schimmerte – denn er war nicht nur rot; nein, er war auch schimmerig. Und ein bisschen bedeckt von Erbrochenem. „Der ist doch bestimmt wertvoll."

„Was? Den kannst du nicht haben! Den hab ich gefunden und den werde ich gewiss nicht hergeben! Hmm …“ Gilbert ging von verlegen ins Überlegen über. „Aber für die Erfüllung meines Auftrags bekomme ich noch einen Lohn! Davon könnte ich dich bezahlen. Ich werde gleich zu Kommandantin Cosma gehen und –“

„Keine faulen Tricks. Ich werde dich wohl besser begleiten! Warte, ich hole nur schnell meine Lederrüstung von oben!“

„Willst du etwa noch mehr arglose Ritter zum Beischlaf verführen?“

„Red doch keinen Unsinn! Es ist nicht, wie du denkst. Die Rüstung ist noch von meinem Vater!“

„Von deinen Verirrungen mit dem eigenen Vater will ich gar nichts wissen …“

„Herrje, es ist eine verdammte Rüstung!“

„Verdammt? Hexe ist sie jetzt auch no– Au!“

Sie war die Treppe hinuntergestürmt und hatte Gilbert einen gezielten Faustschlag auf den Hinterkopf verpasst.

„Du wartest gefälligst hier. Ich hole meine Sachen. Und wehe dir, wenn du versuchen solltest, mich um mein Geld zu prellen!“

Gilbert sah der rückseitig unbekleideten Dame nach, als –

„Gucken kostet extra!“

Gilbert sah der Dame nicht nach, sondern nach unten auf den Boden und wartete, bis die Elfin sich fertig hergerichtet hatte, um mit ihm die Kneipe zu verlassen.

Beim Anblick der grellen Sonne hielt Gilbert sich schützend den Arm vor die Augen. Niemand hatte ihm je gesagt, dass der direkte Blick in diese nicht gesund sei, was den toten Punkt weiter rechts in seiner Peripherie erklärte.

„Oh Mann, gleich schon zwölf. Was ist jetzt?“ Die Elfe schaute Gilbert ungeduldig an. „Ich bin verkatert und habe heute noch nichts gegessen. Wo müssen wir hin?“

Gilbert suchte mit seinem Finger nach der korrekten Richtung. „Eh … da vorne! Da liegt die Gilde. Sag mal, wie lautet überhaupt dein Name?“, fragte er und schob schnell noch ein „Ich bin übrigens Gilbert!“ nach.

Die Elfe seufzte. „Marietta von Ambas. Aber die meisten Leute nennen mich Ma–“

„Mara! Dacht' ich mir schon gleich.“

„Nein … eigentlich nicht, aber–“

„Freut mich, Mara!“

Sie seufzte abermals. Wie war sie nur an diesen Idioten geraten – und was hatte der Esel noch einmal damit zu schaffen gehabt?

„Was hast *du* überhaupt mit einer Gilde zu tun? Lass mich raten: Es ist die Gilde für Orthopädische Schuhsohlenvertreter und du lieferst den Urin, der zum Gerben des Leders gebraucht wird.“

„Mach dich doch nicht lächerlich.“

Sie schritten die Straße entlang, vorbei an Verkaufsständen, deren Mitarbeiter langsam in die Mittagspause verschwanden.

Gilbert wusste natürlich, dass Urin gänzlich ungeeignet für den Gerbprozess war, hielt sich aber vornehm zurück, die Befürchtung hegend, mit der ansonsten zornigen Elfe hinterher nicht mehr um die von ihm zu entrichtende Summe feilschen zu können.

„Ich bin Mitglied der Abenteurer-Gilde. – Quasi so was wie ein Ritter.“

„Nicht dein Ernst.“ Mara ergriff seine Schulter und blieb stehen. „DU willst ein Abenteurer sein? Dann bin ich Archäologin für steinzeitliche Reptiloide.“

Sie musste lügen. Gilbert wähnte sich in der Erinnerung, dass sie Soziologin war, nicht Archäologin. Auf einen Versuch hatte sie es anscheinend ankommen lassen, doch durch seine scharfe Auffassungsgabe und seinen überlegenen Intellekt war es ihm sofort gelungen, sie zu durchschauen. Gekonnt überspielte er dabei seine anfänglichen Zweifel und setzte zu sprechen an, doch Mara kam ihm zuvor.

„Du hast jetzt bestimmt seit einer Minute nichts gesagt. Willst du mir nicht antworten, oder suchst du immer noch nach den passenden Worten?"

„Ich ... baue nur Spannung auf." Er räusperte sich. „Ich bin wirklich in der Gilde. Du wirst ja gleich sehen. – Magst du Abenteurer?"

„Hach." Die Elfe sah zu Boden und schob mit ihrem Stiefel ein paar Kieselsteine hin und her. „Als junges Mädchen wollte ich immer Abenteurerin werden. Auf Schatzjagd gehen, der ganze Schnickschnack. Aber dann holt einen doch irgendwann die Realität ein ..."

„... und das Studium ... und die Prostitution ..."

„Treib's nicht zu weit. Jedenfalls wäre ich garantiert der bessere Abenteurer von uns beiden. Neben so einem Idioten wie dir würde wohl jeder Tapir wie ein strahlender Held aussehen."

Gilbert war sicher, dass sie ihre Gefühle für ihn nicht richtig ausdrücken konnte und sich aufgrund ihrer Unsicherheiten in Süffisanzen flüchtete. Außerdem waren Tapire unterschätzte Tiere.

„Ich ... begleite dich besser mit rein", sprach Mara, als sie die (schwertreichen) Türen des Gildenquartieres erreichten. Sie zupfte auffällig häufig an ihrem provisorisch geflochtenen Zopf herum, während sie mit geneigtem Kopf auf das Gebäude starrte. „Ich würde zu gern mal so eine Vereinigung von innen sehen. Und überhaupt – nachher entwischst du mir sonst noch durch den Hintereingang."

Das Argument klang plausibel und war sogar besser als sein ursprünglicher Fluchtplan, der die Zuhilfenahme eines falschen Schnurrbartes beinhaltete. Mit ertappter Miene öffnete Gilbert die schwere Tür.

„Nach dir, Mara."

„Ich heiße nicht Mara und so nennt mich auch sonst keiner", murmelte die Elfe, während sie an ihm vorbei hineinstapfte.

Gilbert folgte ihr auf dem Fuße, woraufhin sie ihn unter wildem Kreischen wegstieß und sich über ihren nun lädierten Zeh beklagte. Nach wenigen Schritten blieb sie, sich der Lage gewahr werdend, stehen:

Das Innere der Gilde war ein Durcheinander. Stühle standen auf Tischen, Tische lagen auf Leuten und Leute schliefen unter Stühlen – auf denen wiederum Leute lagen.

„Also das Gildenleben habe ich mir ja doch etwas anders vorgestellt. Weniger … frivol", pikierte sich die Elfe und hob eine von einem umgeworfenen Kerzenständer baumelnde, verfärbte Unterhose mit gespreizten Fingern auf, zog die Augenbrauen zusammen (wer dachte wohl, dass Finger ein gutes Unterhosenmotiv seien?), und entledigte sich des wohl jahrelang genutzten Stückes sogleich wieder.

„Als Freudendame dürfte so etwas für dich doch ein vertrauter Anblick sein." Gilbert platzierte den Fuß auf einem Schemel und stellte sich amüsiert die absurdesten Szenarien vor. „Außerdem heißt das, dass – Argh!"

Er ächzte. Mara hatte ihm mit einem flinken Hieb ihre Faust in die Weichteile befördert, woraufhin er halb zusammengesackt noch versuchte, die Fassung zu wahren, während er anfing, nach Luft zu schnappen.

„Ich war noch nicht fertig! Ah…"

„Und ich verbitte mir deine Anspielungen. Prostitution ist für mich ja eher so eine Art Zubrot."

„Zu was? Den soziologischen Feldstudi–"

Die Elfe ballte erneut die Hand.

„Schon gut, schon gut. Ich lasse es ja schon." Gilbert begab sich unter Schmerzen zurück in eine aufrechtere Position, die Hände immer noch gegen seinen Schritt gepresst.

„Jedenfalls heißt der Wirrwarr hier“, sprach Gilbert im Sopran, räusperte sich, um dann mit besonders brummigem Basston fortzufahren: „Er heißt, dass meine Lieferung tatsächlich angekommen sein muss. Das bedeutet, ich bekomme meine Belohnung und kann dich bezahlen.“

„Ach, das hier ist mir doch Lohn genug.“

„Was? W-wirklich?“

„... natürlich nicht. Und jetzt besorg mir endlich mein Geld, bevor meine Faust ein zweites Mal ausrutscht.“

Sie blickten sich um. Bei der Feuerstelle in der Mitte des Raumes konnten sie eine nicht mehr vollkommen komatöse Gestalt ausmachen, die kopfüber von einer umgekippten Holzbank hing.

Gilbert stieg über ein leeres Fass Kronenwürger hin zu den wüsten Resten des Nachtgelages. „Entschuldigt, guter Mann. Ich suche Kommandantin Cosma. Habt Ihr sie zufällig gesehen?“

Der Bursche salutierte etwas ungelenk, griff nach einem auf dem Boden stehenden Bierkrug, setzte zu einem großen Schluck an und schüttete sich – der Schwerkraft zuschulden – den kompletten Inhalt ins Gesicht. „Herr Gefreiter! Ich melde, die Kommandantin hat sich höchst ritterlich persönlich mit dem Stab und zwei Fass in das Konferenzquartier zurückgezogen!“

Gilbert sah zur Elfe hinüber und nickte mit einem schmalzigen Lächeln, als wisse er genau Bescheid. „Ich weiß genau Bescheid. Er meint das Konferenzquartier.“

„Ich melde weiterhin, ich müsste einmal austreten.“

„Nur umgeben von Idioten.“ Mara schüttelte den Kopf und folgte Gilbert die kleine Treppe nach oben.

Als sie in den Raum traten, war Cosma, auf ihrem Sessel sitzend, gerade in ein angeregtes Gespräch über den Sinn und

Unsinn von Verbrauchsteuern für Kleinunternehmer vertieft – wobei ihr Gesprächspartner schon vor längerer Zeit ins Reich der Träume eingetreten sein musste und nun auf einem Polster, getränkt in seinem eigenen Speichel, in stabiler Seitenlage laut schnarchte. Überall standen Bierhumpen verstreut, teils umgekippt, teils die Standortmarker flankierend, die von den ausgerollten Karten auf dem großen Tisch in der Raummitte aufragten. Unter diesem schlief zusammengerollt eine dritte Person, umgeben von Kartenhäuschen aus dem Blatt „Zotige Damen auf Waschkübeln". Cosma selbst hatte sich ihrer Rüstung großteils entledigt, dabei allerdings einen Handschuh und einen Schulterpanzer vergessen, sodass sie dort mit halb aufgeknöpfter Bluse saß, was Gilbert ein paar wertvolle Einblicke verschaffte.

„Kommandantin Cosma. Gilbert, Ritter, zur Stelle. Ihr habt da aber ein paar ganz schön große …"

„… Narben?" Cosma drehte sich zu den beiden, die nun mitten im Raum standen, um. „In der Tat. Sie rühren von vielen gefährlichen Abenteuern mit Ogern, Meernixen, Kindern und anderen Kreaturen aus den Tiefen der Hölle. Diese hier habe ich mir neulich beim Schneiden meiner Nägel zugezogen – mit einem vier Fuß messenden kutähkardanischen Langsäbel. Haha!" Sie schlug sich auf die Schenkel und sprang – noch etwas bezecht – auf. „Mein Held!"

Die Gildenleiterin klemmte sich, offensichtlich gut gelaunt glucksend, zwischen ihren Laufburschen und Mara, welche erfolglos versuchte, sich loszuzerren. Gilbert konnte, so eng an Cosma gepresst, den Blick nicht von ihren … Narben lassen, was ihr sichtlich egal zu sein schien.

„Du hast uns ja 'ne schöne Überraschung beschert. Gleich mehrere Fässer von dem guten Würgstoff. Die Männer und ich mussten uns sogleich eine kleine Kostprobe genehmigen. War eine riesen Sause. Ha! Weißt du …" Sie drehte sich zu

Mara um. „Der Junge hat echt was auf dem Kasten. Vielleicht spricht auch nur der Restalkohol aus mir …“

„Das ist wahrscheinlich, seltsame, halb bekleidete Dame.“ Mara nahm Cosmas Hand und entfernte sie von ihrer Schulter.

„Aber du hast dir da einen guten Kerl ausgesucht“, fuhr die Gildenleiterin fort.

„Sicherlich …“

„Einen Teufelskerl, ’nen ganz Ausgefuchsten.“ Sie suchte sich ein Glas zum Anstoßen, welches ebenfalls wie Schwerter geformt war – auch wenn Gilbert nicht ganz einleuchtete, wie dies möglich sein konnte. „Auf den Laufbur– eh … Hilfsabenteurer, Gilbert!“

Fast wäre er etwas verlegen geworden, konnte sich jedoch im letzten Moment in überzogene Selbstverliebtheit retten. „Also habt Dank, Frau Kommandantin. Das alles hätte ich nie geschafft ohne mein umfangreiches Können und meinen überlegenen Intellekt!“

„Und diese unglaublich schöne Haut! Sieh sich das einer an. Warum ist mir das nicht früher aufgefallen?“ Cosma fing – noch hier und da leicht schwankend – an, Gilberts Arm zu inspizieren.

„Wollt ihr mich hier zum Narren halten?“ Die Elfe blickte die beiden fassungslos an. „Ich dachte immer, Abenteurer seien irgendwie gewissenhafter. Aber wenn man sich ansieht, was hier so verkehrt, dann hab ich da doch meine Zweifel. Jetzt hol dir deinen Lohn, gib ihn mir und ich bin weg.“

„Lohn?“ Cosma drehte sich unbeholfen in ihre Richtung. „Das war keine offizielle Ausschreibung. Dafür gibt’s gar keinen Lohn. – Aber weil ihr die Männer und mich sehr glücklich gemacht habt, hier.“ Die halbangezogene Frau kramte in ihrem Ausschnitt und holte einen winzigen Beutel hervor. „Zwei Dorsch, sieben Nickel und ein Knopf mit gebrochener Öse. Den Rest habe ich gestern beim Wetttrinken verloren.

Aber hängt das nicht an die große Glocke."

Mara fühlte sich genasführt. „Behaltet doch Euer dämliches Almosen. Ich warte unten vor der Klitsche." Dann wandte sie sich Gilbert zu. „Und wehe, du lässt dich ohne mein Geld blicken oder versuchst, doch noch zu türmen!"

Die Elfe schritt, einen verdutzten Gilbert und eine an seinem weichen Ohr herumzupfende Gildenleiterin hinter sich lassend, zurück zur Tür und lief direkt gegen eine Wand von Mann, die im Zimmereingang stand.

„Damian van de Loern, erfreut." Ein großer, muskulöser Ritter in schwerer Rüstung, aus deren Schlitzen und Ritzen überall Brustbehaarung quoll – sogar auf Brusthöhe –, reichte Mara kurz die Hand und stieß sie dann schwungvoll zur Seite, um sich auf Cosma und Gilbert zuzubewegen. Ihm folgten zwei weitere Gestalten in ähnlicher Rüstung, jedoch mit weniger Brusthaar.

„Gilbeeert!" Seine habichtgleichen Augen (also wie die von Habichten, nicht Habichte selbst statt Augen – das würde ein beunruhigendes Bild abgeben) funkelten unter den buschigen Augenbrauen hervor. „Du verdammter Hund!" Er holte aus und der vollkommen perplexe Gilbert stieß einen viel zu hohen Angstschrei aus, der sofort verstummte, als der Ritter ihm einen Klaps auf die Schulter gab und zu lachen begann. „Hast uns gestern Abend ganz schön blöd aussehen lassen!"

„Mann, Lörne … Was willst du hier?" Cosma raufte sich entnervt die Haare und verdrehte die Augen.

„Das, werte … Kollegin …" – er betonte das *Kollegin* besonders abfällig und legte seine Hand auf Gilberts Schulter – „… ist unser neuester Anwärter auf einen schönen Platz in der Armee."

„Bin ich?" Gilberts Blick huschte von Van de Loern und seinen Gefolgsleuten zu der zähneknirschenden Cosma, dem Betrunkenen unter dem Tisch, der sich auf die andere Seite gerollt hatte, hin zu der Elfe, die häuptlings in einem Haufen zusammengerollter Teppiche in der Ecke des Raumes gelandet war.

„Ja weißt du denn nicht mehr? Das Zechen, die Pläne, die wir ausheckten, der Esel …"

„Moment, Moment", intervenierte Cosma. „Was für Pläne? Und was für ein Esel?"

Der Ritter lachte. „Die Geschichte kann dir unser Freund hier viel besser erzählen als ich. Jedenfalls hatten wir darüber gesprochen, dass er es bei uns noch weit bringen könnte."

„Könnte ich?"

„Das ist völlig unmöglich. Der Junge ist Hilfs…dings bei uns, hier in der Abenteurergilde. Und da wir gerade dabei sind: Gilbert, herzlichen Glückwunsch; du bist jetzt offiziell Mitglied der Gilde."

„Bin ich?!"

„Ach, Unsinn, Junge. Du willst doch ein echter Soldat werden und – wer weiß – vielleicht irgendwann sogar General, oder?"

Die Gildenleiterin und der Ritter beugten sich beide mit starrendem Blick über Gilbert, dass ihre Wangen sich aneinanderdrückten. „Für wen entscheidest du dich?"

„Kann ich nicht bei Euch beiden –"

„NEIN!"

„Nun komm schon", sprach Van de Loern. „Gib dir einen Ruck und komm zur Armee. Dienstags ist auch immer Karaokeabend. Nur ohne Karaokemaschine – weil so etwas noch nicht erfunden wurde." Er kratzte sich am übermäßig kantigen Kinn. „Jetzt klingt das Ganze irgendwie gar nicht mehr so reizvoll."

„Gilbert." Cosma überlegte noch eifrig, während sie schon sprach. „Wenn du zu uns kommst, gebe ich dir einen frisch eingetroffenen Auftrag: die Tötung eines Lindwurmes."

Gilbert war baff. Ein echter Lindwurm. Das war ja sozusagen schon fast ein vollwertiger Drache. Auch wenn er sich nicht mehr aktiv für die Politik interessierte, so wusste er dennoch um die Beraterafffären in der kärglichen Armee und war auch mit der andauernden Steuerverschwendung nicht einverstanden. Waren es doch seine Steuern, die da zum Fenster hinausgeworfen wurden – oder besser gesagt: Es wären die seinen, würde er denn arbeiten und Steuern zahlen.

„Jetzt holt dieses vollbusige Wiesel den Lindwurm raus! Wie soll man da noch gegen ankommen?" Der Ritter fuchtelte theatralisch mit den Armen und senkte seinen Kopf. „Könnten dich zwölf Urlaubstage im Jahr und unregelmäßige Betriebsausflüge zu den beliebtesten Sümpfen in und um Brackwegen umstimmen?"

Gilbert schüttelte den Kopf. „Ich habe mich schon entschieden. Es tut mir leid, werter Ritter."

„Ich hatte es befürchtet. Vielleicht denkst du ja doch noch einmal drüber nach. Wir haben immer eine offene Tür für dich – jedenfalls während der offiziellen Öffnungszeiten montags bis donnerstags von acht bis fünfzehn und freitags von neun bis zwölf. Cosma, meinen Glückwunsch. Ihr habt heute gewonnen."

Der Ritter ging zum Ausgang, beugte sich in Richtung der noch immer unter Teppichen begrabenen Elfe, gab ein „Ich empfehle mich" von sich und verließ unter Cosmas freudigem Gequietsche samt Begleitung den Raum.

„Es freut mich sehr", sprach diese unter euphorischstem Händeschütteln, „dass du nun feierlich Mitglied unserer Abenteurergilde bist."

„Habt Dank. Feierlicher wäre es wohl nur, hättet Ihr nicht bereits alles leergetrunken. Jedenfalls bin ich schon ganz erpicht auf den Auftrag, den gefährlichen Lindwurm betreffend. Erzählt mir mehr davon."

„Was den Lindwurm anbelangt, so muss ich erwähnen, dass es eigentlich nur ein ganz kleiner Lindwurm ist. Und so gefährlich dürfte er auch nicht sein. Er hat wohl fast eine Katze gefressen; die Katze hat aber glücklicherweise überlebt. Wenn ich so drüber nachdenke, habe ich den Auftrag auch längst an unseren anderen Anwärter vergeben … Hugo."

„Verstehe …" Gilbert war etwas traurig, wollte er doch so gern einen Lindwurm erlegen, wie der große Siegfried in den Geschichten des berühmten Autors Antikus Rheinbergen. Außerdem musste Hugo sterben. Ein schwerer Seufzer entfuhr ihm. „Dann war es das wohl mit meinen ritterlichen Abenteuern. Ich sollte mich wieder daran begeben, den großen Karottenbaum ausfindig zu machen."

Cosma strich sich eine Weile über die Nasenspitze und schnipste dann plötzlich mit den Fingern. „Lass deinen unförmigen Kopf nicht hängen! Ich habe da vielleicht noch einen anderen Auftrag." Sie torkelte zu einem – vermutlich ihrem – Schreibtisch und warf die Hälfte der Dinge darauf mit beiden Armen hinunter (was unter lautem Klirren ein tragisches Ende für die Schneekugelsammlung bedeutete, was wiederum die Gildenleiterin freute, da ihr aufgrund der Schneekugeln auf ihrem Tisch immer mehr Leute weitere Schneekugeln zu allerlei Anlässen schenkten und sie langsam den Überblick verlor – keiner vermochte mehr zu sagen, wie es mit den Schneekugeln damals seinen Anfang genommen hatte). Dann durchwühlte sie einen Berg von Briefen, bis sie auf das Schreiben stieß, welches sie wohl gesucht hatte. „Ja, hier. Das dürfte was für euch sein."

„Hättest mir ruhig mal helfen können." Mara hatte sich aus den Teppichbergen befreit und schlug Gilbert, nun neben ihm stehend, gegen den Arm.

„Es handelt sich um ein Schreiben von einem … Bekannten. Das Ganze soll *äußerst* diskret behandelt werden. Ihr müsst euch nach Großostberg begeben. Meldet euch bei der dortigen Gildenzweigstelle und ihr bekommt weitere Instruktionen. Die Sache wird wohl außerordentlich gut vergütet."

Mara machte einen Satz nach vorne. „Wie gut?"

„… ‚Außerordentlich gut'. Mehr steht hier nicht. Ihr würdet auf dem Weg am Drachenwald vorbeikommen; direkt hinter Pestdorf, bei Harfeld."

„Drachenwald?" Gilbert bekam große Augen. „Also könnte ich dort …"

„Nein. Der Wald heißt nur so, um Reisende nach Pestdorf zu locken. Scheint allerdings als Attraktion nicht viel herzumachen – es will trotzdem niemand hin. Dort soll es einen seltsamen, großen Baum geben, der manchmal zu den Leuten spricht – habe ich jedenfalls gehört. Von einem Obdachlosen, der offenkundig drogenabhängig war. Und Pyromane. Wir mussten hier damals ganz schön viel renovieren, das sage ich euch."

„Den Versuch ist es wert. Kommandantin Cosma, ich werde den Auftrag annehmen."

„Großartig! Hier …" Sie krakelte, noch immer unter leichtem Alkoholeinfluss, etwas auf ein gebrauchtes Taschentuch. „… ist ein Geleitbrief. Zeigt diesen im Quartier in Großostberg vor."

Gilbert nahm den Fetzen entgegen (die Tinte war vollkommen unleserlich und verwischte schon beim Ansehen) und steckte ihn in seine Tasche.

„Wer soll denn solche Märchengeschichten glauben?" Mara rieb sich die Schläfen. „Und so einer Mission ohne feste Vergütung werde ich mich garantiert nicht anschließen. Ich habe mir meine Meinung über Abenteurer gebildet und verabschiede mich nun. Die Herren …"

„He!", entgegnete Cosma nach kurzer Bedenkzeit, doch Mara hatte das Zimmer bereits verlassen.

„Keine Sorge, Kommandantin. Ich werde sie schon davon überzeugen, mich zu begleiten. Ihr könnt Euch auf mich verlassen."

„Das wollte ich hören, kleiner Gilbert! Eile weit, eile gut. Ich hau mich eine Runde aufs Ohr."

Gilbert verabschiedete sich von der Gildenleiterin, die auf halbem Wege zu einer Schlafbank auf dem Boden einen bequemeren Platz gefunden zu haben schien und sich dort niederließ, und rannte nach draußen.

Mara war schon ein ganzes Stück von der Gilde entfernt (Stück werden in Grasland in Morfel berechnet, wobei ein Stück siebenunddreißig Morfel entspricht), als Gilbert sie schnaubend einholte.

„Ganz schön aus der Form, alter Mann, was? So wird das aber nichts mit den tollen Abenteuern."

Er musste durch den Mund atmen, um mit ihr Schritt zu halten. „Ich wollte dir – uh, Seitenstiche! Ich wollte dich bitten, mich zu begleiten. Den Gewinn teilen wir fair unter uns auf – achtzig zu zwanzig."

Grimmig biss sich die Elfe auf die Unterlippe. „So langsam langt es mir. Erst prellst du mich um mein Geld – gut, meine Schuld. Mache niemals Geschäfte mit Idioten und Verrückten."

„Ach, hat dich noch jemand um deinen Lohn gebracht?"

Mara hatte ihn unfreiwillig in eine Hintergasse geführt und blieb stehen. „Ich habe vielleicht bisher nicht alles richtig gemacht in meinem Leben; aber nun bin ich halt hier. Hier, in dieser madigen Provinzstadt mit ihren bornierten Einwohnern."

Die heruntergekommenen Häuser ragten hoch, wie Schläger, die ihrem am Boden befindlichen Opfer das Butterbrot abnehmen wollten. Die letzten Reste Putz hielten die Gebäude zusammen wie Baukitt, und über die Balkone, die zu klein waren, um darauf zu stehen, waren kreuz und quer Wäscheleinen gespannt – heute war wohl Buntwäsche dran – und in manchen hingen auch noch vergessene Großeltern oder Kleinkinder.

Die Fensterläden krallten sich mit letzter Kraft an den Angeln fest, die Dächer hatten schon gute Tonsuren ausgebildet und die Reste der ausgefallenen Ziegel lagen überall verstreut in dem Hof herum.

„He, ich würde sagen", warf Gilbert besänftigend ein, „du hast einfach gar nichts richtig gemacht. Da ist wirklich alles schiefgelaufen."

„Es reicht. Ich weiß nicht, ob es mir mein Geld wert ist, noch mehr Zeit mit dir zu vergeuden. Lebe wohl, aber lebe ohne mich."

Sie öffnete die Tür eines besonders schäbigen Hauses und schlug sie Gilbert so fest vor der Nase zu, dass die blaue Farbe abplatzte. Diese hatte ihm Cosma beim Unterzeichnen des Geleittuches wohl versehentlich ins Gesicht gespritzt, was ihm nicht weiter aufgefallen war und was die Elfe dem Anschein nach als nicht besonders erwähnenswert befunden hatte.

Nun war sie fort. Doch Gilbert wusste, würde sie erst einmal allein sein und ins Nachdenken verfallen, so würde ihr klar werden, dass sie ihn, den charmanten jungen Ritter, ihren bisher besten Bett- und zukünftigen Abenteuergefährten, nicht so einfach ziehen lassen konnte. Das Einzige, das er jetzt tun musste, war, vor der Tür zu warten. Zu warten, bis sie ihn unter Tränen in ihre zarten Arme schließen würde, mit den Worten „Oh, Gilbert, ich kann nicht ohne dich und deine starken, männlichen Wadenmuskeln! Wie konnte ich mein bisheriges Leben nur fern von dir auskommen und wie konnte ich nur ein so brotloses Studium aufnehmen? Alles habe ich bisher falsch gemacht." Und er würde an ihrem feinen, gepflegten Haar riechen, das nach Himbeerpfannkuchen und Vanillinzucker duftete.

Ja, er war sicher, so würde es kommen.

Plötzlich wurde er von einem lauten Rasaunen aus seiner Fantasie gerissen. Unter unverständlichem Gebrülle flog ein Besteckkasten durch das Fenster über ihm und ging scheppernd neben ihm zu Boden. (Zu seinem Bedauern musste er feststellen, dass es sich dabei nicht um Silberbesteck handelte.) Es polterte, die Tür schlug auf und die schnaubende Elfe stürzte, einen mittelgroßen, klobigen Koffer – ganzflächig bestickt mit Wappen zwar exotischer Orte, jedoch eher solcher, die man bisher aus guten Gründen gemieden hatte – im Schlepptau, hinaus.

„Du verdammte Hexe!", rief sie hinauf.

„Kleine, billige Hure!" Die korpulente (wir sagen *fluffige*) Vermieterin des Hauses reckte sich, in eine geblümte, fliederfarbene Bluse gepresst (die sie als Einziges noch halbwegs in ihrer Form zu halten schien) und mit viel zu vielen Lockenwicklern in den Haaren, aus dem Fenster im zweiten Stock.

„Wen nennst du hier Hure?!" Die Elfe hatte angefangen, Dachziegel in Richtung des Fensters zu werfen, woraufhin Gilbert sie packte und von dem Haus wegzerrte.

Eine Hure war sie ja – und billig dabei nicht gewesen –, also musste sie sich wohl über das *kleine* so rasend aufregen. – Zu Recht, wie Gilbert fand; war sie doch mit Sicherheit an die sechs Fuß groß.

„Wenn du die Miete nicht zahlen kannst, dann schlaf halt bei deinem trotteligen Freier dort oder am besten gleich in der Gosse!" Die Dame am Fenster wich einem von Mara gut geworfenen Tonziegel aus, als hätte sie dies schon zigmal getan.

„Alte Schnepfe! Ich hetz' dir die Stadtwache auf den Hals! Wucher!"

Unter Gezeter und nicht unerheblicher Gegenwehr zog Gilbert die Elfe aus der Gasse, bis hin zur Straße, und wollte ihr schon die Hand vor den Mund pressen, um sie zu beruhigen, doch sie erwiderte die Geste nur mit einem Hieb in seine

Magengrube. Im Gegensatz zu ihm atmete sie tief durch.

„Zwei Wochen." Mara presste die Zähne zusammen und wischte mit ihrem Arm über die feuchten Augen.

Gilbert hätte schwören können, so etwas wie ein Tränchen gesehen zu haben; doch das konnte gar nicht sein. Wusste er doch, dass Elfen keine Seele hatten und folglich auch gewiss keine echten Emotionen verspürten. Vielleicht hatte sie ja auch einfach etwas Zugluft abgekriegt. Das konnte um diese Jahreszeit schon einmal vorkommen; vor allem, wenn man dauernd bei offenem Fenster schlief.

„Zwei Wochen war ich in diesem Loch von Stadt. Und was nun?"

„Komm, setz dich und atme einmal richtig durch."

Die beiden begaben sich auf den Bordstein, Maras Koffer zwischen ihnen.

„Also hast du mit mir geschlafen, weil du das Geld für –"

„... für die Miete brauchte. Genau so ist es." Sie sah ihn über den Koffer hinweg an und schob nach: „Vielleicht bist du doch nicht ganz so schwer von Begriff."

Er wollte eigentlich *für Brustimplantate* sagen, doch ihre Antwort leuchtete ihm ebenfalls ein. Natürlich hätte sie auch ohne Bezahlung mit ihm geschlafen; sie selbst war offenbar nur zu stolz, dies vor ihm zuzugeben.

„Was mache ich denn jetzt?" Sie blies einen Moment Trübsal und fuhr dann fort: „Halen ist wohl einfach nicht meine Stadt. Wo anders finde ich bestimmt mein Glück."

„Ja, zum Beispiel als Gefährtin auf meinen zukünftigen Abenteuern. Du kannst mich gern begleiten. Das Angebot von vorhin steht noch."

„Ich passe. Zum einen zahl du mir erst mal mein Geld, zum anderen schlafe ich lieber mit einer Horde ungewaschener Oger, bevor ich auch nur einen Finger für dich rühre."

Gilbert war verwirrt. Die Elfin hatte seltsame Vorlieben.

„Also dann." Sie stand auf und ergriff ihren Koffer. „Ich werde nun gehen."

„Warte! Das muss Bestimmung sein. Ich wollte die Stadt ohnehin verlassen und wir haben ja denselben Weg. – Jedenfalls bis dort vorne." Gilbert, der hastig aufgesprungen war, deutete auf das Stadttor in der Ferne.

„Bitte, verschone mich …"

Unter Maras deutlichem Protest gelangten sie wieder zu dem Stadttor, durch das Gilbert am Tage zuvor Halen betreten hatte. Am Wegesrand luden zwei kräftige Männer Fracht auf einen Karren, während eine Frau die Pferde aufzäumte – jedenfalls die Pferde, die zum Karren gehörten. Hätte sie angefangen, alle umherstehenden Pferde aufzuzäumen, dann wäre das eine sehr langwierige Aufgabe geworden, die jedem Nutzen entbehrte.

Fürwitzig schaute Gilbert, was sie dort trieben, als etwas, das wie Hilfeschreie klang, aus der Richtung des Karrens ertönte und ihn gewahr werden ließ: „Hey, das ist mein Knappe!"

„Knappe?" Mara schaute verdutzt dem zum Karren hechtenden Gilbert nach.

Die beiden Händler hievten soeben einen kleinen Käfig hinauf, in dessen Innern tatsächlich der Hurtz, an den Gitterstäben rüttelnd, seine Seele aus dem Leib krächzte.

„Haltet ein, meine Herren! Was Ihr dort gedenkt, mit Euch zu nehmen, das ist mein Knappe. Kleinmann sein Name."

„Du hattest den armen Hurtz komplett vergessen, du mieser Halunke!" Mit für solch ein kleines Wesen beachtlicher Aggressivität presste sich Schmodrick gegen die Käfigstangen.

„Kennst du das Viech?" Aus Neugierde war Mara ihm gefolgt, hatte sie doch eh keinen Zeit- oder Termindruck.

Die beiden Männer sahen sich an und ließen den Käfig unsanft auf die Ladefläche fallen. Dann sprach einer von ihnen: „Knappe? Das Biest gehört in den Zirkus! Da kommt es vermutlich auch her, so misshandelt, wie es ausschaut."

„Nein, das ist ganz eindeutig mein Knappe. Wurstige Finger, pelziges Köpfchen, knopfartige Augen. Ihr könnt doch nicht einfach fremder Leute Knappen entführen."

„Haben wir ja auch nicht. Wir haben ihn von einer kuriosen Dame mit Hakenhänden erworben. Sie sagte, ein totaler Volltrottel tauschte ihn beim Kartenspielen ein, weil ihm das Geld ausgegangen war."

„Na dann ist der Fall doch klar: Jemand muss ihn mir weggenommen und dann beim Kartenspiel verwettet haben. Sucht einfach diese schamlose Person und verlangt Euer Geld zurück. Meinen Knappen gebt mir."

„Nichts da. Der bleibt bei uns."

„He! Was ist das für'n Lärm da hinten?!" Die Frau vor dem Karren wandte sich von den Pferden ab und kam auf Gilbert und seine Begleiterin zu.

„Yrmel, die behaupten, das Teil in dem Käfig ist von ihnen."

„Stimmt das, was mein Bruder sagt?" Ihre eingerissenen Lippen gaben fletschend die noch vorhandenen grünlichen Zähne frei.

Gilbert wollte zurückrudern, da er sich ja gewiss schnell nach einem neuen Knappen hätte umschauen können, hatte jedoch Probleme damit (so ganz ohne Paddel), sodass Mara einwarf: „Schaut mich nicht so an. Ich habe mit der ganzen Geschichte garantiert nichts zu tun."

„Ja, darauf verwette ich meine linke Titte, du dreckiges Bordsteinschwälbchen. Hab dich neulich hier gesehen. Mit 'nem ganz geschmucken Mann haste dich vergnügen wollen. Sag, –"

Doch ehe die Händlerin weiterreden konnte, trat Mara ihr mit dem Stiefel vor das Schienbein und rammte ihr das Knie gegen das Jochbein, dass sie regungslos in den Staub fiel.

„Du hast sie getreten! Ist sie tot? Warum tust du so was?!" Gilbert stand perplex da und sah der Elfe nach.

Der eine Mann langte in den Plunder auf der Ladefläche des Karrens, zog einen abgegriffenen Prügel heraus und stapfte grimmigen Blickes auf den erstarrten Gilbert zu.

Er hatte Schlägereien immer gescheut – jedenfalls die, in denen er der Schwächere war – und in diesem Moment rutschte ihm das Herz in die Hose (angeborener Gendefekt), dass er nichts konnte, außer zuzusehen, wie der Schläger seine Brustmuskeln spielen ließ.

Dem anderen ihren Koffer gegen den Kiefer schmetternd rief Mara: „Hier, fang!", und warf Gilbert ein aus ihrem Stiefel gezogenes Messer zu, welches er unbehände fing – mit nur marginalen Schnittwunden.

„Was soll ich damit tun?!" Er richtete das – wirklich hübsche! – Messer mit zitternden Händen in Richtung des Angreifers.

„Mach ihm den Garaus!" Die Elfin hatte sich auf ihr malträtiertes Opfer geworfen und schlug nun immer und immer wieder mit dem Koffer darauf ein, sodass sein Kopf schon einen gut sichtbaren Abdruck im Straßenpflaster hinterlassen hatte.

Der bullige Kerl, der sich voller Grimm vor Gilbert aufbäumte, erhob seinen Prügel und holte zum Schlag aus, als Gilbert vor lauter Anspannung urplötzlich einen Anfall von Schluckauf bekam und ihm dabei ruckartig das Messer in den Bauch stach.

„Oh Götter, es tut mir so leid, ich …"

Die Entschuldigungen waren vergebens, denn unversehens trat seinem Opfer Blut aus allen Körperöffnungen (und ich meine *wirklich allen*), und während Gilbert noch versuchte, die Blutfontänen zurückzuhalten, neigte sich der Mann zu ihm hinunter. Blut floss aus seinen Augen und Ohren und er flehte ihn an: „Hilf mir! Diese Schmerzen! Aaaah!"

Er sackte zu Boden und Gilbert presste beide Hände auf die Öffnungen und nahm, als sich eine Weitere auftat, auch noch seinen Fuß zu Hilfe. Im Hintergrund ließ die Elfe derweil ihre offenbar angestauten Aggressionen fortwährend an ihrem Kontrahenten aus.

„Warum nur? WARUUUUUM …?!“ Der Mann griff nach Gilberts Hemd und krallte sich, es stark besudelnd, mit aller Kraft daran fest.

Was hatte er da nur getan? Würden genügend Pflaster die Situation wieder richten können? Und hatte er noch diese Rechtsschutzversicherung von „Königsberger und Collegen“?

„Es … es war Notwehr! Ich wollte nicht …“ Gilbert, komplett in Nösel von Blut getränkt, konnte dem gurgelnden, fontänengleich vor sich hinsprudelnden Fleischklops nicht mehr helfen und dieser verröchelte vor ihm qualvoll auf dem Boden. Mara saß auf dem anderen ohnmächtigen Händler (auch hier gilt wieder, er war vermutlich ebenfalls tot), während der durchweichte Gilbert völlig perplex an sich hinuntersah. Wo war er nur hineingeraten?

Aus der Ferne hatte Justice-Fly, der Söldner vom Vortag (wir erinnern uns), den Kampf beobachtet, kam zum Schauplatz des Blutbades und klopfte Gilbert, von einem matschigen Geräusch begleitet, auf die Schulter. „Jepp, eindeutig Notwehr. Hab ich auch gesehen. Machst du so was öfters?“

„Nein … ich … Ich habe noch nie jemanden …“, stammelte Gilbert, den Blick nicht von dem grotesk zertriebenen Leichnam lassend.

„Na dann, herzlichen Glückwunsch zu deinem ersten Toten. Mögen noch viele weitere folgen. – Unter uns …“ Er beugte sich zu ihm hinüber. „Solltest du die Kadaver nicht benötigen, so hätte ich da einen zahlungskräftigen Abnehmer und –“

„Gilbert, komm, wir müssen hier weg!“ Mara hatte sich den Käfig mit dem Hurtz geschnappt und war schon einige Schritte gegangen. „Zu viel Aufmerksamkeit. Wir können hier nicht bleiben.“

Wachgerüttelt eilte ihr Gilbert schnellen Schlurfens nach, wobei er eine nicht unerhebliche Menge Rot über dem gesamten Pflasterpfad verteilte.

Sie hörten den Soldaten noch aus der Ferne rufen: „Überleg's dir! Kinder bringen einen Bonus!", und waren schon fort aus Halen.

Pestdorf

— Kapitel 4 —

Den gesamten Weg über hatten sie nicht ein Wort gewechselt, bis Mara sich streckte und Gilbert erleichtert ansah. Der hatte nun schon das vierte Handtuch gebraucht, um das viele Blut aus seinen Haaren zu bekommen. Sie schien sich nicht sicher zu sein, ob er es allein lebend oder zumindest unter Bewahrung all seiner Gliedmaßen bis dorthin schaffen würde, so täppisch wie er sich benahm, und überlegte wohl, diesen insolenten Einfaltspinsel besser bis in die nächste Stadt zu begleiten. „Das vorhin, das tat gut."

„Ich weiß nicht." Gilbert wrang das durchtränkte Tuch aus, dass sich dessen Inhalt über den neben ihm wandelnden Hurtz ergoss und dieser begann, laut zu protestieren. „Glorreiche Kämpfe, epische Schlachten … Ich habe mir das alles etwas rühmlicher vorgestellt."

„Jaja, aber so ist die Realität nicht. In der Realität stehst du vor zweihundert Mann blutrünstiger permenischer Soldaten und hast zu deiner Verteidigung nur einen rostigen Sparschäler bei dir. Alles andere sind nur Geschichten aus irgendwelchen Abenteuerbüchern von alten Leuten, die diese Welt selbst nur aus Büchern kennen. Über Herakles den Claviger und dergleichen."

„Du hattest anscheinend keine Probleme ... und das sogar ohne Sparschäler. Vermutlich wärst du wirklich ein besserer Abenteurer als ich."

„Endlich versteht es mal einer. Mit ein bisschen Übung und Hass auf die Welt kommt man halt doch meist besser durchs Leben. Fürs Erste: Freu dich einfach, dass du eine Lektion gelernt hast und wir unbeschadet aus der Sache herausgekommen sind."

Gilbert nickte. Er würde die Bilder nie vergessen können und noch oft des Nachts, von ihnen heimgesucht, schlaflos daliegen. Es pochte stärker in seiner Brust. Die Schreie würde er nie mehr aus seinem Kopf bekommen. Diese unerträglichen Schreie.

„Was haben wir zu essen dabei?" Die Elfe schaute ihn erwartungsvoll an.

Er wühlte in seiner Tasche. „Ich habe hier noch ein, zwei Pflaumen, eine Wurzel ... und diesen Blaukäse."

„Das ist ja eine Auswahl. Na gib schon her." Sie nahm sich die Wurzel und begann genervt darauf herumzukauen. „Wenn ich eins nicht leiden kann, dann ist es Käse."

„Ich dachte Idioten."

„Idioten esse ich aber auch nicht, du Depp. Was ist eigentlich mit deinem Haustier? Will das nichts? Es sieht hungrig aus." Sie zeigte auf Schmodrick.

„Ach, das ist ein Gnom. Die ernähren sich von Moos und Sonnenstrahlen und müssen nur alle acht Tage essen."

„Lügen! Du lässt den armen Schmodrick verhungern!" Der Hurtz schüttelte fassungslos den Kopf und blickte zu Mara. „Immer denkt er sich seltsame Geschichten aus. Wie das mit der Weltkarte."

Mara gab ihm eine der Datteln, die sie Gilbert unter Androhung von Kniffen aus der Hand genommen hatte. „Welche Weltkarte?"

Der Abenteurer in spe hatte offenbar seine gute Laune wiedergefunden – konnte er sich doch nun ausgiebigst profilieren –, räusperte sich und gab seine Theorie des Weltkarten-Weltbildes zum Besten.

Im Laufe des Vortrages kniff Mara ihre Augen immer weiter zusammen und sagte schließlich: „Abgesehen davon, dass die Erde erwiesenermaßen eine gewisse Krümmung aufweist ... Rein hypothetisch: Wäre die Erde eine Karte, an deren Seiten das Wasser hinunterflösse, wo käme dann immer wieder neues Wasser her und wo flösse das alte hin?"

„Eine gute Frage! Es ist doch ganz offensichtlich: Das Wasser, das hinunterfließt, sammelt sich drum herum. Deshalb ist auch der Himmel blau. Und irgendwann denkt sich das Wasser dann, es sollte zu Wolken werden und wieder als Regen auf die Erde zurückfallen." Dass sie darüber nicht nachgedacht hatte, amüsierte ihn. Er hatte es sich ganz allein durch die intrinsische Anwendung der Logik herleiten können.

„Das halte ich für eine überaus trottelige Idee. Und müsste nicht diese Karte auch eine gewisse Dicke besitzen? Immerhin kannst du zig Fuß nach unten graben und trotz alledem ist kein Ende in Sicht."

Gilbert dachte nach. „Vielleicht ist es keine simple Karte, sondern eine Art Buch. Und jede Seite ist wie eine Erdschicht."

„Wenn dem so wäre, dann könnten doch bestimmt noch Lebewesen zwischen den anderen Seiten oder auf den Rändern leben, oder?"

„Ich glaube, so langsam verstehst du es.“ Gilbert freute sich, der Elfe etwas beigebracht zu haben, während diese ob der Gedankengänge dieses simplen Mannes nur die Augen rollen konnte.

Um sie nicht weiter vorzuführen, wechselte Gilbert zu einem etwas leichteren Thema: „Sag, wie bist du eigentlich zur Hurerei gekommen?“

„Das heißt Prostitution.“ Mara fuhr sich nachdenklich über die Augenbraue. „Jedenfalls musste ich meine Lebenshaltungskosten während des Studiums decken. Und die Universitätsgebühren waren auch nicht niedrig. – Ganz zu schweigen von den sich summierenden Standardwerken. Für die ‚Aufbauenden Grundlagen der Sozioökonomie‘ waren es ganze sieben Stück! Zu Beginn ist es etwas seltsam, aber man gewöhnt sich schnell daran, und dann wird es irgendwann recht alltäglich.“

„… du meinst das Lesen.“

„Den Geschlechtsakt mit Fremden.“

„Den Geschlechtsakt, klar.“ Gilbert musste in diesem Gespräch irgendwie die Kurve kriegen. „Aber mal feministisch betrachtet … damit tust du doch dem Ansehen der Frauen in dieser Welt keinen Gefallen.“

„Ja und? Was interessieren mich denn *die Frauen?* Ich mach das doch für mich allein. Und es ist schnelles Geld. – Wenn man nicht gerade an geistige und wirtschaftliche Totalausfälle wie dich gerät.“

„Ah, verstehe! Du machst das, weil du eine starke, selbstbewusste Frau bist. Und das soll andere motivieren, es dir gleichzutun. Weil Frauen alles sein können, wenn sie nur wollen!“

„Nein, warte – hörst du mir überhaupt zu? Was soll das mit diesem Frauen-Ding? Ich mache das, weil ich das gut kann und weil das nun mal mein Job ist. Und das war’s. Keine kuriosen Verschwesterungen mit der weltweiten Vereinigung aller Frauen oder dergleichen.“

„Du bist so bescheiden.“

Mara schüttelte seufzend den Kopf, doch Gilbert streute schon mit wortgewandter Finesse das nächste Thema ein:

„Ich habe dir ja noch gar nicht erzählt, warum ich überhaupt zum Drachenwald will."

„Ja, und es interessiert mich vermutlich auch nicht. Gewiss wirst du wegen irgendeiner Dummheit dabei sterben." (In den Gedanken der Elfe war er von oben bis unten mit Honig eingerieben, trug einen Bienenstock auf dem Haupt, war in seine eigene Bärenfalle getappt und wurde von gefräßigen Gleithörnchen attackiert.) Sie musste kichern.

„Es geht aber um das Ende der Welt! Und ich bin der Einzige, der das verhindern kann."

„So dramatisch klang das aber gestern nicht, was die halbnackte Frau in dem Teich gesagt hat", warf der Hurtz ein, wurde jedoch eine Kopfnuss später unterbrochen.

„Es ist jedenfalls so", fuhr Gilbert fort, „dass besagte holde Dame mich, den Helden der Prophezeiung, beauftragte, den großen Karottenbaum zu finden."

Mara strich sich über die Braue. „Wenn du dauernd so einen hanebüchenen Stuss von dir gibst, dann denken irgendwann alle Leute, du hättest einen ernsthaften Schaden. Prophezeiung, Karottenbaum … Also echt."

„Was ist so unglaubwürdig an einem Karottenbaum? Nur weil er wohl sprechen können soll?"

„Du meinst das wirklich ernst. So einen Vogel wie dich habe ich echt noch nie gesehen."

Nach mehreren Stunden vergeblicher Überzeugungsarbeit seinerseits, dass Karotten natürlich auf Bäumen wachsen konnten, wenn man ihre Samen wortrichtig vergrübe – gab es doch beispielsweise auch Erdäpfel – erreichten sie das Ortseingangsschild. Es gab den schlecht leserlichen – weil etwas schwach aufgetragenen – Namen der Stadt preis:
PESTDORF. //TODO: NEUE FARBE KAUFEN.

Überall war Matsch. Gilbert ging ein paar Schritte. Matsch. Er sah sich um. Auch Matsch. Schmodrick hatte durch seine Größe Probleme, nicht komplett zu versinken. Die unstrukturiert aufgestellten Holzhütten in dem Ort hatten Strohdächer. Sie waren entweder stark zerfallen oder halb niedergebrannt. Also Hütten und Strohdächer.

Auf so etwas wie einem Marktplatz angekommen, blieben sie stehen und sahen sich um. Da war ein Mann, der Schlamm aus einem Brunnen in einen Eimer füllte. Er sah zerlumpt aus und hatte sich eine einäugige Katze an den Kopf gebunden.

Gilbert watete zu ihm und sprach: „Frischauf, alter Bauer! Wir haben den weiten Marsch von Halen bis hierher auf uns genommen, für eine abenteuerliche Mission."

Der Mann hob seinen osteoporosebedingt schlaff herabhängenden Kopf an. „Erstens bin ich erst zwanzig Jahre alt, zweitens bin ich nicht Bauer, sondern der Sohn des Bürgermeisters – und Bauer. Und drittens ist Halen doch gerade mal sieben Meilen entfernt." Er beäugte Gilberts und Maras Hosen. Die steckten bis zu den Knien im Morast. Den Hurtz hatte Mara angehoben, da er zu ersticken drohte. „Ihr kommt tatsächlich nicht von hier. Eure Kleidung hat euch verraten. Viel zu viel Stoff und zu wenig Löcher. Pusteln oder fehlende Körperteile habt ihr offensichtlich auch nicht. Also, was ist euer Anliegen?"

„Gilbert mein Name. Ritter, Abenteurer und –"

Mara stieß ihn mit dem Ellbogen zur Seite, fast wäre er ausgerutscht. „Der Idiot, den Ihr hier vor Euch im Dreck kreuchen seht, sucht einen ominösen Baum, an dem Karotten wachsen. Er soll im Drachenwald stehen. Ich bin nur hier, weil er mir noch Geld schuldet."

„Für sexuelle Dienstleistungen!", warf Gilbert ein.

Der Bauer kratzte sich an der krätzigen Katze auf seinem Kopf. „Zum Drachenwald! Ja, da soll es wohl so einen Baum geben. Hat jedenfalls mein Schwager erzählt, also gewissermaßen mein Onkel. Und der weiß so einige Dinge. Wusstet ihr zum Beispiel, dass man Quecksilber nicht trinken sollte? Oder dass Ethanol ein guter Brandbeschleuniger ist? Verrückt, was? Ihr wollt doch gewiss ein paar Souvenirs für eure Kindchen zu Hause mitnehmen."

Er breitete ein Tuch auf dem Schlamm aus. Darauf lagen aus Stöcken, Kastanien und abgewickelten Klopapierrollen gebastelte Figuren von Drachen. Es war eine stümperhafte, mindestens jedoch infantile Arbeit.

„Kindchen zu Hause? Wie kommt Ihr darauf, dass wir ein Paar wären?" Mara rümpfte die Nase.

„Ich dachte wegen Eures neckischen Betragens und weil Eure Begleitung ganz blutverschmiert ist. – Also, wollt Ihr einen hübschen Basteldrachen kaufen? Vielleicht für Euren Feldhamster dort?" Er zeigte auf den zugesumpften Hurtz. „Nur zwei Nickel das Stück."

„Kein Bedarf. Nur den Weg zum Drachenwald, bitte."

Der junge Alte seufzte in Trübsinn. „Ich verstehe schon. Niemand will hier sein Geld lassen. Hier in Pestdorf sind die Leute so arm.Wenn jemand ermordet oder entführt wird, dann ist das für uns eine Bereicherung. Wir sind sogar so arm, dass nicht einmal die Erzählertexte sonderlich ausgeschmückt werden."

Da hatte er recht.

„Na, das ist ja wohl eure Schuld", wandte Gilbert von der Seite ein, „wenn ihr auch euer blödes Dorf in dieser Schlammgrube erbaut."

„Früher war dies eine wunderschöne Kiesgrube, wisst ihr. Doch dann fing die Stadt Harfeld an, ihre ganzen Abwässer und die Jauche hierher umzuleiten, damit nicht alles in die Flüsse geschwemmt wird und die vom Aussterben bedrohten Zwergmolche gefährdet."

„Und deshalb heißt der Ort nun Pestdorf, verstehe“, sprach Gilbert nickend.

„Wie meinen? Der Ort hieß schon immer so. Ist doch ein netter Name, denkt ihr nicht?“

Mara blickte sich um. „Dann stehen wir hier also in …“

Schmodrick fing leise an zu schluchzen und das Schluchzen ging in ein Blubbern über, da die Elfin ihn vor Ekel langsam hinuntersacken ließ.

„Zum Wald geht's jedenfalls dort entlang. Immer dem hellbraun-grünlichen Matschpfad nach.“

Kurz vor dem Waldrand angelangt, hastete eine verwahrloste Frau, die in dem Eingang einer eingestürzten Hütte gelauert haben musste, auf die Reisenden zu. „Ich hab's gesehen!“ Sie hatte zerzaustes Haar voll getrockneter Schlammbrocken.

„Was gesehen?“

„Ihr habt mit dem Sohn des Bürgermeisters gesprochen! Was habt ihr mit ihm zu schaffen? Redet!“

Gilbert wich ein Stück zurück, da die gute Dame dezent aus dem Mund roch. „Wir haben nur nach dem Weg gefragt und –“

„Nach dem Weg … nach dem Weg. Alle Wege führen nur in die Verderbnis! Und glaubst du, jemand, der so viel Macht hat, weiß nicht, dass alles den Bach runtergeht?“

„Ich … ich kann nicht ganz folgen.“ Gilbert sah fragend zu Mara, doch die schüttelte nur schulterzuckend den Kopf.

„Die … hör … hör zu: Die machen erst die Umwelt kaputt, dann die Bienen und die Vögel. Das machen die, damit es nachher nur noch Fertigfraß gibt. Der kostet natürlich Geld und keiner kann sich mehr selbst versorgen. Deshalb kippen die den ganzen Scheiß auf die Fel–“

Der Hurtz signalisierte Mara mit energischem Blickkontakt, dass sie sich besser fortbegeben und die verquere Vettel nicht weiter beachten sollten.

„Hey, ich sehe das! Ihr glaubt mir nicht. Ist schon klar, lass die Verrückte reden. Aber du weißt es auch, DIE machen das!"

Gilbert war verunsichert. „Wer sind denn *die?*"

„Na *die Regierenden!* Es ist alles geplant! Die bringen diese ganzen neumodischen Fruchtbrausen raus, damit die Studenten keinen Alkohol mehr trinken! Und weißt du auch, warum? Damit die deren Gedanken besser lesen können, Mann!"

„Moment mal", unterbrach Gilbert die Frau, deren Auge beängstigend angefangen hatte, zu zucken, in ihrer Tirade. „Warum sollten denn Leute wie Fürst Jorgen Merseburg oder Herzogin Ketlin Annalena von und zu Andurchbeikrax die Gedanken von Studenten lesen wollen? Das erscheint mir reichlich unglaubwürdig."

„Das liegt doch auf der Hand! *Die Weltverschwörung!* Schau, ich habe alle Knöpfe von meiner Kleidung abgetrennt." Sie hob ihre Lumpen an und die drei sahen Dinge, die sie nicht sehen wollten.

„Meine Augen!", schrie der Hurtz.

„So können sie einen nicht mehr so leicht finden. Haben nicht mit der schlauen Ghabi gerechnet. Aber bleib einfach weiter in deinem Kokon, dummes, einfältiges Schaf." Sie winkte ab.

„Ich habe doch nur nach einem Grund ge–"

„Du siehst es einfach nicht! Wahrscheinlich steckst du noch mit drin oder bist nur zu dumm, um es zu begreifen."

„Das geht jetzt aber ad hominem!", empörte sich der Abenteurer.

„Gilbert … lass uns weiter", drängte Mara und deutete mit ihren Augen Richtung Wald. „Das hier führt zu nichts."

Unter den Beleidigungen und Theorien über eine Rasse von Lurchen, die sich in Menschenkostümen durch die Städte bewegten, den gehobenen Mittelstand und die Eliten zu unterwandern, ließen sie die mutmaßlich wahnsinnige Frau hinter sich. Vielleicht hatte Gilbert nicht hart genug gestritten. Allerdings hatte er auf diesem Niveau auch keine Muße dazu und begnügte sich mit dem Gedanken, dass man mit so jemandem eh nicht mehr diskutieren könne.

Der Drachenwald

— Kapitel 5 —

Ein schmaler Trampelpfad wies den Weg in den tiefen Wald. Das dezente, fünfzehn Fuß hohe Schild mit der Aufschrift Zum Drachenwald* [*Keine Erstattung bei verlorenen Körperteilen oder Mitreisenden] ließ keinen Zweifel; sie mussten ihrem Ziel (also Gilberts Ziel) nahe sein.

Während sie sich durch das dichte Gestrüpp kämpften, dachte er nach: Wie viele Stunden hatte er des Nachts wach gelegen und davon geträumt, bekannt und berühmt zu sein, als echter Held – und nicht nur, weil sein Vater sein Vater war? Und nun konnte er sich endlich bald beweisen vor dem großen Karottenbaume und seinen treuen Weggefährten, der anmutigen Prostituierten und seinem Knappen Kleinmann.

„Ich habe schon wieder Hunger", beklagte sich die Elfe vernehmlich.

„Du hast doch vorhin erst die Wurzel gehabt!“ Schmodrick sah sie verständnislos an.

„Also ich könnte langsam auch ein wenig essen“, sprach Gilbert, als ihm etwas im Gesicht herumflog und er genervt zuschlug. „Blöde Blutsauger! Die werden auch jedes Jahr größer.“

Mara zog das vermeintliche Insekt von seiner Stirn und beäugte es. „Idiot. Hast du schon mal so eine riesige Mücke gesehen? Das ist eine Fee.“

Um sie herum huschte und surrte es in den buntesten Farben. Wie eine Schar Schmetterlinge tänzelten zig kleine Wesen mit schillernden Libellenflügeln in den schönsten Farbtönen des Regenbogens um sie herum. – Wo auch immer die Regenbögen auf einmal hergekommen sein mögen.

„Oh nein, Primelchen!“ Eine der Feen flog zu ihrem erschlagenen Kameraden, den Mara an einem Bein zwischen den Fingern baumeln ließ.

Eine weitere Fee kam dazu. „Es war bestimmt ein Versehen, Hagebüttchen.“

„Ja, du hast recht, Schwester! Sie wollten unserem Bruder gewiss nichts Böses, so freundlich, wie sie aussehen. Und dass sie voller Blut und Fäkalien sind, ist bestimmt auch nicht ihre Schuld.“ Sie kratzte sich an ihrer Topfschnittfrisur.

„Genau! Wenn wir wieder beim Karottenbaum sind, dann stimmen wir einen Trauergesang für Primelchen an.“

„Oh ja, das ist eine wundervolle Idee, Schwester!“

„Apropos.“ Die beiden flogen zu Maras Schulter und ließen sich nieder. „Hallo, Fremde! Wir sind die Feen dieses Waldes und wir sind hier, um euch zum großen, weisen Karottenbaum zu geleiten! Folgt uns einfach und wir weisen euch den rechten Weg.“

„Ich hasse Feen.“ Die Elfe versuchte, die beiden mit einer fuchtelnden Handbewegung zu verscheuchen.

„Warte mal. Ich glaube, sie wollen uns etwas sagen.“ Gilbert schnappte sich ein paar von ihnen, um sie sich aus der Nähe anzusehen, wodurch diese gut durchgeschüttelt wurden. Er war schon hier und da immer mal wieder auf Feen gestoßen. So wie die aus den Geschichten seines Großvaters waren sie allerdings nie gewesen – konnten die aus den Erzählungen im Gegensatz zu diesen hier nämlich reden.

„Vergiss es", wiegelte Mara ab. „Die können nicht sprechen und fliegen einem immer nur nervig vorm Gesicht herum oder verstopfen den Abfluss."

Die beiden aufgescheuchten Feen sahen sich entmutigt an.

„Ich glaube, sie verstehen uns nicht, Schwester!"

„Wir müssen es nur stärker versuchen. Vielleicht sollten wir lauter rufen?"

Feen konnte man ähnlich wie Frösche zubereiten, indem man sie über einer offenen Flamme grillte, bis sie schön braun und knusprig waren. Während Gilbert seinen Stock über dem entfachten Lagerfeuer ihres frisch errichteten Rastplatzes drehte, schüttelte der Hurtz verständnislos den Kopf.

„Wie könnt ihr nur die kleinen Lebewesen essen?"

„Der Trick ist, glaube ich, um die feinen Knöchlein herumzuknabbern, sonst bleiben diese noch zwischen den Zähnen stecken", mutmaßte Gilbert. „Willst du denn nichts davon haben?"

„Oh nein, ohne mich! Der Hurtz ist überzeugter Vegetarier. Eigentlich sind alle Hurtze Vegetarier."

„Konformist!", zischte die Elfe und knusperte weiter an einer Fee herum.

„Na ja, mehr für uns", schmatzte Gilbert und fügte an: „Du sagtest, du seist der einzige Kleinmann. Was ist denn mit den anderen passiert?"

Der Hurtz setzte sich auf einen Stein am Feuer. „Eines Tages, puff, da waren auf einmal alle verschwunden, haben den kleinen Schmodrick ganz allein gelassen. Wurden wohl von bösem Schnarf-Warf gefressen oder so." Er blickte die beiden nacheinander an. „Ihr … wollt bestimmt wissen, was Schnarf-Warf ist, oder?"

„Nein, eigentlich nicht."

„Kein Bedarf", fügte die Elfe hinzu. „Aber du darfst uns gern erzählen, falls du zufällig irgendwo einen Topf voll Gold –"

„Still!" Schmodrick hielt Mara mit einer pelzigen Handbewegung zum Innehalten an. „Da war ein verdächtiges Knacken."

„Was kann das gewesen sein?" Gilbert, den halben Grillstock verschlingend, sah erwartungsvoll zu Mara.

„Was schaust du mich so an? Ich bin Geisteswissenschaftlerin und keine verdammte Wald- und Wiesenelfe."

„Ruhe jetzt! Der Hurtz muss lauschen!"

Gilbert löschte das Feuer mit seinen Füßen, woraufhin Mara aufsprang und anfing, hektisch Erde auf seine brennenden Schuhe zu streuen. Es raschelte in den Baumkronen und die Geräusche wurden immer lauter. Rechts ein Raunen. Links ein Brausen. – Sie kamen aus allen Richtungen. Die drei wähnten sich umzingelt und blickten sich, Rücken an Rücken, panisch um. Plötzlich zischten von den Bäumen flink kleine braune Kugeln an Lianen zu Boden und umringten die Gruppe.

„Nein, was seid ihr denn Süßes?!" Gilbert beugte sich nach unten zu den kleinen Angreifern.

Es handelte sich um flaumige Zwergwachteln – bestimmt an die zwanzig Stück –, die mit bösen Blicken aus Stöckchen geschnitzte Speere auf sie richteten. Er streckte seine Hand nach einer der Wachteln aus. Sie musste unheimlich flauschig sein, und obwohl sie so wütend dreinsah und das putzige Köpfchen zur Seite neigte, war sie in ihrem Inneren bestimmt ein liebes, reines Wesen.

„Idiot. Streichel die besser nicht. Sie sehen gereizt aus."

Die Elfe wollte ihn noch abhalten, doch als er eine von ihnen berührte, pikste sie ihm mit einem lauten „Tschirp!“ – worauf ein noch lauteres „Autsch!“ folgte – den Stock ins Auge und hüpfte zornig auf und ab.

Der Hurtz zog an Maras Hose, woraufhin sie ihm eine Kopfnuss verpasste. „He, das gibt es nicht umsonst! – Oh, es tut mir so leid! Reine Gewohnheit.“

„Sie wollen uns glaube ich irgendwohin mitnehmen.“

Die puschigen Vögel piksten sie von hinten mit ihren kleinen Speeren durch eine Reihe von Bäumen, durch die grelles Licht hindurchschien.

„Wir gehen ja schon!“ Mara, der sich die Stirn haltende Schmodrick und der sich das Auge reibende Gilbert gingen voran.

Die Wesen hatten sie auf eine Lichtung geführt und fingen an, im Kreis um sie herumzuhüpfen und dabei beunruhigende Töne von sich zu geben. Unter dem immer lauter werdenden Gezwitscher der Vögelchen erhob sich vor den dreien eine große Gestalt aus den Schatten des Blätterwaldes, mit pferdeartigem Körper und langem Hals, der bis in die Baumkronen zu ragen schien. Bedächtig senkte das erhabene Tier seinen Kopf in Richtung der Gruppe und die Wachteln wuselten etwas zur Seite.

„Eine Hiraffe!“ Gilbert schritt auf das Tier zu und streichelte ihm begeistert über den Kopf. „Die majestätischen Hüter des Waldes!“

Mara blickte beunruhigt zu ihm und der Hiraffe. „Davon habe ich ja noch nie gehört. Und die tut auch bestimmt nichts? Säure spucken oder dergleichen?“

„Nein, nein! In den alten Geschichten wurde von den Hiraffen berichtet – zur Hälfte Hirsch und zu zwei Vierteln Giraffe, es sind die friedliebendsten aller Tiere. Ich hätte auch nicht gedacht, dass es sie wirklich gibt.“

„Keine Ahnung, was eine Giraffe ist, aber für mich ist das n' blödes Pferd. – Au!"

Eine Karotte hatte Mara am Kopf erwischt, und während sie sich noch wunderte, wo diese hergekommen sein mochte (Es waren die Wachteln. Sie warfen von den Bäumen aus mit Karotten, die sie von den Bauern der umliegenden Dörfer geklaut hatten), trat die Hiraffe zur Seite und gab einen riesigen Baumstamm preis. Er musste sehr alt sein und trug die Zeichen vieler Stürme und Blitzschläge. Von dem einzigen Ast an seinem moosigen Stumpf hing neben zwei, drei kleinen Blättern ein vereinzeltes, kümmerliches Möhrchen. Dieses bewegte sich hin und her, als ein leichter Sturm aufzog und es im Blätterwald begann zu rauschen. Die Wachteln wuselten unruhig zwischen den Beinen ihrer drei Gefangenen umher, als sich auf der gräulichen Borke des Baumes langsam ein Gesicht abzeichnete.

Die Elfe erstarrte. „Ich … ich fasse es nicht."

„Ich hab's dir doch gesagt. Karotten wachsen wirklich auf Bäumen!"

Sie drückte Gilbert ihre Handfläche ins Gesicht. „Es geht um das Gesicht, nicht um die Karotten!"

Für all jene, die wenigstens einmal ein Buch mit Fabeln in den Händen gehalten haben, dürfte es keine Überraschung sein: Der Baum begann mit ihnen zu sprechen.

„Ein Mensch, eine Elfe und ein Hurtz. Welch wundersame Begebenheit, dass wir uns hier begegnen. Ich grüße euch, Reisende."

Seine Stimme hallte durch die Bäume und ließ den Boden erbeben. – Nichts Wildes; eher wie bei einer sich nähernden Lok, voll beladen mit Fahrgästen, die sich in der zweiten Klasse dicht aneinanderdrängen, während in der wohltemperierten ersten Klasse ein einziger Journalist verloren an seinem überpreisigen Schreibwerkzeug sitzt und sich für die wichtigste

Instanz im Lande hält, weil er die wöchentliche Kolumne in einem drittklassigen Schmierblatt verfassen darf, da sein Vater und der Herausgeber früher zusammen gegolft hatten.

„Habt ihr den großen, flachen Stein auf dem Weg hierher gesehen? Es gibt eine Geschichte von einem Mann. Der setzte sich eines Tages auf diesen Stein und fing an, nachzudenken. Er saß dort zehn ganze Jahre lang und dachte nach. Als er fertig war mit dem Nachdenken, da stand er auf und machte sich an die Arbeit. Er hatte viel zu tun, denn er hob Flüsse aus mit seinen Händen, zog Wälder aus den Tiefen der Erde. Die Berge schüttete er auf, um die Sterne am Himmel mit größter Präzision zu setzen. Und am Ende baute er sich ein Haus. Das ist der heutige Tempel des heiligen Erzfeuers, das manche noch verehren. Dort lebte er noch zweiunddreißig Jahre lang, legte sich dann im Wald zur Ruhe, starb und versank in der Erde. An dieser Stelle, da stehe nun ich."

„Was für eine hanebüchene Geschichte! Und das sollen wir dir jetzt glauben?" Gilbert wandte sich an seine Mitreisenden. „Jetzt sagt doch auch was dazu."

„Der … der Baum spricht", stammelte Mara, während hinter ihrem Rücken der Hurtz hilflos von der Hiraffe durch die Luft geschleudert wurde.

„Ja schon. Aber ich hätte mir eine Begrüßung mit etwas mehr Auserwählten-Blabla und dergleichen gewünscht."

„Nicht so hastig, junge Reisende." Der Baum tat etwas, das man als sehr bedächtiges Blinzeln interpretieren konnte. „Zuerst erzählt mir, was denn euer Anliegen ist, weswegen ihr gedachtet, mich aufzusuchen?"

„Nun." Gilbert tat einen Schritt nach vorne. „Ich war unterwegs und habe den Kleinmann da hinten …"

„Hilfeee!"

„… aufgegabelt und im Waldstück in der Nähe meines Hauses trafen wir dann auf eine vollbusige Wasserfrau, die sagte, ich sei auserwählt, die Welt zu retten oder so was Ähnliches. Ach ja, und dann habe ich mit dieser liebreizenden Elfe hier geschlafen. Sie heißt übrigens Mara." Er hielt inne. „Weshalb war ich ursprünglich überhaupt unterwegs gewesen?"

„Wenn du", auch Mara näherte sich nun dem Karottenbaum, „so ein altes und weises Wesen bist, kannst du dann auch Wünsche erfüllen?"

„Ich mag alt sein für euch und ich mag auch weise sein in euren Augen, doch Magie wirken, das kann ich nicht. Und auch wenn ich dir deinen innigsten Wunsch wohl ansehe, so kann ich ihn dir nicht erfüllen: Der Jüngling neben dir ist nämlich noch wichtig für den weiteren Verlauf der Geschichte."

„Was? Das ... ich rede doch gar nicht von dem Idioten hier." Die Elfe wirkte etwas geknickt.

„Junger Recke Winfried."

„Gilbert."

„Gilbert. Moment ..." Die Borke des Baumes drückte sich zu langen, tiefen Falten zusammen. „Bist du sicher, dass du –"

„Gilbert, Winfried ..." Gilbert gestikulierte wild mit den Armen umher. „Was kümmert dich das? Ich bin ein waschechter Abenteurer und obendrauf Ritter. Und darum geht's doch, oder? Und jetzt rück raus mit der Prophezeiung."

„Ehm. Nun denn ... Die Prophezeiung besagt –"

„Ha!" Gilbert drehte sich zu Mara und zeigte mit den Fingern auf sie. „Hab ich's doch gesagt! Es gibt eine Prophezeiung. Ich hatte recht, und du nicht!"

Die Elfe setzte gerade zu einem Tritt in seine Weichteile an, als der lädierte Schmodrick sie unterbrach. Er hatte alles mitangehört und konnte sich von der Hiraffe losreißen. „Ihr sagtet, Ihr kennt uns Hurtze. Dann habt Ihr andere gesehen, die sind wie der einsame, kleine Schmodrick?"

„Halt den Rand, das ist meine Geschichte!", herrschte Gilbert ihn an.

„Aber ja, mein kleiner Freund. Sie leben weiter flussaufwärts. Also ausgehend von dem Fluss, auf den du triffst, wenn du mehrere Meilen nach Norden läufst." Der Baum hob seine moosige rechte Augenbraue. „Wo war ich noch gleich?"

„Die Prophezeiung!", rief Gilbert eilig.

„Die Prophezeiung. Richtig, richtig … Sie besagt, dass ein Held darkommen wird, das Dunkel zu vertreiben und Licht in diese Welt zu bringen."

„Und weiter?" Gilbert konnte gar nicht schnell genug alle Einzelheiten erfahren.

„Dies, mein junger Freund, ist die gesamte Prophezeiung. Wenn ihr wackeren Mutes seid, so formt das Schicksal zu unser aller Besserem."

Die Ausführung des Baumes war ihm nicht genug und er trat auf der Stelle hin und her. „Also wir müssen irgendetwas Böses bezwingen. Bestimmt einen Drachen oder so."

„He, zieh mich da nicht mit rein", warf Mara ein.

„Und gibt es da so etwas wie einen Zeitpunkt, zu dem das Böse besiegt sein muss, weil sonst die Welt untergeht?"

Irritiert blickte der Baum Gilbert an. „Ich wüsste nicht, dass –"

„Irgendwelche Schriften, Weisen, Sternenkonstellationen oder derlei …?"

„N… nein. ‚Der Held wird in naher Zeit sein Schicksal erfüllen.' Das ist die Prophezeiung." Der Baum holte tief Luft, wobei er viel Laub schluckte, und sprach: „Es ist schon spät. Nächtigt ruhig hier und zieht morgen früh weiter. Wir haben euch Feldbetten und Thermodecken bereitgestellt. Meine kleine Fee Hagebüttchen wird sie euch zeigen." Sein Blick flog über die Bäume, über Gilbert und Mara, die sich nicht unwesentlich ertappt fühlten, die Hiraffe, die den Hurtz nach anfänglichem Herumgekaue glücklicherweise wieder ausgespuckt hatte, und schließlich hin zu den Wachteln auf dem Boden.

„Hagebüttchen? Seltsam. Wo ist sie denn? Sonst ist sie doch immer so ein zuverlässiger Sonnenschein.“

„Eh ja, komisch“, erwiderte Gilbert, während er unauffällig die restlichen gebratenen Feen, welche er als Proviant für später eingepackt hatte, aus der Tasche auf den Boden beförderte und mit dem Stiefel von sich wegschob. Eine der Wachteln zu seinen Füßen bekam ob des Anblickes einen panischen Schreianfall und kullerte sogleich ohnmächtig zur Seite, sodass vier andere Wachteln sie hinforttragen mussten.

Mara zog sich – offenbar immer noch betrübt – zurück, während Gilbert mit dem Baum ausdiskutieren wollte, ob es nicht doch eine Frist zur Erledigung der Prophezeiung gäbe. Von Fristen kamen sie zu Bürokratie und Steuern – über die er sich immer ganz besonders in Rage reden konnte, musste er doch jährlich eine gewisse Summe an den Fiskus zahlen (aus dem Nachlass seines Vaters, aber darum ging es nicht) – und schließlich zu faschistischen Systemen wie dem Reichsterritorium Biederberg weit im Südosten.

Die Elfe hatte sich inzwischen auf einem Baumstumpf (der hoffentlich kein Verwandter des Karottenbaumes war) unter einer starken, Schutz bietenden Linde niedergelassen, direkt neben den Feldbetten. Diese hatten die Wachteln widerwillig für die Reisenden bereitgestellt, um keinen Nachbarschaftskrieg vom Zaune zu brechen. Mara breitete den Inhalt ihres Koffers auf einem ebenen Felsen vor sich aus. Im Lichte einer kleinen Laterne, die sie angezündet hatte, wurden Schreib- und Nähutensilien, Stoffe und dergleichen sichtbar. Behutsam rollte sie Papierbögen aus, auf denen sich schemenhafte Bilder abzeichneten.

„Was ist das denn alles?“ Der Hurtz schob die Laterne zur Seite und streckte sich über die Felskante, um die Papiere und Instrumente besser beäugen zu können.

„Das“, Mara nahm einen Bogen auf, „sind Wappenskizzen.“

„Wappen? Was ist das? Elfenkram?"

Sie musste kichern. „Nein, wie kommst du darauf? Ein Wappen ist eine Art Symbol, das große Städte oder edle Familien repräsentieren soll. Immer wenn ich in einer Stadt gewesen bin, die kein Wappen hatte, dann entwerfe ich eins. Nur so für mich." Sie klopfte mit der Handfläche auf den Koffer, der neben ihr stand. „Die Aufnäher darauf. Das sind alles Orte, an denen ich schon war."

„Und die hast du alle selbst gemacht?" Schmodrick staunte nicht schlecht, als er sich die fein gestickten, bunten Bilder auf Maras Koffer ansah. „Die sehen ja toll aus!"

„Danke." Mit einem schon ganz abgegriffenen Silberstift zog sie feine Linien auf einem blanken Bogen Papier. „Weißt du, eigentlich würde ich gern professionell Wappen entwerfen. Quasi als Auftragsarbeit für Städte und Häuser, die noch keines haben. Ich hätte so viele Ideen ..." Kritisch begutachtete sie die Schildform mit den Lilienblättern, die sie soeben zu Papier gebracht hatte, und seufzte leise. „Aber ich denke, ich bin nicht gut genug."

„Unsinn! Dem Hurtz gefallen die bunten Bildchen. Bestimmt werden sich alle darum reißen. Ganz gewiss!"

Die Elfe sah ihn nachdenklich an. „Kannst du zeichnen?"

„Oh, ich habe es in meiner Zeit allein im Wald manchmal versucht, aber der kleine Schmodrick ist nicht gerade der geborene Künstler."

„Hier." Mara reichte ihm ein Stück Kohle und schob ein Blatt in seine Richtung. „Zeig mir doch mal, was du kannst. Ist bestimmt ein lustiger Zeitvertreib."

Der Hurtz strengte sich sehr an und brachte seine besten Ideen zu Papier, während Mara weiter an ihrem Entwurf eines Wappens für die Stadt Halen arbeitete.

„Hm. So ganz klappt das noch nicht", warf der Hurtz nach einer Weile ein.

„Ach was, das glaube ich nicht. Zeig doch mal her!"

Schmodrick gab ihr das Blatt, an dem er sich so emsig abgearbeitet hatte, und blickte sie erwartungsvoll an.

Mara schwieg.

„He, ihr zwei." Gilbert hatte sich von dem angeregten Gespräch lösen können. „Dieser Karottenbaum ist ein hartnäckiger Diskussionspartner, das kann ich euch sagen."

„Schau mal, Mara und der Hurtz haben Bilder gemalt!"

Schmodrick drückte Gilbert begeistert sein Machwerk in die Hände, woraufhin dieser das Blatt mehrmals drehte, in der Hoffnung, irgendetwas darauf erkennen zu können.

„Die Elfe hat mir gezeigt, wie man Wappen macht."

„Wappen? Ist das so ein Zeitvertreib von dir?"

Die letzten Fäden feststickend und ihr Ergebnis nickend gegen den Koffer haltend, antwortete ihm die Elfe: „Eigentlich würde ich gern beruflich Wappen entwerfen. Das ist so was wie ein kleiner Traum von mir. Ich denke, es wäre … schön."

„Und ich dachte, das mit dem Bei-Fremden-Nächtigen wäre so ein Dauerzustand ... Selbst nach all der Zeit, die wir nun schon zusammen unterwegs sind, lerne ich doch immer noch Neues über dich. Jedenfalls", Gilbert deutete auf den Boden neben sich, „hat mir der Karottenbaum dieses winzige Fass überreicht. Er sagte, es werde uns ein treuer Begleiter sein und in wichtigen Momenten die richtigen Antworten liefern." Er war unsicher, wie er damit verfahren sollte, war es doch wirklich nur ein kleines, blödes Holzfässchen, das zwar nicht sonderlich viel wog, trotzdem aber durch die Gegend bugsiert werden wollte.

„Wieso?", entgegnete Schmodrick. „Ich finde, was das Fass sagt, klingt recht sinnvoll."

„Spotte nicht über mich. Fässer können nicht reden."

„Genau so wenig wie Bäume?", warf Mara ein.

„Ach bitte. Das ist ein nutzloses Fass. Nichts als Ballast. Ich werde es einfach hier stehen lassen." Gilbert stellte das Fass auf den Fels neben Maras Unterlagen.

„Das sieht das Fässchen hier aber anders", sagte sie.

„Du ... ihr könnt es beide verstehen?" Die zwei mussten ihn an der Nase herumführen.

„Eindeutig. Das Fass sagt, wir sollen morgen früh weiter nach Großostberg. Das wird ein mehrtägiger Marsch."

Mit der Laterne in der Hand beugte sich Gilbert zu dem Fass hinunter und sah es sich mit zusammengekniffenen Augen aus der Nähe an. „Ich mag euch nicht so recht glauben. Und selbst wenn, das sind nun auch keine neuen Informationen. Wir sollten einfach morgen früh weiter Richtung Großostberg ziehen."

„Wie das Fass sagte." Der Hurtz nickte.

„Ja. – Nein! Nicht wie das Fass sagte. Herrje!"

Das sanfte Glimmen der zum Docht hinuntergebrannten Kerze in der Laterne war mittlerweile das einzige Licht im stillen Wald. Gilbert lag auf einem der Feldbetten und dachte über den ereignisreichen Tag nach. So recht bequem war es ihm nicht und er wünschte sich sein gemütliches Himmelbett samt gesteppter Wäsche aus mittels Kinderarbeit handgewonnener Seide zurück. Es war ein bescheidenes und doch schönes Leben, das er gelebt hatte – allerdings ohne Ruhm und Abenteuer. Und ohne zarte Elfenbrüste. Ja, er wusste, er war auf dem richtigen Weg.

Derweil er im Halbschlaf vor sich hin nuschelte, presste sich Mara zwei Kissen gegen die spitzen Ohren, um seine nächtlichen Fantasien nicht mitanhören zu müssen.

Der Hurtz musste sich wie ein König fühlen, gebettet auf seiner eigenen Liege, ganz ohne Eichhörnchendung zwischen den Zehen oder Ameisen, die in den Ohren kitzelten – was für ein Luxus! Und nach und nach schliefen sie alle ein (wobei die Elfin sich zur Sicherheit noch eine kleine Flasche Schlaftinktur einverleibt hatte).

Mit einem Engegefühl in der Brust öffnete Mara schlaftrunken die Augen. Einige Sonnenstrahlen fielen durch die Blätter des Waldes hinab auf Moos und Laub. Die Elfin hob den Kopf leicht an – was aufgrund der Verspannung, die sie sich im Schlaf zugezogen haben musste, gar nicht so einfach war –, und ihr wurde klar, was das Gefühl ausgelöst hatte: Auf ihrem Oberkörper standen drei knubbelige Wachteln und blickten sie böse an. „Was wollt ihr denn schon wieder? Warum guckt ihr so wütend? Lasst mich schlafen."

„Sie sind sauer, weil du das Frühstück verpasst hast."

Mara drehte sich zur Seite, sodass die drei Wachteln von ihrer Brust und dem Feldbett hinunter ins Gras purzelten.

Gilbert hatte sich schon fertig gemacht und packte den Proviant, den die kleinen Vögelchen vorbereitet hatten, in einen Reiserucksack. „Wir haben dir noch was übrig gelassen. Ich hoffe, du magst Eier? – Ach, was für eine Frage."

„Ich bin vielleicht noch nicht ganz wach, meine Faust aber schon." Sie setzte sich auf und hielt inne. „Autsch! Blaue Flecken."

„Wovon das denn?", fragte Gilbert.

„Na, wahrscheinlich von gestern. Hast du gar keine Schmerzen?" Sie rieb sich das Knie.

„Ach, kein Stück. Falls du noch was essen willst; wir wollen gleich aufbrechen. Dann erreichen wir die Herberge in der Nähe des Waldburg-Waldes noch rechtzeitig vor Tagesende."

„Du könntest mir ja das Essen ans Bett liefern, du vorgeblicher Kavalier", stichelte die Elfe.

„Ja, könnte ich", sagte Gilbert, „doch ich will dir deinen Morgensport nicht nehmen, du Langschläferin. Außerdem stehe ich hier gerade sehr bequem.“ Er hatte höllische Schmerzen und konnte sich kaum bewegen. Jede Regung zurrte und ziepte und seine unteren Rippen waren vermutlich gebrochen. Durch die morgendliche Regendusche, welche die Wachteln freundlicherweise vorbereitet hatten, war ein blauer Fleck auf seinem Oberschenkel zum Vorschein gekommen, so groß und blau wie das Meer vor Ossarien und in Teilen sogar noch grüner als Graslands Auen.

„Na gut, dann hole ich mir mein Essen eben selbst.“ Die genervte Elfe schlurfte an ihm vorbei zu einem kleinen Tischchen, auf dem die Vögel ein vorbildliches Frühstück angerichtet hatten, und steckte sich ein Buttercroissant in den Mund. „Wo ist eigentlich dein Pelztier?“

„Gute Frage.“ Er sah sich um – sich seiner Schmerzen erneut gewahr werdend – und erspähte den Hurtz auf einer großen Wurzel sitzend, unweit der beiden. „Ah, Kleinmann, mein treuer Knappe!“ Auf Schmodrick zuschreitend erblickte er einen Stock, den der Hurtz bei sich trug und an den er Reiseproviant in einem – Gilberts fachmännischem Blicke nach stümperhaft – verknoteten Tuch befestigt hatte. „Wir wollen weiter, mein treuer Gefährte. Das nächste Abenteuer ruft.“

„Ich komme nicht mit euch mit.“ Schmodrick sah Gilbert entschlossenen Blickes an. „Der Baum hat gesagt, es gibt noch welche von uns und der Hurtz muss sie finden!“

„Aber wir haben doch schon so viel erlebt. Sind füreinander eingestanden –“

„Du hast den armen Hurtz bei einem Spiel verwettet!“

„Es tut mir ja leid. Auch das mit den angedrohten Schlägen und dem Aufspießen.“

„Was beredet ihr zwei denn da?“ Die Elfe war hinzugekommen, fünf Buttercroissants in den verschränkten Armen und ein weiteres eingeklemmt zwischen den Zähnen.

„Es steht fest“, sagte der Hurtz. „Ich werde gehen. Egal, wie viele schlechte Witze du mir dafür erzählen wirst.“

„Du folterst ihn mit schlechten Witzen?!“, schmatzte die Elfe.

Gilbert wandte sich zur Seite. „Warum regt sich niemand über die angedrohten Schläge oder das Aufspießen auf?“

„Also dann.“ Schmodrick sprang von seiner Wurzel auf, legte sich sein Bündel über die pelzige Schulter und sprach an Mara gerichtet: „Danke für die Mal- und Kritzelstunde. Vielleicht wird der Hurtz ja auch mal ein berühmter Maler.“

„Also, ich zerstöre ja ungern Träume, aber …“, wandte die Elfe ein.

„Jetzt muss ich aber erst mein eigenes Abenteuer bestehen. Leb wohl, wir werden uns bestimmt wiedersehen!“

Sie sollten Schmodrick in diesem Buch nicht mehr wiedersehen und der Kleinmann verschwand im Dickicht der Blätter.

„Da geht er, mein treuer Knappe. Zu bescheiden, um sich von seinem Herrn gebührlich zu verabschieden.“ Gilbert nahm den Rucksack, an dem er auch das kleine Fass festgezurrt hatte, und sah zu Mara. „Wir sollten nun ebenso aufbrechen. Ich kenne da ein paar gute Witze, die ich dir auf der Reise erzählen kann.“

„Warum quälst du mich so …?“, maulte Mara, als sie sich ihren Weg aus dem Wald hinaus bahnten.

Sie waren schon fort, als der Karottenbaum aus seinem tiefen Schlaf erwachte. „Nanu? Sie sind gegangen, ohne ein Wort des Abschieds? Ach, dabei hatte ich noch ein paar legendäre Schwerter für die zwei bereitgehalten, die ich ihnen schenken wollte. – Sollen halt die nächsten tollen Reisenden sie bekommen.“

Von Wirten & Vätern

— Kapitel 6 —

Es war schon dunkel, so dunkel, dass man seine eigenen Augen nicht sah, und es regnete in Strömen, dass einem die herabprasselnden Wassermassen regelrecht die Zähne ausschlugen. In diesem stürmischen Unwetter rannten sie, ihr Reisegepäck schützend über den Köpfen gefasst, durch Sturzbäche, die den Verlauf der Straßen nur erahnen ließen, auf das nahe Licht der Herberge zu.

Der feurige Bohnentopf lud zu Speis und Trank ein und verfügte über Gästebetten in wohl temperierten Räumlichkeiten mit eigenem Bad auf dem Gang. – So stand es jedenfalls auf dem Schild beim Eingang. Gilbert stieß die Tür auf und platzte zusammen mit Mara halb stürzend, halb durchnässt in die Tafernwirtschaft. Sie legten erleichtert ihr Gepäck ab und während die Elfe sich die daumenbreite Schlammschicht von Schuhen und Hose klopfte, sah Gilbert sich in dem Wirtshaus um.

In schummrigem Lichte saßen einige Reisende vereinzelt oder in Grüppchen an den dunklen Tischen und Bänken rund um den Ausschanktresen, in pseudowissenschaftliche Gespräche über Physiognomik vertieft, Karten spielend oder auch nur die neuesten Gerüchte bei einem großen Krug (oder eher Eimer) Wolfsmet oder Starkbier austauschend. Als Gilbert ein, zwei Schritte Richtung Tresen machen wollte, rempelte ihn jemand von der Seite an, dass er doch noch zu Boden stürzte und verdutzt aufsah.

„Ich knüpf dich auf! Du elender Bastard!“ Der Mann, der ihn umgestoßen hatte, wurde von einem wütenden Herrn in den Farben eines ihm unbekannten Ordens am Kragen gepackt. Auch seine Kleidung hatte diese Farben, welche wohl gelb und blau sein mussten, was sich bei dem verfälschenden Kerzenlicht aber nur schwer mit Gewissheit sagen ließ.

Zwei weitere Männer, ebenfalls gelb-blau gekleidet, schritten ein und ergriffen ihren erbosten Kollegen an den Armen. „Gunnar, so warte! Was ist denn los, dass du auf diesen Kerl da losgehst?“

„Der Hundsarsch hat meine Mutter beleidigt! Hat gesagt, sie sei ’n hässliches Weib.“

„Beim Zeichen der Lilie!“ An Gilbert, der gerade aufstehen wollte, rannten zwei weitere Gestalten vorbei, ein Mann und eine Frau, und kamen dem anderen Mann zu Hilfe. „Was geht ihr unsern Fried so an?“

„Euer Fried hat wohl die werte Mutter von unserm Gunnar beleidigt. Wenn das wahr sein sollte, dann gibt’s hier aber gleich Rote Hochzeit! – Und außerdem: Die Lilie ist unser Zeichen!“

„Nein, es kann nur einen Orden der Lilie geben. Und das ist unser Orden!“

„Ach ja? Wie viel Mann habt ihr denn? Ich zähle zwei und

ein Weib. Unser Lilienorden hat immerhin schon drei an der Zahl!“

Mara hatte ihre schlammigen Stiefel ausgezogen und ließ sich genüsslich auf einer Bank in der Nähe nieder, um einen guten Blick auf das Spektakel zu haben.

„Moment, Moment. Bevor dies in einem Haufen gebrochener Nasen endet“, sprach einer der anderen Männer, „sollten wir das Ganze vielleicht besser in Ruhe ausdiskutieren.“

„Genau“, warf der wieder aufgestandene Gilbert ein, sodass sich alle sechs zu ihm umdrehten. „Auf einer Skala von eins bis sieben: Wie hässlich ist seine Mutter denn genau?“

„Wer bist du denn?“

„Gilbert. Ritter, Abenteurer.“

„Ritter? Aber nicht auch von ’nem weiteren Lilienorden, wie?“

„Nein, nein. Ich bin mein eigener Held und führe kein Zeichen.“ (Was ihn – just in dem Momente, in dem er es ausgesprochen hatte, auf ein paar Ideen brachte. Sie hatten mit Tigern zu tun.)

„Hm, gut.“ Einer von Gunnars Ordensbrüdern rieb sich am Nacken. „Na ja dann ... ich geb seiner Alten eine glatte Fünf, würde ich sagen.“

„Kundrik!“

„Aber er hat ja recht.“

„Arnheim, Kundrik. Was seid ihr denn für Ritter? Mit euch gründe ich bestimmt nicht noch mal einen Orden.“

„Ha, jetzt zerlegt sich der lumpige Lilienorden selbst.“ Fried und seine Freunde klopften sich freudig auf die Schenkel, doch der nun noch aufgebrachtere Gunnar griff nach einer Bierflasche und zerschmetterte sie auf dem Kopf von eben jenem verteufelten Ehrabschneider.

Gilbert suchte das Weite, als die zwei Orden sich dazu entschlossen, allesamt mit Flaschen, Hockern und Morgensternen aufeinander loszugehen, und schob sich zu Mara auf die Bank.

„Hast dich ja großartig geschlagen, du Obermediator", gluckste die Elfe vergnügt und wich einem vorbeifliegenden Stuhlbein aus.

„Du hättest mir ja auch beistehen können, statt nur dumm zuzuschauen." Er klopfte sich den Staub (was bei der nassen Kleidung ein unsinniges Unterfangen war) und die herausgebrochenen Zähne (nicht seine eigenen) vom Hemd ab. „Wollen wir nach einem Zimmer für die Nacht fragen?"

„Das hättest du wohl gern. Wenn, dann fragen wir nach *zwei* Zimmern." Sie stand auf und stieg über die nun allesamt auf dem Boden liegenden Ordensbrüder und -schwestern hin zur Theke, gefolgt von Gilbert.

Der Wirt war ein großer, bäriger Mann mit Backenbart, dicker, roter Nase und einem sich unter dem Haupthaar abzeichnenden faszinierenden Hautausschlag. Er trocknete gerade Gläser, indem er mit seiner Pranke darüberwischte, und beugte sich – als er die beiden bemerkte – zu ihnen hinunter. „Seid gegrüßt, Reisende! Was kann ich euch bringen? Einen Umtrunk? Vielleicht zwei Gläser Cashewbowle? Die Schirmchen sind leider gerade aus. Oder was Herzhaftes? Schmorgurken vielleicht?"

Gilbert lief das Wasser im Munde zusammen. „Mmh … Schmorgurken."

„Nein, danke, nur zwei getrennte Zimmer für die Nacht", murmelte die Elfe und blickte irritiert in Gilberts schmorgurkenverträumte Augen.

„Gern, gern. Für je fünf Dorsch habe ich noch was Schönes frei." Er spuckte an eines der Gläser und polierte es mit seinem behaarten Unterarm, bis es glänzte.

„Ha, werter Herr! Wir wollen für eine Nacht unterkommen, nicht den ganzen Hof kaufen", mischte sich Gilbert – von seinen Schmorgurkenphantasien losgekommen – ein.

„Entschuldigen Sie uns für einen Moment, bitte", entgegnete

Mara dem Wirt und zog Gilbert zur Seite. Leise sprach sie: „Ich glaube, du musst mir aushelfen. Schuldest mir ja eh noch einen ganzen Batzen. Im Notfall nehmen wir doch nur ein Zimmer. – Du schläfst auf dem Boden, dass das klar ist."

„Ja, es gibt da nur ein Problem …" Gilbert spielte verlegen mit den Fingern. „Ich habe auch überhaupt kein Geld dabei."

„Was?", keifte die Elfe leise. „Du bist echt der unfähigste Typ, den ich kenne. Erst muss ich hinter meinem Geld herrennen, dann kannst du nicht mal eine lausige Übernachtung auslegen!"

„Warte, warte. Ich habe da eine Idee. Vielleicht mag der Wirt ja Strickkram. Wir könnten ihm deinen Koffer –"

„Nichts da! Der Koffer bleibt schön bei mir. Außerdem sind das Nähutensilien und kein ‚Strickkram'. Ach, es hilft wohl alles nichts." Sie seufzte und drehte sich wieder zum Tresen um, von dem aus der Wirt die beiden gespannt ansah. „Also, mein Partner hier und ich haben nachgedacht", säuselte die Elfe, „und wir dachten so bei uns, mit dir hübschem Bild von einem Mann kann man doch bestimmt auch anders ins Geschäft kommen, was meinst du?"

Der Wirt sah unsicher erst von Mara zu dem vom Plan überzeugten Gilbert und wieder zu ihr zurück. „Ihr meint …"

„Wir meinen", setzte die Elfe fort, „dass wir gern in … Naturalien bezahlen würden."

„Hmm." Er fuhr mit den Fingern mehrfach über sein Kinn (bis ein Gast, der diese kurz zuvor beim Messerspiel verloren hatte, sie zurückforderte). „Gut. Ja, warum nicht. Von mir aus. Ich hätte da noch ein kleines Doppelzimmer im Dachstuhl. Das könnte ich euch im Gegenzug anbieten."

„Tja. Dann muss es wohl so sein", sprach Gilbert und schob Mara näher in Richtung des Tresens. „Hier, viel Vergnügen. Ich warte dann oben."

„Oh, da habt ihr etwas missverstanden", lachte der Wirt mit rasselnder Stimme und zeigte auf Gilbert. „Du. Dich will ich."

„Das können wir einrichten!“ Mara schlug Gilberts Hand fort und schob nun ihn nach vorne. „Dann kämen allerdings noch eine kleine Abendbrotplatte und ein großes Kirschbier hinzu.“

„He, Moment mal!“ Furcht begann sich in Gilberts Augen abzuzeichnen, hatte er *das* doch ganz gewiss nicht gewollt.

Widerwillig lenkte der Wirt ein. „Hach, in Ordnung. Mahl und Bier kommen sofort. – Inkka? Bedien mal eben die Gäste weiter. Ich bin kurz hinten!“

„Mara?“ Gilbert schoss der Schweiß ins Gesicht. „Das war nur ein Scherz, oder? Haha. Ich meine, du –“

„Wir müssen halt alle unsere Opfer bringen. Ich verrechne es dann mit deinen Schulden.“ Die Elfe zwinkerte ihm zu, als der Wirt ihn packte und gegen seinen offen kommunizierten Willen in ein Hinterzimmer schleifte.

Mara wartete derweil an einem Platz am Kamin bei einem Humpen köstlichen Kirschbieres mit pinkem Schaumkrönchen und verspeiste freudig das kredenzte Abendmahl, während ihre Kleider zu trocknen begannen. Das Brummen und Poltern, das ab und zu aus dem Separee drang und an eine Horde wüster Wildschweine erinnerte, durchbrach ein paar Mal die heitere Hintergrundbeschallung der Taverne, bis endlich der geschundene Gilbert, leicht humpelnd, zu ihr zurück an den Tisch kam, als sie gerade alles aufgegessen hatte.

„Na? Wie ist’s gelaufen?“ Mara nahm einen genüsslichen Schluck aus dem Humpen.

Gilbert hatte Dinge gesehen. Und er hatte Dinge tun müssen. „Ich … will nicht darüber sprechen. Lass … lass uns einfach schlafen gehen“, stammelte er nur und zog sich schaudernd ein gekräuseltes Haar aus den Zahnzwischenräumen.

Die Elfe lächelte unter ihrem rosa Schaumbart hervor. „In Ordnung. Lass mich noch kurz austrinken.“

Die Treppe nach oben war steil und immerhin jede dritte Stufe schien halbwegs einbruchsicher. Mit nasser Kleidung und mit der Tasche, dem Koffer und dem Fass im Schlepptau stiegen die beiden hinauf. Die klapprige, morsche Tür schlossen sie auf (wobei der aus einem abgefeilten Holzlöffel bestehende Schlüssel nicht viel Vertrauen in die Sicherheit dieser Herberge erweckte), woraufhin sie sich in einem leicht zugigen, aber immerhin trockenen Zimmer mit Dachschrägen und einem Stockbett wiederfanden.

„Na, so muss ich ja doch nicht auf dem Boden schlafen", sprach Gilbert, dessen übliche Verdrängungstaktik sich auch dieses Mal wieder bewährt hatte, und legte sein Gepäck auf dem unteren Bett ab. „Du schläfst doch oben, oder?"

„Im Gegensatz zu einem gewissen Lustknaben." Mara lächelte verschmitzt. Sie hatte noch so viele Sprüche in petto.

„Ich weiß nicht, was du meinst." Er rieb sich die schmerzenden Backen.

„Ach, ist ja auch egal. Immerhin blieb's mir erspart und wir können endlich in die Federn." Die Elfe stellte das Fass auf einem kleinen Hocker ab, kletterte vom unteren Bett auf Gilberts Schulter und schwang sich auf das obere. „Das muss ein Kinderbett sein. Ist etwas kurz." Sie rollte sich ein wenig hin und her, bis sie eine gute, leicht diagonale Position zum Liegen gefunden hatte.

„Ich finde", sprach Gilbert, der sich ebenfalls auf die Laken begeben hatte, „das passt doch genau von der Länge her."

„Ja für dich – weil du ja auch kleiner bist als ich."

„Ach, das ist doch Unsinn! Wir sollten das nachmessen."

„Um dir noch eine Enttäuschung vor dem Schlafengehen reinzudrücken?" Sie lachte. „Nein, ich passe."

Er war natürlich größer als die Elfe, weshalb sie den Gegenbeweis ohnehin nicht würde erbringen können. Das Bett war jedenfalls bequem und es waren auch kaum unidentifizierbare Flecken auf Decke und Kissen. Selbst der Geruch hielt sich für eine solch abgestandene Schlafstätte in Grenzen.

Wie sie so dalagen, blickte Gilbert auf die mottenzerfressene Matratze über sich. „Sag mal ..."

„Hm?"

„Abgesehen davon, dass du mich natürlich sehr gern hast … was sind deine Beweggründe, mir zu folgen?"

„Haha." Mara rollte sich lachend zur Bettkante und blickte nach unten, sodass sie seine Nasenspitze (oder was vermeintlich seine Nasenspitze war) sehen konnte. „Du bist ein ganz schöner Idiot, weißt du?" Sie drehte sich wieder auf den Rücken und starrte auf das Gebälk über sich. „Das, was der verwunschene Baum zu dir sagte; ich habe das Gefühl, es könnte sich noch lohnen, dir ein Weilchen zu folgen." Ungestüm schnappte sie nach einer Mücke, die vor ihren Augen umherschwirrte.

„Das lohnt sich gewiss!", sprach Gilbert, der sich in einem erbitterten Kampf mit einem Schneider befand. „Als wir beim großen Karottenbaum waren", fuhr er fort, als er den hartnäckigen Kleidermacher endlich aus seinem Bett verjagt hatte, „hast du ihn auch nach einem Wunsch gefragt."

Sie zuckte zusammen.

„Ging es dabei um deine Häkelarbeiten?"

Die Elfe zeigte sich erstaunt. „Es sind zwar Stickereien, wie das Fass richtig angemerkt hat …"

„Es hat doch gar nichts gesagt?"

„… aber dass du dich überhaupt daran erinnern kannst."

„Ich habe nun einmal ein blendendes Gedächtnis. Wie das eines … ehm … wie hieß dieses Tier noch mal?"

„Goldfisch?" Mara musste kichern. „Aber du hast recht. Das Studium hatte ich damals nur aufgenommen, weil mein Vater immer wollte, dass ich etwas Richtiges lerne. – Sag nichts! Jedenfalls war ich schon als Kind eher der Freigeist in der Familie, und als mein Vater starb, da hatte ich gar nichts mehr. Nur meinen Traum, einmal etwas zu schaffen, das Bestand hat."

„Also mit Kindern wärst du da sicher schneller am Ziel."

„Kannst du nicht ein Mal ernst bleiben? Ich erzähle dir hier von meinen innigsten Wünschen und du machst dich darüber lustig."

Gilbert überlegte kurz. „Weißt du, mein Vater starb auch. Ich war noch klein. Seitdem versuche ich, aus seinem Schatten zu treten und mein eigenes Abenteuer zu bestehen."

Mara lehnte sich über das Bettgeländer. „Wie ist dein Vater gestorben?"

„Wurde gefressen. Von einem fiesen, garstigen Drachen. Und deiner? Das Alter?"

„Säure. Ist schon lange her."

„Das klingt aber nicht sehr glaubwürdig, wenn du mich fragst."

„Aber Drachen schon?" Sie gluckste.

„Was ist daran bitte seltsam?" Die Wahrscheinlichkeit, von einer riesigen Echse verschlungen zu werden war doch gewiss um einiges höher, als bei einem Säureunfall das Zeitliche zu segnen. Gilbert hätte natürlich die ausgefeiltesten statistischen Formeln aufstellen können, um seine – offensichtlich wahren – Behauptungen zu belegen, doch er war von den Eskapaden des Tages und dem Zählen von Lemmas wohl schon etwas zu schläfrig für dergleichen.

Mara lag da und sah an die Decke. Mit dem Finger malte sie ein Piktogramm in die Luft: ein Schild für den Pub. Dann wiederholte sie: „Du bist ein Idiot", drehte sich wieder auf den Rücken, zog sich die Decke bis zur Nasenspitze und murmelte ein „Schlaf gut".

Am nächsten Tag – sie waren recht zeitig aufgestanden, da die näher rückenden Schreie aus den Räumen unterhalb sie zunehmend beunruhigt hatten und zudem eine Waschbärenfamilie Anspruch auf die Möbel im Zimmer erhob – packte Gilbert alle Sachen zusammen. Währenddessen stellte sich Mara der

Herausforderung, mithilfe des kleinen Holzspiegels, von dem schon etliche herausgebrochene Scherben fehlten und der lieblos mit mehreren verbogenen Nägeln am Schrank über dem desolaten Waschbecken (sollte Wasser nicht normalerweise flüssig sein und seit wann kann Keramik eigentlich rosten?) befestigt war, ihre Frisur zurechtzumachen.

Sie war guter Dinge, was die weitere Reise nach Großostberg anging. In einer solchen Großstadt hatte man ganz andere – bessere – Möglichkeiten, seinen Zielen einen Schritt näher zu kommen.

Gilbert versuchte unbemerkt, mit einem Band, das er aus ihrem Koffer entwendet hatte, bei der Elfe Maß zu nehmen, während sie so beim Spiegel stand und vor sich hinsummte.

„Was tust du da?"

Gilbert zuckte zusammen und versteckte rasch das Maßband hinter sich, als die misstrauischen Augen der Elfin sein Spiegelbild fixierten.

„Ach, gar nichts! Du hattest da eine Spinne oder so."

„Argh. Gut, dass sie weg ist. Ich kann diese Krabbeltiere nicht ausstehen." Mara setzte ihre Morgenroutine fort.

Das war knapp. Erneut holte er das Band hinter seinem Rücken hervor, und sein Blick wanderte zu dem Zeigefinger, mit dem er die entnommene Länge markiert hielt. Mara war tatsächlich größer als er. Das musste wohl an ihren Schuhsohlen liegen.

Sie verließen, da das Fass ein wenig zu drängeln begann, die Herberge und Mara ließ eine Skizze mit dem Logo, welches sie am frühen Morgen noch ihrer Idee nach angefertigt hatte, auf dem Tisch in ihrem Zimmer zurück. Vielleicht gefiel es ja jemandem, und wer weiß – vielleicht würde es irgendwann am Eingang der Herberge, umspielt vom Wind, herumbaumeln. Sie winkte dem Wirt zum Abschied, derweil Gilbert, mit seiner Hand das Gesicht schützend, schnell hinauseilte. Jedenfalls so schnell es seine Hüftschmerzen ihm erlaubten.

Auf ihrem Weg nach Großostberg kamen Gilbert und Mara über verschlungene Pfade und Weggabelungen zu einer anderen großen Stadt, die dem Ortseingangsschild nach Beilfell heißen musste. Wohl hatte man deren Namen hie und da schon einmal vernommen, doch niemand wusste Genaueres von diesem Fleckchen Erde zu berichten.

Als sie das Schild passieren wollten, da standen sie plötzlich am Ortsausgang. Umgekehrt gelang es ihnen auch nicht und ihr zweiter Versuch war ebenso wenig von Erfolg gekrönt gewesen. Was sie auch versuchten – ob mit Anlauf, Verkleidungen oder mithilfe eines Katapultes –, sie landeten immer wieder auf der anderen Seite der Stadt und kamen nicht hinein.

Nach dem neunzehnten Mal hielten sie auf einmal – wie aus dem Nichts – Reibekuchen in den Händen. Die guten Selbstgemachten mit einem Schlag Apfelkompott, wie eine liebevolle Großmutter sie zubereitet hätte. Dieser Ort gab der Elfe und dem Abenteurer in spe Rätsel auf.

Während sie noch grübelten, bemerkten sie einen alten Mann mit zerfranster Mütze, Botentasche und langem Bart, der angelehnt an die Stadtmauer im Gras saß.

„He da, ihr!", sprach er zu ihnen und mühte sich auf. „Seid wohl nicht von hier?"

„Da habt Ihr recht." Gilbert musterte den Mann. „Wer seid Ihr?"

„Ach, das tut nicht viel zur Sache. Aber ich gebe euch beiden einen Rat: Geht woanders hin. Hier habt ihr eh keine Chance. Man scheint diese Stadt nur betreten zu können, wenn man auch hier geboren wurde. Nennt mich verrückt, aber so lautet meine Theorie. Und ich muss es wissen, versuche ich doch nun seit zwanzig Jahren, diesen Brief hier zuzustellen. Erfolglos!"

Mara sah Gilbert an. „Eigenartig. Aber danke für den Hinweis."

„Jaja, dafür nicht. Immerhin muss ich nicht verhungern." Er kramte einen ausgekühlten Reibekuchen aus der Tasche und biss missmutig hinein.

„Eine Frage hätte ich da noch", sagte Gilbert, gerade als Mara sich schon aufmachen wollte. „Warum habt Ihr den Brief nicht einfach einem Einwohner anvertraut, dass er diesen mit hineinnimmt?"

Es fiel dem Postboten zusammen mit Schuppen von den Augen und er sackte irre lachend zu Boden, vor sich den Brief und die Kartoffelfladen, die ihm so viel Zeit genommen und Kummer wie auch Arteriosklerose bereitet hatten.

Und so zogen Gilbert und Mara – die Reibekuchen essend – weiter zu ihrem eigentlichen Ziel: Großostberg.

Großostberg

— Kapitel 7 —

In der Region Bergheim erstreckte sich das Fürstentum Großostberg, die gleichnamige Hauptstadt erreichten Gilbert und Mara nach einem weiteren Halbtagesmarsch. Großostberg war eine beliebte Handelsmetropole und Sitz vieler bekannter Persönlichkeiten wie Ennlin Gerlin, der Erfinderin des nicht-entflammbaren Tortenhebers, oder Johannes Ricke, eines gern gehörten Barden und Aktmodells für Skizzen in diversen Schundschriften. Und so war Gilbert schon ganz begierig, endlich herauszufinden, was sich ihm für abenteuerliche Begegnungen bieten würden.

Mara schien die Eindrücke der Großstadt zu lieben. Vielleicht würde sie mit Leuten vom Fach über ihre Techniken und Entwürfe sprechen und sich dabei den einen oder anderen Kniff abschauen können.

Direkt hinter dem Tor, das sie über eine große Brücke erreicht hatten und nun passierten, lag auch schon eine der vielen Marktmeilen des Handelsdistrikts und sie traten auf einen überraschend gut besuchten Platz mit allerlei Ständen und Bühnen. Da Fernseher Zukunftsmusik waren, wurde Werbung durch von Dorf zu Dorf reisende Laienschauspieler unter schlechten Arbeitsbedingungen und für noch schlechteren Lohn vorgetragen (und das merkte man an der Motivation manch eines Darstellers). So wurde unter anderem „Bartholomäus Brausebarts buschig-brisante Bartcreme" angepriesen, die selbst die zarteste Seele in einen haarigen Barbaren verwandeln sollte. Auch eine Tinktur, die abgestorbene Zehen wieder nachwachsen ließe, mochte höchst motiviert an die Leute gebracht werden. Eine junge, blonde Frau in abgetragenen und bunt geflickten Pluderhosen tanzte mit nahezu totem Gesichtsausdruck, umringt von einer Traube Schaulustiger, und sang dabei die Werbemelodie: „Faul'n die Füß, verlierst die Zeh'n, mit Petris Trunk kannst wieder geh'n! Kaufen! Jetzt kaufen! Bernolius Petrinus Essenzen gegen Fußfäule. Mazerate und Toniken zu kleinem Preis. – Nur echt von ‚Kurpfuscher und Söhne, eingetragener Kaufmann'! Schreiben Sie sich ein für die monatliche Vorteilslieferung!"

Gilbert blieb kurz vor einem kleinen Bauchladen mit durch magische Steine restrukturiertem Wasser in billigen Flaschen stehen (so hieß es jedenfalls auf dem Schild – bis auf das mit dem *billig*), wurde jedoch von Mara am Arm gepackt und weitergezogen.

„Hör mal, ich weiß, dass du hier am liebsten gleich alles antatschen und haben willst, aber halte dich am besten an mich, sonst verkauft dir der nächstbeste Penner noch seine Pisse als Haarkur."

„Also bei Eigenurin soll das ja klappen, habe ich gehört, und –"

Gilbert wurde von der Elfe weiter in die nächste Straße gezogen, in der sie weniger Trubel vermutete. Das sollte sich als Irrtum herausstellen, und so wurden sie von einer schier riesigen Ansammlung ausgelassenen Volkes überrascht, die den Weg blockierte. Unter aufgehängten bunten Wimpeln quetschten sich Gilbert und Mara durch die dicht gedrängte, gut gelaunte Masse.

„Was wird denn hier gefeiert?", fragte Gilbert eine jauchzende Frau in der Menge.

„Ihr wisst es nicht? Der edle *Sir Truestar* gibt sich heut just hier die Ehre!"

„Sir Truestar? Doch nicht etwa …" Gilbert musste schlucken. Es war ein trockenes Schlucken, da er seit drei Stunden nichts getrunken hatte und der Reibekuchen ihm noch in Teilen wie ein Schwamm am Gaumen klebte. „Carl Truestar? Strahlender Ritter im Dienste von Königen, Räuber vieler Mädchenherzen und Besitzer der größten Haarbürstensammlung jenseits der westlichen Meere?"

Die Frau strahlte ihn an. „Doch! Genau der!" Sie drehte sich ob des lauter werdenden Jubels ruckartig in alle Richtungen. „Oh, seht doch! Dort kommt er!"

„Mara! Ich muss mir das aus der Nähe ansehen! Komm!"

„Ich frage gar nicht erst, was der Unfug nun schon wieder soll", erwiderte sie und verdrehte die Augen.

Gilbert schob die Frau zur Seite, und sie schlängelten sich ihren Weg weiter nach vorne, in Richtung der Jubelei. Trompeten ertönten und die Menge begann sich zu teilen. Er bat Mara, auf ihre Schultern steigen zu dürfen, um einen besseren Blick zu erhaschen, doch die Elfe konnte seine grenzenlose Begeisterung nicht teilen und überhörte die Bitte geflissentlich, sodass Gilbert sich an ein paar Kindern vor sich emporhieven musste. Da war er. Gilberts großes Vorbild: Sir Carl Truestar. Ritter.

Er winkte von seinem Ross mit dem breitesten Lächeln herab und nickte all den Leuten zu, die gekommen waren, um ihn zu sehen. Auch er lächelte dabei und seine Zähne, weißer als gebleichter Marmor, blendeten Gilbert, dass er seine Augen zusammenkneifen musste. Carl Truestars lange, blonde und wohl schamponierte Haarpracht glänzte geschmeidig im Sonnenlicht. Gilbert war hin und weg. So sah also ein echter, ruhmreicher Ritter aus.

„Hast du's? Können wir jetzt endlich weiter?", fragte die genervte Elfe und schubste hin und wieder Schaulustige, die sich zu sehr aufdrängten, fort von sich.

Als der Ritter nach weiteren drei Minuten hoch zu Ross langsam in die Ferne entschwand und Mara schon an die fünfzig Mann niedergerungen hatte, stieg Gilbert unbehände von den Kinderhäuptern und trat mit ihr aus der Menge.

„Das war … Hossa, ich bin sprachlos!"

„Ich allerdings auch." Sie sah ihn kopfschüttelnd an. „Wie du auf diesen geleckten Affen in überteuerter Rüstung hereinfällst."

„Du redest wirr, selbst für eine Elfe. Das war Carl Truestar. Strahlender Ritter, Räuber vieler –"

„Jaja, an seinen Hintern lässt er nur Seidenpapier und seine Stimme ist so süß, dass man allein vom Hören Diabetes bekommt", unterbrach die Elfe unwirsch.

„Woher weißt du das? Kennst du ihn etwa?!" Gilbert wurde in seiner Euphorie von Maras Handfläche in seinem Gesicht gebremst.

„Wenn ich dich daran erinnern darf, warum ich überhaupt dein Kindermädchen spiele: Wir sollen einem alten, sprechenden Baum zuliebe eine Prophezeiung erfüllen, und du wolltest unbedingt zur hiesigen Abenteuergilde, um Einzelheiten zu deinem dämlichen Auftrag zu erhalten, damit wir dann hoffentlich gutes Geld abgreifen können."

Es hieß zwar *Abenteurergilde*, doch da sie ansonsten mit

ihrer Aussage recht hatte, verzieh Gilbert ihr diesen Fauxpas und willigte ein, die Gildenzweigstelle aufzusuchen.

„Ich habe über die Prophezeiung nachgedacht", sprach er, während sie eine große Karte am Straßenrand ob des Standortes der Gilde studierte. „Das mit dem Licht und dem Helden und derlei."

„Dass ein Held das Dunkel vertreibt. Das sagte der Baum." Mara fuhr mit dem Zeigefinger, ausgehend von dem kleinen DORT SIND SIE-Aufkleber, die Wege auf dem Plan ab.

„Genau. Und weißt du was? Ich glaube, das ist eine Metapher!"

Mara stoppte und wandte sich Gilbert zu. „Erleuchte uns, oh großer Denker."

Sie hätte wissen müssen, dass ihr Nachgeben in diesem Fall eine lange Reihe kruder Logiksprünge und ausgemachter Fantastereien nach sich ziehen würde, die Gilbert abschloss mit den Worten: „… und deshalb wird meine Aufgabe sein, einen Drachen zu töten – mit deiner helfenden Hand, versteht sich."

„Du hast aber schon verstanden, dass Drachen vor langer Zeit ausgerottet wurden, oder? Und was ist das überhaupt für eine dämliche Interpretation?" Sie beugte sich in Richtung seiner Tasche. „Da hast du's. Das Fass glaubt ebenfalls, dass es mit einem Drachen nicht getan sei, um die Prophezeiung zu erfüllen."

„Erstens ist das nur ein dummes Holzfass – und zweitens: Hast du eine bessere Idee?"

Seufzend senkte die Elfe den Kopf. „Ich denke, wir sollten zuerst zur Gilde gehen. Sie müsste …", ihr Blick kreiste umher, „in dieser Richtung liegen."

„Ob dort auch überall Schwerter angebracht sind?", fragte sich Gilbert laut nach einigen Schritten.

„Und ob dort auch alle so besoffen ihre tollen Abenteuerurkunden vollkotzen?", fügte Mara leise hinzu, während sie an allerlei Schaufenstern vorbeischlenderten.

„Es sind *Abenteurerurkunden* und – Oh, welch Schönheit!"
„Schmeicheleien ziehen bei mir nicht und überhaupt … Du meintest gar nicht mich, sondern den Plunder im Schaufenster …"

Gilbert presste seine Nase so fest gegen das Glas, dass es beschlug, und machte große Augen bei der mannigfaltigen Auswahl diverser Schwerter, Schilde, Schilde mit aufgemalten Schwertern sowie Schildern mit Schilden mit aufgemalten Schwertern darauf. „Sieh mal! Das Große da vorne! Das ist mein Schwert."

„Ja …" Die Elfe wischte sein Kondensat von der Scheibe und blickte ebenfalls hinein. „Riesig, schlechte Verarbeitung, mit Goldlack bepinselt und überall Totenköpfe. Genau die richtige Waffe für ein Kind im Körper eines erwachsenen Mannes."

„Oder für mich", entgegnete Gilbert grinsend, konnte er mit einer solch imposanten Klinge doch endlich sein wie sein großes Idol, Carl Truestar, verlor jedoch jegliche Muskelspannung um seine Mundpartie herum, als er sich des Preisschildes gewahr wurde.

„Na, wohin mit dem Frohmut? Können wir uns den tollen Bärentöter etwa nicht leisten?", stichelte Mara.

„Noch nicht. Aber du wirst schon sehen: Mein erster richtiger Auftrag wartet auf mich!"

„Vergiss nicht, dass wir teilen. Und vergiss auch deine Schulden nicht."

„Jaja. Alles hier drin." Er tippte gegen seinen Kopf. Tatsächlich bekam er jedes Mal aufs Neue einen kleinen Herzhüpfer, wenn ihn die Elfe an das viele Geld erinnerte, das zu entrichten er nur widerwillig bereit war. War er doch bisher nie in die Verlegenheit gekommen, in jemandes Schuld zu stehen – jedenfalls nicht wissentlich. Er hatte sich für gewöhnlich immer schnell genug aus dem Staub machen können.

„Ich habe schon wieder Hunger", murrte die Elfe,

während sie weiterschlenderten und Gilbert noch im Kopf versuchte, Schwertpreis plus Schulden abzüglich der Gefälligkeiten für einen gewissen Wirt – die so nie stattgefunden hatten – zusammenzurechnen.

Großostberg war eng bebaut, da Gebäude nicht mehr als drei Stockwerke in die Höhe errichtet werden durften – außer mit einer speziellen Genehmigung des hiesigen Bauamtes, welche im Tausch gegen die ein oder andere Wagenladung Plunderteilchen gern einmal ihren Weg zum jeweiligen Antragsteller fand. Und so reihten sich Häuser an Häuser an Zahnarztpraxen und wieder an Häuser. Zwischen zweien ebenjener befand sich die Abenteurergilde Großostbergs, dem Zustand der Bausubstanz nach zu urteilen, nur gehalten von den beiden benachbarten Gebäuden: einem Bestatter mit hoher Expertise im Segment für Särge mit Zwergenmaßen und einem Salon für Hundefrisuren. Gilbert war etwas enttäuscht, weil sich außer dem Schwert unter dem Schriftzug GILDE DES ABENTEURERHANDWERKES GROSSOSTBERG (SÜD), welcher über der Tür prangte, keine weiteren Waffen an der bröckligen Fassade oder auf dem – er konnte es nicht genau erkennen, aber möglicherweise brennenden? – Dach des Gildenquartieres befanden. Er griff nach dem großen Messingtürknauf und –

„Ah, was ist das denn? Die muss klemmen! Ngh!“

„Und jetzt ist klar; du bist nicht nur ein Idiot. Du kannst auch nicht lesen.“ Mara tippte auf den Zettel, der auf Gilberts Augenhöhe (also Maras Kinnhöhe) an die Tür geheftet war: *Heute Mittagspause bis zwei* stand darauf in krakeliger Handschrift und mit vier, nein fünf Rechtschreipfehlenr.

„Wie spät haben wir es?“ Gilbert vermisste seine Sonnenuhr ein wenig.

„Laut der Turmuhr dort hinten drei Uhr. Lass mich mal.“ Die Elfe schob ihn zur Seite und hämmerte mit voller Wucht gegen die Tür. „He! Aufmachen! Hallo?!“

Nichts. Stille.

Sie seufzte und ließ sich auf ihrem Koffer nieder.

Gilbert sah sie an und sprach: „Ich denke, wir müssen einfach später noch einmal wiederkommen."

„Und in der Zwischenzeit? Ich verhungere und wir haben kein Geld", knurrte Mara, ihr Magen tat es ihr gleich.

„Nun, vielleicht finden wir ja hier irgendwo was zu essen. Zum Beispiel dort vorne." Er zeigte mit dem Finger in die Richtung eines Marktplatzes. „In diesem Karren da."

Die hungrige Elfe blickte ihn entnervt an. „Wie das Fass sagt – es wäre Diebstahl."

„Dieses Fass hat doch gar nichts – Hör mal. Es ist ja sozusagen nur geliehen."

„Nein, ist es nicht. Ich esse es, und dann ist es weg." Mara seufzte erneut und erhob sich. „Vielleicht kann ich uns ja in der nächsten Taverne ein bisschen Geld beschaffen. Bin in zwanzig bis dreißig Minuten zurück."

Gilbert willigte ein und als die Elfe sich entnervt hinfortbegeben hatte, stand er allein und in Gedanken versunken vor dem Gildenquartier. Vielleicht sollte er doch einmal einen Blick in den Karren werfen, dachte er bei sich, und während er so nachdachte, schlenderte er auf den Platz zu. Zu seinem Ärger kamen zwei Krämer herbei und begannen, den Handwagen zu entladen, was seine Pläne durcheinanderwarf, wie es auch die beiden Kaufmänner mit den geladenen Vorratspackungen Tannenzapfen in Preiselbeersoße taten.

Gilbert war von Natur aus flink und behände wie ein Meerschweinchen auf seiner Mission, das geheime Knödelrezept zu entwenden, sodass auch eine unachtsam am Gürtel befestigte Geldbörse ein lohnendes Ziel sein konnte. Eine Börse wie jene, die der zerlumpte Bauer, der just in diesem Moment an ihm vorbeizog, achtlos an seinem Hosenbund befestigt hatte. Den Blick auf Bauer und Börse gerichtet, die Nase ob des Geruches jedoch abgewandt, zwängte sich Gilbert durch die Trauben von Menschen auf dem Platz. (Es war wohl gerade Weinfest). Der Mann blieb an einer Bude mit Seemannsblut stehen – einem Getränk „halb Schnaps, halb Seemann“, wie es das Etikett besagte – wohl weil der Stand von zwei liebreizenden Damen in billigen, engen Piratenkostümen geführt wurde. Nun war die Gelegenheit günstig. Während der Lump geifernd aus dem Starren nicht herauskam, streckte Gilbert seinen Arm aus, langte nach der Börse und … *Zack!* Das kleine Leinensäcklein war sein.

„Wache! Dort! Dort vorne ist der dreiste Dieb!“ Eine kleine, alte Frau mit unnatürlich natürlicher Perücke und grässlichem Nasenkneifer bahnte sich, mit zwei gut gewappneten Stadtwachen im Schlepptau, ihren Weg zu Gilbert, um den sich nunmehr eine Menschentraube gebildet hatte. „Das ist meine Börse! Er hat sie mir gestohlen!“, keifte die Dame.

„Ich … es war …“, stammelte Gilbert, den Beweis noch in den Händen haltend und gewiss nicht in den Kerker wollend.

„Doch dieser heldenhafte Junge hier“, fuhr die Frau fort und nahm seinen Arm, „hat sie mir zurückgeholt! Tausend Dank dir!“

„Eh, habe ich? Ich meine … ja?“ Etwas perplex überreichte er ihr das klimpernde Säcklein, welches sie mit ihren adrigrunzligen Alte-Leute-Händen zittrig annahm.

„Wie kann ich so jemandem wie dir nur danken? Mein aufrichtigster Dank. Ich hätte kein Geld gehabt, um meinem Enkel die leckere Steckrübensuppe zu kochen, die er so liebt.“

Gilbert sah verdutzt durch die Menge, die sich um ihn scharte. „Nun ja, eigentlich habe ich … wollte ich …“

Eine der Wachen griff nach seiner Schulter und nickte. „Welch Bescheidenheit!“ Er zerrte den ursprünglichen Langfinger in die Mitte der Menge. „Dieser Mann wurde gesucht. Zu lange schon bestahl er arme, unbescholtene alte Menschen mit Hüftproblemen. Auch war er ein mieser Mörder und schändete Frauen, Kinder und Hunde. Und Katzen. – Und eigentlich alles, was irgendwie atmet."

„Außer Faultiere!", rief einer aus der Menge.

„Richtig, richtig. Außer Faultiere." Die Wache wandte sich zu Gilbert um. „Er hatte etwas gegen das Vergewaltigen von Faultieren. Wurde wohl auch dabei gesehen, wir er Fürst Hammelbein tötete."

„Der Fürst ist tot?", ertönte es abermals aus der Menge.

„Was? – Nein, da müsst Ihr Euch verhört haben." Die Wache deutete mit einem Nicken zu dem Fragesteller und zwei weitere Wachen packten ihn und zogen ihn davon. „Wie auch immer. Ihr müsst seinen Steckbrief gesehen und das Schlitzohr ausfindig gemacht haben. So handelt nur ein wahrhaft aufrichtiger Mann. Wie ist Euer Name, Fremder?"

„Ehm, Gilbert."

„Hoch lebe Gilbert! Dank ihm sind wir nun wieder die Einzigen, die da schlafen mit unseren Frauen und Kin– Hunden. Ich meinte Hunden!"

„Und Katzen!"

„Hier habt Ihr zehn Silberstücke zum Dank. Entschuldigt uns nun, wir müssen einen ganz besonders rauen Strick organisieren."

Gerade war der Wachmann entschwunden, da trat eine gut aussehende junge Dame aus der Menge an Gilbert heran, strich ihm über den Arm und säuselte: „Du siehst aber gut aus, geschmucker Jüngling."

„Danke, das kann ich nur zurückgeben!", erwiderte er, der Situation noch nicht ganz gewahr.

„Was? Willst du das Kompliment etwa nicht?", entrüstete sich das Mädchen, ihre roten Lippen begannen zu beben.

„Doch, doch. Ich wollte nur höflich sein."

Zu seiner Erleichterung verschwand der Zorn umgehend

wieder aus ihrem hübschen Gesicht und sie begann zu lachen. „Ach, dann ist ja gut. Hier …“ Sie schrieb mit einem Stift auf ihre eigene Hand. „… hast du meine Adresse. Komm mich doch heute Abend einfach besuchen. Mein Vater ist nicht daheim. – Ich muss nun los, bis dann!“ Fort war sie und mit ihr die Kontaktdaten.

Die Menge jubelte noch ein wenig und zerstreute sich dann, wie der Verstand eines in die Jahre gekommenen Philosophen. Was hatte er da gerade erlebt? Er blickte auf das Silber in seiner Hand. Ganz egal, was es war, Gilbert wollte mehr davon. Und mehr Silber, das glänzte so schön.

Die alte Flunder stand noch neben ihm. „Ich werde mir schon noch ein Geschenk zum Dank einfallen lassen. Warte ab, wir werden uns wiedersehen!“ Sie entfernte sich und Gilbert begab sich zurück zu der Gilde.

Dort wartete auch schon Mara auf seine Rückkehr. „Wo bist du gewesen? Ich steh mir bestimmt schon seit zwei Minuten die Beine in den Bauch!“

„Du wirst nicht glau–“

„Jedenfalls habe ich uns, während du vermutlich wieder dumme Dinge getan hast, schnell verdiente sieben Dorsch und diesen verlausten, streng riechenden Hut hier organisiert. Es war weniger widerwärtig, als man glauben mag, und was das für Flecken auf dem Hut sind, willst du lieber gar nicht wissen.“

„Das ist witzig, weißt du? Ich habe hier nämlich zehn Silber–“

„Spinnst du?!“ Mara presste seine Hand zusammen, in der er die Belohnung hielt. „Willst du, dass wir festgenommen werden? Wo hast du das geklaut?“

„Was denkst du von mir?!“, entgegnete Gilbert in künstlicher Entrüstung und riss sich los aus dem – überraschend starken – Griff der Elfe. „Ich würde doch niemals … Also nicht heute. Na jedenfalls habe ich, heldenhaft, wie es sich für einen Ritter geziemt, einen gesuchten Mörder und Vergewaltiger dingfest gemacht. Und dies ist mein Lohn. Von der Stadtwache höchstpersönlich an mich übergeben."

„Ach sülz doch nicht so einen Unsinn! Aber dennoch …" Sie zog seine Hand zu sich heran und schob mit dem Finger die Silberstücke hin und her. „Das würde uns beim Pfandleiher bestimmt an die zweihundert Dorsch bringen."

„Zweihundert?!" Gilbert stockte der Atem. Er hatte schon lange nichts mehr getrunken und darob war sein Hals sehr rau und trocken.

„Ich frage besser gar nicht weiter nach, welchem distinguierten Schnösel du das aus der Tasche gezogen hast, und akzeptiere einfach, dass der Zweck manchmal die Mittel heiligt." Sie drückte gegen die Tür zum Gildenquartier, diesmal ließ sie sich ohne Anstalten öffnen. „Jetzt pack das weg und komm endlich."

Während sie die Gilde betraten, dachte Gilbert noch darüber nach, wie viel mehr Silber man wohl benötigte, um daraus einen Brustpanzer fertigen zu lassen.

Das Entree war – wie es das Gebäude von außen schon vermuten ließ – kein Platzwunder und wahrlich keine Schönheit mit seinen braunen Tonfliesen und den mit grün glasierter Keramik gekachelten Wänden, aufgelockert durch geschmacklose, ebenfalls grüne Säulchen, die diese alle sechs Fuß durchbrachen.

Mara fühlte sich erinnert an eine Mischung aus einem Lazarett und dem damaligen Herrenzimmer ihres Großvaters – der ihr das Kartenspielen und einige anzügliche Witze beigebracht hatte.

Hätte in diesem Raum Musik gespielt, es wäre die Gleiche gewesen, die auch in einem Arbeitsamt tagein, tagaus vor sich hinplätschert. Drei Schritte von der Eingangstür entfernt befand sich ein Schalter, halbrund in die Wand eingelassen, hinter welchem eine ältere Dame mit fast schon stoischer Routine Stapel von Papieren abstempelte.

Gilbert tat einen Schritt auf sie zu und begann mit einem schmissigen „Wohlan, gutes Weib!"

„Erst eine Nummer ziehen", nuschelte die Dame, ohne aufzusehen.

„Aber hier ist doch sonst nie–"

„Keine Nummer, keine Auskunft."

„Eh, ja." Er sah sich um und erblickte einen Automaten neben dem Schalter, an dem Mara ein kleines Zettelchen löste und ihm in die Hand drückte. „Hier, bitte sehr."

Die Dame schaute unter ihrer toupierten Frisur auf und nahm ihm das Stück Papier ab. „Nummer eins. Na dann. Was kann ich für euch tun?"

„Gilbert mein Name! Ritter, aber zuvorderst Abenteurer – was der Grund für unser Erscheinen ist."

„Aha?"

„Kommandantin Cosma aus Halen schickt mich für Instruktionen einen Auftrag betreffend!" Er tastete seine Kleidung nach dem Taschentuch, das ihm die Kommandantin überreicht hatte, ab, bis Mara enerviert auf seine hintere Hosentasche deutete, aus der er triumphierend den geschmierten Wisch hervorzog und der mäßig begeisterten Rezeptionistin übergab.

„Ah ja, ich sehe schon." Sie wandte sich ab, schlurfte zu einem Schrank und zog einen Zettel aus der obersten Schublade. „Einmal hier und hier ankreuzen. Und jetzt noch hier. Und noch eine Unterschrift hier unten."

Gilbert schwang den Stift mit solch großer Eleganz, dass sich in der Tinte auf dem Papier seine ganze feinmotorische Präzision widerspiegelte, und händigte ihr das Formular aus.

(Mara hatte selten so eine wüst dahingekrakelte Handschrift gesehen – und ihr waren schon viele auf diversen Mietverträgen oder Schuldscheinen untergekommen.)

„Und was passiert jetzt?", wollte der aufgeregte Gilbert wissen.

„Jetzt passiert gar nichts. Nachdem ich die Anträge auf Hinrichtungen hier bearbeitet habe, kümmere ich mich um euer Anliegen. Morgen bekommt ihr Antwort."

„Morgen?!", entfuhr es der Elfe. „Was kann denn da so lange dauern? Ihr habt hier doch bestimmt irgendwo die Auftragspapiere rumliegen."

„Ja, und warum bearbeitet die Abenteurergilde überhaupt Strafverfahren?", fügte Gilbert hinzu.

„Um den Standort hier halten zu können, übernehmen wir gelegentlich Verwaltungsaufgaben der Stadt. – Und mit gelegentlich meine ich hauptsächlich." Die Frau lehnte sich über den Schalter. „Sonst müssten wir runter nach Kuhdung. Nicht so schlimm wie Pestdorf oder Kotzenbüttel, aber … ihr versteht."

„Und Sie können da gar nichts machen?", fragte Mara.

„Bedaure, Vorschrift ist Vorschrift. Ist Vorschrift."

„Dann sollten wir wohl einen Platz für die Nacht suchen." Gilbert griff nach dem Lohn in seiner Tasche. „Da fällt mir ein: Können Sie uns noch sagen, wo sich die nächste Pfandleihe befindet? Wir möchten etwas Silber in Zahlung geben."

„Das könnt ihr auch hier eintauschen", antwortete die Dame hinter dem Schalter.

„Wie das?"

Sie zeigte auf ein Schild neben dem Schalter: Gilde der Abenteuerey und Edelmetallankauf war darauf zu lesen.

„Es würde mich nicht wundern, wenn die einem hier auch noch die Haare schneiden würden", warf Mara ein. „Seltsamer Laden."

„Nein, Haare schneiden wir nicht. Montags und donnerstags bieten wir allerdings medizinische Egelbehandlungen und wohltuende Kopfmassagen gegen Migräne für zwanzig Nickel an." Sie sagte dies mit ihrer monotonen Beamtenstimme, als sei sie innerlich schon seit einigen Jahren verstorben.

Gilbert tauschte alles bis auf ein Silberstück, welches zurück in seine Tasche wanderte, gegen Münzen ein – manch einer hätte es auch einen Verkauf genannt. Ganze 250 (in Worten *zweihundertfünzig*) Dorsch hätte er dafür bekommen, doch nach Aufwandsvergütung, Servicepauschale, Steuern und gemitteltem Wechselkurs über die letzten drei Monate wurden ihm immerhin 173 Dorsch, 34 Nickel und ein rostiger Reißverschluss ausgehändigt.

„Gib mir am besten gleich mein Geld, bevor du es unachtsam auf die Straße wirfst", sprach die Elfe, als sie den Bürokraten-Alptraum in Grün hinter sich ließen und wieder hinaus auf die Straße traten. „Das wären meine fünfunddreißig Dorsch …"

„Abzüglich meines Einsatzes im Linsentopf", erinnerte Gilbert.

„Bohnentopf."

„Genau, Bohnentopf. Das waren bestimmt fünf Dorsch für das Zimmer."

„Also, abzüglich diverser Gefälligkeiten für gewisse Braunbären mit Dermatitis, ja. – Aber zuzüglich Schmerzensgeld für mich als deine Begleiterin", führte Mara weiter aus.

„Ah ja. – He, Moment."

„Wir hätten dann also fünfunddreißig minus fünf plus weitere sieben – macht zusammen siebenunddreißig Dorsch", überschlug sie grob, während Gilbert mit seinen Fingern versuchte, ihrer Rechnung zu folgen.

„Das wird ja immer mehr! Lass uns das lieber nachher noch einmal ausrechnen, sobald wir ein Dach über dem Kopf haben."

„Ich fasse es nicht. Du schleppst gerade drei Monatsgehälter in deinem Beutel herum und hältst mich immer noch hin?!", herrschte Mara ihn an.

„Drei Monatsgehälter für eine Prostituierte, mag sein. Wenn ich jedoch erst einmal berühmt bin, dann wird das nur ein nettes Zubrot sein."

Gilbert wurde in seiner weiteren Ausführung über Marmorböden und Sommersitze von Maras Faust unterbrochen, die passgenau seine Magengrube füllte.

„Du bist ein Riesenidiot!", zürnte die Elfe, während sie den passenden Betrag aus seiner Hosentasche schüttelte.

Gilbert war das etwas peinlich und als sie ihm die Hose endlich zurückgab, zog er sie rasch wieder an, ehe noch mehr Passanten ihn im Vorbeigehen anstarrten. „Dann wirst du jetzt vermutlich deiner Wege ziehen?" Er sah sie unsicher an.

„Unsinn. Du hast mich bis hierher geschleppt, dann noch die Sache mit der Prophezeiung, und nun werde ich dich durch jede Näherei und in jeden Stoffladen schleifen." Sie hatte ihr schelmisches Grinsen aufgesetzt und fuhr fort: „Es ist noch nicht so spät. Lass uns ein Quartier für die Nacht finden, um unseren Kram loszuwerden. Dann können wir uns ein wenig in der Stadt umsehen."

„Einverstanden. Wir sollten als Erstes in dieser Richtung suchen."

„Aber aus der sind wir doch ursprünglich gekommen." Mara suchte mit ihren Augen etwas irritiert die Wege ab.

„Schon, doch ich habe dort, glaube ich, die ein oder andere Unterkunft aus dem Augenwinkel gesehen", erklärte Gilbert und so willigte sie ein, wieder zurück in Richtung des Südeinganges zu gehen.

„Oh nein! Du mieser Mistkerl wolltest nur wieder zu dem bekackten Waffenladen!", fuhr ihn die Elfe an, als sie erneut vor dem Geschäft mit den Schwertern und Schilden standen.

„Mein Herr, mein Herr!"

Zu seiner Erleichterung konnte er darauf nicht mehr antworten, da eine Gruppe ungepflegter Kinder mit verfilzten Haaren auf die beiden zugelaufen gekommen war und sich um Gilbert scharte.

„Wir sind hungrig und haben seit Tagen nichts gegessen."

„Geht doch nach Hause. Sollen euch eure Eltern was kochen", schlug er als Lösung für dieses banale Problem vor und fügte an: „Baden könntet ihr bei der Gelegenheit am besten auch gleich."

„Aber wir sind alle Waisen. Wir haben kein Zuhause mehr …"

„Und kein Bad", seufzte ein zweites Kind, woraufhin ein drittes anfing zu weinen.

„Ich will meine Mama zurück! Buhuu!"

„Jetzt gib den kleinen Blagen doch was von deinem Geld, du reicher Mann", stöhnte die Elfe mit süffisantem Unterton.

„Bitte Herr, nur ein paar Nickel oder ein Stück Brot vielleicht."

„Aber ohne Kruste bitte. Vom Skorbut beißen wir uns sonst die Zähne aus!", warf das zweite Kind ein und das dritte weinte noch bitterlicher.

„Ich hab gar keine Zähne mehr! Wuäähh!"

Gilbert sah hinunter in die vielen großen, traurigen Kulleraugen und fühlte sich in dieser Situation sichtlich unwohl. Was sollte er tun? „Wenn ich euch jetzt Geld für Essen gebe, dann …" Er sah zu dem tollen, funkelnden Schwert mit Totenkopf-Verzierungen im Schaufenster.

Es war eine schwere Entscheidung gewesen, doch letztlich war es gut angelegtes Geld, und so stapfte er stolzerfüllt, das prunkvolle Schwert mit beiden Händen umfassend, aus dem Laden, vorbei an den Kindern, die ihm mit trauriger Miene nachsahen, zu der ungeduldig wartenden Elfe.

„Das ist nicht dein Ernst. Du hast hundert Dorsch für dieses Klischee von einem Kinderspielzeug ausgegeben?" Sie schüttelte verständnislos den Kopf.

„Hundertzwanzig. Ist es nicht toll?" Gilbert strich über die Klinge. Wäre sie ein wenig schärfer gewesen, dann hätte er sich tatsächlich beinahe daran geschnitten und ein Pflaster benötigt.

Eines von diesen kleinen Runden – am liebsten in bunt und mit niedlichen Dino-Motiven darauf.

„Hundertzwanzig?! Auf dem Preisschild stand doch hundert?"

„Ja, das war der *reguläre* Preis. Aber schau, der Verkäufer hat mir noch diese passende Scheide zu einem Sonderpreis dazu verkauft."

„Die ist doch viel zu klein! Hast du das denn gar nicht ausprobiert?"

„Kein Grund, mich so anzugehen. Ist immerhin mein wohlverdientes Geld." Gilbert mochte sein Schwert. Auch, wenn es tatsächlich nicht in die Scheide passte und er es offen mit sich herumführen musste, was zu seiner Freude jedoch die Blicke vieler vorbeiflanierender Bürger auf ihn zog.

„Eher wohl geklaut", knurrte die Elfe. „Lass uns lieber schnell eine Unterkunft suchen, bevor uns noch mehr Leute wegen deines peinlichen Kompensationsversuches angaffen."

Ein neuer Gefährte?

— Kapitel 8 —

Nachdem Gilbert und Mara einige Minuten gegangen waren, sahen sie sich gezwungen, eine schmale, teils überbaute Passage zwischen zwei Fachwerkhäusern zu benutzen, welche die Wege verband. – Doch auf halber Strecke angelangt, wurden ihnen plötzlich von mehreren Silhouetten die Ausgänge versperrt und so standen sie umzingelt in der dunklen Gasse. „Wer da? Zeigt euch!“ Mara ließ ihren Nacken knacken und ballte die Fäuste.

„Uns ist zu Ohren gekommen, ihr hättet ein paar arme Waisenkinder verhöhnt.“ Aus dem Schatten trat eine alte Frau, sie schlug mit dem Gehstock in ihre Handfläche wie mit einem Baseballschläger, den man vermutlich nicht zum Spielen im Garten erworben hatte. Ihr folgten weitere ältere Damen und Herren und bedrängten Gilbert und Mara mit bösen Blicken.

Die Elfe zeigte sich unbeeindruckt. „Und ihr seid die Großeltern der Waisen?"

„Unsinn. Die Straßen da draußen sind ein hartes Pflaster. Das schadet den Kniegelenken und künstlichen Hüften. Nein, wir achten nur darauf, dass den armen Kleinen nichts passiert. Edith hier –"

„Hallo."

„Edith belegt ihnen sogar Butterstullen. – Na ja, meist jedenfalls. Wisst ihr, wir sind alle Großeltern, deren Enkel gestorben sind."

„Was seid Ihr dann?", wollte Gilbert wissen. „Verwaiste Senioren? Waisengroßeltern?"

„Dafür gibt es keinen Begriff, du Hornochse!", brüllte die tattrige Großmutter.

„Ihr müsst nicht beleidigend werden. Wisst Ihr überhaupt, wer hier vor Euch steht?"

„Nein, und es ist mir auch relativ e–"

„Gilbert, Ritter. Und Abenteurer obendrauf!"

Ein alter Greis wandte sich zu der erbosten Dame. „Du, Elsbeth. Der Junge wirkt sehr überzeugt von sich. Er muss wirklich gut in dem sein, was er tut. Wir handeln uns hier bestimmt nur unnötigen Ärger ein."

Mara musste sich ob dieses absurden Theaters die Stirn reiben. „Oh bitte. Er ist nur ein einfacher Idiot und –"

„Vielleicht hast du Recht, Osbert." Die alte Frau pfiff so kräftig durch ihre Finger, dass Gilbert wissen wollte, wie diese Technik wohl genau funktionierte. „Väterchen! Mütterchen! Wir ziehen ab. Die haben zu viel auf dem Kasten. Vielleicht finden wir irgendwo ein paar Bänker, die wir ausrauben können."

Und so zogen sie ab. Alte Menschen waren sonderbar. Gilbert hatte sie noch nie verstanden. Ihre Art zu gehen, zu sprechen, selbst zu essen, sich über das Weltgeschehen aufzuregen, war doch früher (manchmal auch dubios bezeichnet als *das Damals*) alles besser und die Gesellschaft noch in Ordnung. – Jedenfalls in der verklärten Wirklichkeit eines gramvollen Achtzigjährigen, der tagein tagaus aus dem Fenster blickt, um sich in seinen Ansichten über Dinge, die in der Welt schiefliefen, zu bestätigen.

Während Gilbert und Mara die Gasse hinter sich ließen, sich noch fragten, was das eben für ein seltsames Zusammentreffen gewesen war, wurden sie sogleich schnellen Schrittes von einem langlockigen Burschen eingeholt.

„Das war ja grandios, wie Ihr die Raufbolde nur mit Eurer Worte Kraft in die Flucht schlugt! Winfried mein Name. Ich komme aus Weißbach bei Berghain, immer auf der Suche nach neuen Herausforderungen, den Menschen zu helfen."

„Noch so ein Eierkopf …" Mara blickte von seinen schmalzigen Haaren über sein schmalziges Grinsen hinunter zu seiner schnörkellosen, aber äußerst gepflegten Kleidung. Sie war verleitet, ihm ein paar Zähne aus seinem – überraschend vollständigen, blendend weißen – Gebiss zu schlagen, doch Gilbert kam ihr mit sprachlichem Einsatz zuvor.

„Gilbert. Abenteurer. Ritter." Er reichte dem Jüngling die Hand. „Das hier ist meine Gefährtin Mara."

„Marietta vo–"

„Nenn sie ruhig Mara, das ist ihr Spitzname."

Winfried fing an zu strahlen. „Ihr seid also echte Abenteurer? Unfassbar! Sagt, was ist Euer nächstes Ziel?"

„Nun, ein Geheimauftrag wartet auf uns. Aber eigentlich sollen wir eine Prophezeiung vom sprechenden Karottenbaum erfüllen und die Welt vor der Dunkelheit retten." Gilbert wandte sich an Mara. „War das diesmal richtig?"

Die Elfe verdrehte nur angestrengt die Augen.

„Welch Kuriosum! Ich hatte diese verheißungsvolle Vision, die mich aufrief, genau hierher zu kommen! Und dann laufe ich Euch in die Arme. Einer Elfe. Und einem Fass, wie in meinem Traum! – Da war auch noch ein seltsamer Mann mit einer Art Kopftuch. Vielleicht auch nur ein einfacher Markthändler, aber was rede ich. – Und dann habt Ihr auch noch diesen adretten Ritter bei Euch. Unsere Begegnung kann kein Zufall sein!“

Gilbert fühlte sich über alle Maßen geschmeichelt – auch wenn ihm das mit dem Fass und dem Markthändler noch zu denken aufgab –, wohingegen von Mara nur ein gestöhntes „Meine Güte“ erklang.

„Wenn Ihr mir die Gelegenheit geben würdet, mich zu beweisen – ich würde wohl eine Weile mit Euch reisen.“ Der Bursche blickte mit seinen wachen Augen erwartungsvoll abwechselnd erst zu ihr und dann zu Gilbert.

„Seht mich nicht so an!“ Mara verschränkte die Arme. „Macht was ihr wollt, aber eigentlich reicht mir ein Volltrottel vollkommen.“

Gilbert nickte ihr zu und wandte sich in Richtung des frischen Anwärters. „Dann ist es abgemacht! Du kannst unseren Proviant und das Fass schleppen.“

„Holla, habt tausend Dank!“ Seine Zähne funkelten. (Können Zähne funkeln? Eigentlich können sie ja auch nicht strahlen – höchstens reflektieren, oder?)

„Wir machen uns gerade auf zu einer geeigneten Herberge.“

Er drückte dem baffen Winfried seine Tasche und das Fass in die Hände.

„Na so was! Das Fass kann sprechen! Seltsame Magie waltet hier.“

„Wieso hört das jeder?!“

„Wenn ihr jedenfalls eine Herberge sucht, dann folgt mir. Ich war zwar schon eine Weile nicht mehr in Großostberg, aber ich kenne da eine fabelhafte Wirtschaft in der Nähe der Docks.“

Der Marsch erwies sich als langwierig, musste Winfried doch alle paar Morfel anhalten, um irgendwelchen einfachen Bürgern bei Kleinigkeiten zu helfen, was Gilbert, dem seine vermeintliche Heldentat auf dem Marktplatz und die zugehörige Anerkennung gut gefallen mochten, in Verlegenheit brachte. Was ihn jedoch noch mehr störte, was er Winfried schon fast neidete (auch wenn er dies nie vor ihm und der Elfe zugegeben hätte), war die Tatsache, dass sich viele Damen nach seinem neuen Packburschen umschauten und ihm gar schöne Augen machten. – Dabei waren sie, so warf Mara widerwillig ein, schon von Natur aus ungewöhnlich hübsch.

Winfried sollte Recht behalten und so standen sie, wenige Schritte vom Flussufer entfernt, vor einem wohl gepflegten Haus aus großen Steinquadern. GASTHAUS OSTBERGER TRADITION stand auf einer Tafel neben dem Eingang, darunter eine eingravierte Empfehlung der „Großoststädter Flaneure", die eine „besonders behagliche Bettruhe und ein exzellentes offenes Buffet" bestätigten und die Höchstwertung – fünf von sieben goldenen Spazierstöcken – vergeben hatten.

„Das sieht zwar wirklich gut aus, dürfte jedoch über unserem Budget liegen." Mara hob das Säcklein an, in dem sie ihr Geld mit sich trug.

Winfried klopfte ihr auf die Schulter und wich sogleich ihrer Faust aus, die sie reflexartig in Richtung seiner Nase gepfeffert hatte. „Keine Sorge. Es ist nicht so teuer, wie ihr vielleicht denken mögt. Haha." Er ging voran und Gilbert und Mara folgten ihm in die extravagant wirkende Herberge.

„Fünfundzwanzig Dorsch pro Zimmer und Nacht. Inklusive Buffet und Zimmerservice, versteht sich." Der für Maras Begriffe etwas versnobte, dabei jedoch äußerst vertrauenserweckende dünne Mann hinter dem Tresen hatte die lange Nase hoch erhoben und richtete seine Nietbrille in Erwartung einer Antwort.

Das Foyer war ausladend und nach Maras Geschmack eingerichtet. Bunte Banner mit den hübschesten Verzierungen hingen von den Wänden, beste Teppiche schmeichelten ihren Stiefeln und auf einem Holztisch nahe einer Sitzecke waren Reiseführer zu den schönsten Orten im Großostberger Land ausgelegt.

Gilbert zog an Winfrieds Ärmel. „Das ist ganz schön viel Geld für eine Nacht. Und ich weiß, wovon ich spreche. Bis vor kurzem hatte ich – gewisse nächtliche Aktivitäten betreffend – noch die ein oder andere Schuld zu tilgen.“ Er blickte zu Mara, die dem Gespräch bis eben nicht zugehört hatte und ihn nun halb fragend, halb erbost ansah. „Es war wegen der Elfe. Sie wollte sich nicht die Blöße geben und …“

Maras Blick wurde finsterer und sie begann mit den Handknöcheln zu knacken, was Gilbert in seinem Redefluss stoppte, sodass Winfried zu Wort kam.

„Ach, die Preissteigerungen in der Stadt sind anscheinend beträchtlicher, als ich annahm. Ich wollte niemanden in Verlegenheit bringen.“ Er dachte kurz nach. „Wisst ihr was? Auf meiner Reise hierher habe ich ein Fischerdorf vor einer Horde brandschatzender Orks gerettet und eine schon unangenehm großzügige Belohnung erhalten. Lasst mich einfach das Zimmer bezahlen. Nächstes Mal seid ihr dann an der Reihe.“ Er zwinkerte ihnen zu und zückte seine Geldbörse.

„Also daran könnte ich mich gewöhnen. Ein Holzkopf, aber immerhin einer mit Manieren und liquiden Mitteln.“ Mara lachte, als wollte sie Gilbert mit dieser Aussage verhöhnen.

Dass sie damit nur ein weiteres Mal versuchte, ihre Zuneigung ihm gegenüber zu übertünchen, war ihm natürlich sofort klar und so spielte er das Spiel mit und ließ den aufgeweckten Recken das Zimmer bezahlen.

Es begann schon zu dämmern, als sie nach einem langen Abendessen ihre angemieteten Räumlichkeiten betraten.

„Das war gar kein ‚Alles, was du essen kannst', sondern nur ein ‚Alles, was da ist'!", knurrte Mara und ließ sich grummelnd auf eines der frisch hergerichteten Betten fallen.

„Dass du nicht fett wirst bei deinem Essverhalten", wunderte sich Gilbert und setzte sich auf einen der Stühle bei dem Holztisch in der Mitte des gemütlichen, äußerst geräumigen Zimmers.

„Wenn du noch Hunger hast, dann habe ich hier doch etwas Vorzügliches für den Nachtisch parat. Seht!" Winfried holte ein kariertes Tüchlein aus seiner Tasche, legte es auf den Tisch und breitete den Inhalt vor ihren Augen aus.

„Plätzchen! Das nenne ich mal eine willkommene Überraschung!" Gilbert stürzte sich sogleich darauf und auch Mara war aufgesprungen und zum Tisch gestürmt.

„Hm. Zu einer kleinen Süßigkeit würde ich auch nicht nein sagen. Hast du die selbst gemacht? Die Zutaten waren doch bestimmt auch nicht ganz billig."

„Jaja, alle selbst gebacken für die lange Reise." Winfried schob das Tuch in ihre Richtung. „Nehmt ruhig, nehmt!"

Sie setzten sich zu Gilbert und jeder nahm eines dieser großartig duftenden Teiggebäcke.

„Gilbert, kannst du mir bitte den Zucker reichen?", fragte Winfried und deutete auf eines der Gläschen, die neben Servietten mit scheußlichem Schneemannmotiv und einem Behälter mit normaler, fettarmer, laktosefreier, Soja- und Erdbeermilch (natürlich gemischt, um den Geschmacksknospen zu schmeicheln) auf einem Deckchen in der Tischmitte standen.

Dieser konterte originell mit „Ich weiß nicht, ob ich das kann". Das musste urkomisch ankommen. Mara kringelte sich bestimmt innerlich schon vor Lachen und konnte nur mit Müh und Not die Krümel in ihrem Mund behalten.

„Du weißt nicht, ob du mir den Zucker reichen kannst? Dass ich das noch erlebe. Sieh, es ist eigentlich ähnlich, wie wenn du andere Dinge greifst und von einem Ort zu einem anderen bewegst. Du musst nur –“

„Ich glaube, der Idiot hier wollte nur einen besonders klugen Witz reißen. Beachte es am besten gar nicht.“ Mara reichte ihm das Zuckergläschen.

Gilbert kam sich um seine gute Laune betrogen vor und knabberte an seinem Gebäck-Stückchen.

„Ah. Wisst ihr …“ Winfried fing an, Zucker über sein Plätzchen zu streuen. „Mit einer Prise Zucker schmecken die einfach noch ein bisschen besser.“ Er biss herzhaft ein Stück seines Gebäckes ab und stockte. „Oh je. Was … was ist in dem Zuckerstreuer?“

Mara sah ihn verständnislos an. „… Zucker?“

„Ah, Gott sei Dank! Ich dachte schon, dort wären – hng!“ Wieder hielt Winfried inne und hob mit zitternder Hand sein Küchlein auf Augenhöhe. „Was … was ist in den Plätzchen …?“

„Woher sollen wir das wissen? Die hast schließlich du gebacken“, antwortete die Elfe genervt.

„I… ich muss euch gestehen …“ Winfried fummelte stark schwitzend an seinem Kragen herum. „Ich habe euch angelogen. Die Plätzchen. Ich habe sie vorhin unten im Bäckerladen gekauft; in dem nebenan. Um euch eine Freude zu bereiten. Als ihr glücklich duschen wart.“

„Na, so toll war die Dusche jetzt auch nicht. Nicht wahr, Frau Warmwasser-Diebin?“ Gilbert stemmte die Hände in die Hüfte und blickte verurteilend zu Mara, die sofort entgegnete:

„Ich habe dir vorhin schon gesagt: In diesem Hotel gibt es kein Warmwasser!“

„Freunde, Freunde. Es ist ja schön, dass ihr so eine lebhafte Streitkultur pflegt, aber … ich bekomme langsam wirklich wenig Luft. Ich bin allergisch gegen Fruchtkerne und –“

„Also so was wie Erdnüsse?“, unterbrach ihn Gilbert.

Mara lehnte sich in seine Richtung und stützte sich mit einem Arm auf den Tisch. „Volldepp. Das sind Hülsenfrüchte. Er meint Fruchtkerne. So was wie Cashewkerne.“

„Aber sind das nicht Nüsse?“

„Nein, das sind die Dinger, die an Kaschuäpfeln hängen.“ Sie malte mit ihrem Finger einen birnenförmigen Umriss in die Luft und fügte hinzu: „Warum sollte man eine Nuss Cashewkern nennen? Das ergibt doch überhaupt keinen Sinn!“

„Eh ... Leute ... ich ...“, krächzte Winfried, der inzwischen rot angelaufen war.

„Ich sage ja nur“, setzte Gilbert an, „das verwirrt etwas.“

„Dich verwirrt glaube ich so einiges.“

„Ehrlich Leute ... Ich ... hnn.“ Winfrieds Farbe wandelte sich zu einem besorgniserregenden Azurblau – auch wenn der Farbton per se wirklich hübsch anmuten kann.

„Und was ist überhaupt mit Kernfrüchten? Ist das nochmal was anderes? – Als Betroffener ...“ Gilbert wandte sich zu dem wild mit den Armen fuchtelnden Winfried, dem mittlerweile Schaum aus dem Mund lief. „Jetzt sag doch auch mal was dazu. Ich bin mir jedenfalls sicher, dass zumindest Mandeln keine Nüsse sind.“

Winfrieds blutunterlaufene Augen drehten sich nach oben und er knallte wuchtvoll mit dem Kopf auf die Tischkante und von dort aus weiter auf den Boden.

„Scheiße! Gilbert, wir müssen ihm helfen. Er bekommt keine Luft mehr!“ Mara sprang auf und drehte den regungslosen Recken hastig auf den Rücken.

„Ich sage ja nur, wenn er keine genauen Angaben macht, was jetzt sein Problem mit den Gebäckstückchen war, dann können wir auch nicht sicher sein, ob er denn wirklich einen allergischen Schock erleidet. Ich habe jedenfalls keine Nüsse herausgeschmeckt.“

„Fruchtkerne!“ Mara fing an, mit der einen Hand eine Herzmassage einzuleiten, während sie mit der anderen seinen Puls fühlte.

„Wie auch immer.“ Gilbert hockte sich neben die über dem Umgekippten kniende Elfe. „Ich bin beeindruckt, was du alles beherrschst. Hast du das von einem deiner Freier gelernt?“

Mara stieß ihn zur Seite, dass er prompt auf seinen Rücken kullerte, beugte sich über den Kopf des regungslosen Winfrieds und zog sein Augenlid hoch.

Gilbert hatte sich unterdessen wieder aufgerichtet und krabbelte zu Mara zurück. „Und, wie geht's ihm?“

„Ich würde sagen, erstaunlich gut – wenn man von der Tatsache absieht, dass er tot ist.“

„Tot?! Winfried, mein treuer Gefährte. Wir kannten uns noch nicht lange, doch haben wir im Geiste schon so viel erle– Au!“

Mara hatte ihm mit ganzer Kraft gegen den Arm geboxt. „Wenn du mir hier geholfen hättest, dann wäre es uns vielleicht gelungen, den armen Kerl zu retten! Du bist manchmal ein echter Idiot.“

„Wieso ich denn jetzt? Du hast doch angefangen mit deinen Cashewnüssen!“ Er rieb an dem Arm, bis Mara ihn ein weiteres Mal schlug.

„Warum rubbelst du an dem Toten rum?!“

„Autsch … Hätte ja sein können, dass er doch noch auf etwas reagiert.“

Mara erhob sich und blickte auf den verschiedenen Mann vor ihren Füßen. „Wir müssen die Wache oder einen Arzt holen.“

Gilbert sprang auf. „Nein, die werden denken, wir hätten –“

„Unsinn. Es ist doch ganz offensichtlich, dass wir damit nichts zu tun hatten.“

„Urintopf-Entleerung!“ Die Tür ging auf und ein zierliches

Zimmermädchen trat ein, das sofort erstarrte. „Oh! Was ist denn hier los?“

Mara ging zwei Schritte auf die junge Dienstmagd zu und versuchte zu erklären: „Unser Freund hier ist leider –“

„Experimentelle Kohabitation!“, brüllte Gilbert blitzschnell dazwischen – und das, ohne die Worte durcheinanderzubringen. „Bitte kommen Sie doch später wieder. Unser Freund hier ruht sich gerade etwas aus.“

„Ehm … Sehr wohl?“ Sie schaute verwirrt zu dem teilnahmslos in zwei Richtungen blickenden Mann auf dem Boden, zu der Elfe mit Gebäck-Krumen um den Mund herum und zu dem anderen Mann, der schnell den Schaum aus dem Gesicht des ersten Mannes zu wischen versuchte und damit alles noch mehr verteilte. Dann verließ sie – ohne das Geschehen näher zu hinterfragen – wieder das Zimmer.

Mara stand noch kurz mit einem krampfhaften Lächeln da, ehe die Tür ins Schloss fiel, und machte sogleich einen Satz in Gilberts Richtung. „Bist du bescheuert?! Das wirkt jetzt sehr verdächtig! Als hätten –“

„Als hätten wir was damit zu tun.“ Er schloss die Augen und nickte. „Wie ich schon sagte: Wir brauchen einen Plan.“

Der Rezeptionist zündete im Foyer gerade mit einer kleinen Lampe die schmuckvollen Kandelaber an, als ihn ein Poltern aus dem Treppenhaus aufhorchen ließ.

„Jetzt nimm ihn doch mal richtig hoch!“

„Ich mach ja schon, aber du ziehst mich nach unten.“

„Der ist einfach zu schwer!“

Gilbert und Mara hatten den verblichenen Winfried in Decken gehüllt die Treppe hinuntergeschleift und kamen nun zum Eingangsbereich, vorbei an dem erstaunten, langen Mann, der sie sogleich ansprach:

„Werte Gäste?“

„Ah, zum Gruß. Unser Freund hier wollte sich noch einmal die … Beine vertreten.“ Gilbert hievte den schlaffen Körper, der zu rutschen begonnen hatte, wieder zurück auf seine Schulter, wobei Winfrieds Kopf nach hinten knickte, dass Mara diesen wieder nach vorne stupsen musste. „Also kein Grund, von einem Mord auszugehen. – Sagte ich Mord? Ich meinte natürlich Molch. Unser Freund ist garantiert kein Molch, sondern ein Mensch.“

Sie hoben ihn weiter bis zur Türschwelle der Gaststätte und Gilbert warf noch ein „Schönen Abend noch!“ in Richtung des seine Augenbraue hinaufziehenden Rezeptionisten, ehe sie das Gebäude verließen.

„Siehst du da vorne?“ Er zeigte auf eine Brücke, die über den Fluss führte, an dem die Stadt erbaut war.

„Nicht so richtig. Es ist schon sehr dunkel. Dein bescheuerter Plan bringt uns noch in den Kerker. Oder beschert mir zumindest dauerhafte Rückenprobleme.“

Als sie fast bei der Brücke angelangt waren, näherte sich eine Stadtwache mit lodernder Fackel und grüßte mit einem freundlichen „Abend!“, woraufhin Gilbert unnötigerweise entgegnete:

„Ja, ein echt total schöner Abend, so ganz ohne Verbrechen und dergleichen. Wir sind hier unterwegs, total unverdächtig. Das ist unser Kumpel, ein völlig normaler, lebendiger Kerl!“ Er schüttelte den leblosen Körper ein wenig, dass Mara unter der Bewegung einzusacken drohte.

„Wie auch immer“, entgegnete die Wache und wandte sich ab.

„Was sollte das, du Idiot?!“, zischte die Elfe, während sie auf die Brücke traten.

„Du hast ja nichts gesagt. Fast wären wir aufgeflogen! Deshalb musste ich uns besonnen vor dem Stricke retten!“

„Einen Scheiß musst du!“ Sie blickte hinunter von der Brücke in das schwarze Wasser, das nur durch den leichten Laternenschein zu erahnen war.

„Na, wir werfen ihn da jetzt einfach rein und gut“, sprach der Abenteurer.

„Das ist der dämlichste Plan, von dem ich je gehört habe!“

„Hast du einen Besseren?“ Gilbert setzte an, den Leichnam in sein nasses Grab zu befördern.

„Warte.“ Die Elfe zögerte. „Nimm ihm noch flugs die Geldbörse ab!“

Gilbert hielt inne und kramte an Winfrieds Gürtel herum. „Ich versuche es, aber sie hängt fest … Gnh …“

Mara sah sich immer wieder gestresst nach allen Seiten um. „Egal, zu spät. Lass ihn einfach los. – Wir erzeugen zu viel Aufmerksamkeit!“

Mit einem Ruck stießen die beiden den Gewesenen von der Brücke, dass ein leises *Platsch* ertönte.

„Oh nein, unser Freund!“, fing Gilbert theatralisch an zu klagen. „Ich denke, das hat er nicht überlebt. Was ein tragischer Unfall! Er war doch noch so lebendig! Jaja!“

„Brüll nicht so rum, du Volltrottel! Verdammt, da kommen Leute. Lass uns schnell verschwinden.“ Mara eilte in die entgegengesetzte Richtung, hinunter von der Brücke und weg von der Pension, gefolgt von einem leise schluchzenden Gilbert.

„Das schöne Geld …“

Das geheime Labor

— Kapitel 9 —

Gilbert und Mara wussten nicht, ob die Anzahl der Wachen, die nun unterwegs waren, ihretwegen gestiegen war, oder ob einfach ein Schichtwechsel anstand und die Abgearbeiteten mehr oder weniger freudig zurück zu ihren Familien oder Katzen konnten, derweil diejenigen mit Schlafproblemen, wenigen Sozialkontakten oder einem Auge auf die Nachtzuschläge ihren Dienst begannen.

So schlängelten sie sich in Ungewissheit die schattigen Hauseingänge entlang, immer weiter und weiter, bis Gilbert an einem Eingang abzurutschen drohte, im letzten Moment Maras Arm griff – und zusammen mit der Elfe sich überschlagend eine steile Steintreppe hinunterstürzte, an deren Ende eine Holztür den tiefer gelegenen Zugang des Hauses versperrte. Jedenfalls bis sie beide in vollem Schwunge die Tür aufsprengten und in einem großen Zimmer ineinander verknotet zum Liegen kamen.

„Du dämlicher Tollpatsch! Meine Hüfte, ah …“ Mara entwirrte sich aus Gilberts unsittlichem Griff und stieß ihn zur Seite, um aufzustehen.

Er rieb seinen Hinterkopf und schaute sich um. „Wo sind wir hier?“

Der Raum lag halb unter der Erde und hatte Oberlichter aus Bleiglas, die in die aus großen Steinquadern gefertigten Wände eingelassen waren und um diese Uhrzeit kein Licht mehr hereinließen. Das war auch gar nicht nötig, denn der sich über zwei Etagen erstreckende Raum war durch einen Kerzenleuchter und weitere Lichter an den Wänden angenehm warm ausgeleuchtet.

Gilbert wagte sich an das Geländer der hölzernen Galerie vor, auf der sie standen, um einen Blick auf die Etage darunter zu erhaschen: Große metallene Apparaturen standen dort, wie er sie noch nie gesehen hatte.

„Was ist das alles hier?“ Mara hatte sich zu ihm an das Geländer begeben.

„Ich weiß nicht. So etwas habe ich noch nie gesehen. Vielleicht eine Art überdimensionierter Ofen? Eh … was wird das?“ Gilbert blickte zu der Elfin, die einen Spuckefaden abseilte und schließlich hinabfallen ließ.

„Wer ist da?! Was ist hier los?“ Mit Gerumpel und Geschepper rannte eine Person unter der Galerie hervor und blickte die beiden Eindringlinge wutentbrannt an. „Habt ihr gerade in mein Getriebe gespuckt?“

Es war eine Frau in ihren Dreißigern mit grau-beigem Haar, das unter ihrer ungewöhnlichen Kopfbedeckung – einer Art großer Schweißerbrille – hervorlugte. Sie trug eine dunkle Hose, die zu einem größeren Teil aus Taschen denn aus Hose bestand, darüber ein Leinenhemd, das sie auf der linken Seite hineingesteckt hatte und eine Weste mit ebenso vielen Fächern. Darüber hinaus war sie behangen mit Werkzeuggürteln, aus denen die kuriosesten Dinge herausragten, von denen weder Gilbert noch Mara hätten sagen können, wofür sie benutzt wurden.

„Anstatt mich hier von oben bis unten zu mustern, könntet ihr mir endlich meine Frage beantworten!" Die Frau blickte zornig mit verschränkten Armen nach oben und fing an, mit dem Fuß zu wippen.

„Also da war dieser Typ, der hatte eine Vision, und … ja, wir kamen eigentlich vom sprechenden Karottenbaum, aber egal. Der Kerl hatte jedenfalls eine Allergie gegen Nüsse und –"

Mara stieß Gilbert in die Rippen (was ihr im nächsten Moment leidtat, da diese ein leichtes Knacken von sich gaben) und sprach: „Was mein redseliger Freund hier sagen wollte, ist, dass wir aus Versehen hier gelandet sind. Es war keine Absicht und wir werden sofort wieder gehen."

„Und das soll ich euch glauben? Wie heißt ihr?" Misstrauisch sah sie die beiden an.

Gilbert mühte sich auf, unsicher, ob Maras Aussage *Freund* nun gut oder schlecht für ihn war, jedoch freudig, dass die Elfe ihm die seit dem Kampf mit den Händlern angeknacksten Rippen gerichtet hatte und er nun endlich wieder ohne dieses hohe, rasselnde Geräusch tief einatmen konnte. „Gilbert mein Name. Ritter. Das hier ist meine Begleitung Mara. Sie ist Prostituierte, will aber eigentlich was mit Häkeln machen." Seine Freude über die Schmerzlinderung hielt nur kurz, da die Elfe ihm einen harten Schlag in die Weichteile erteilte, dass er zusammensackte und sich, auf das Geländer gestützt, krümmte.

„Gilbert … Da klingelt was. Lass mich kurz nachdenken." Die mysteriöse Frau lief drei Runden im Kreis, blieb dann stehen und schnipste mit den Fingern. „Natürlich! Du bist nicht zufällig verwandt mit einem gewissen Gilberts Vater?"

Seine Augen wurden so groß wie seine durch den Schlag angeschwollenen Hodensäcke. „Ja, doch. Er war mein Vater!"

„Pah! Das hätte mir bei deinem Gesicht auch gleich klar sein können."

„Dann kanntest du ihn?", fragte Gilbert.

„So gut man seinen alten Herrn halt kennenlernt, wenn er einen und die eigene kranke Mutter allein lässt." Sie kratzte etwas Ruß aus ihrem Ohr und verzog das Gesicht.

„Und dann musstest du nachdenken?," warf Mara ein.

„Ich hatte, denke ich, Glück und habe außer der schönen Haut alles andere von meiner Mutter geerbt." Sie seufzte und fügte an: „Samandra. Jetzt kommt endlich runter, wenn ihr hier schon so rumstreunert."

„Dann … du … Ich habe eine Schwester!" Gilbert erhob sich und kletterte eilig die Leiter hinunter. Er hatte sich immer eine größere Familie gewünscht, mit kleinen Geschwistern, die er herumkommandieren konnte, und die nicht so viele Widerworte gaben wie seine Mutter – die sich mittlerweile wohl wunderte, warum er die letzten Tage nicht zum Abendessen erschienen war oder wo er mit ihren Blutverdünnern blieb. Gut, Sam – er würde sie Sam nennen – musste älter sein als er, war ihm dafür natürlich körperlich und gewiss auch intellektuell weit unterlegen – ganz zu schweigen von seinem exquisiten Kleidergeschmack.

„Nicht so gefühlsduselig. Der Alte hat sich durch halb Grasland gevögelt. Würde mich nicht wundern, wenn wir auch mit ihr dort verwandt sind." Samandra nickte zu Mara, die sich ebenfalls auf die untere Etage begeben hatte.

„Das wüsste ich", wusste diese zu entgegnen.

„Wir haben miteinander verkehrt, weißt du?", schwärmte Gilbert.

„Glückwunsch. Und habt ihr auch gut verhütet?" Samandra schien an den Details nicht interessiert zu sein und kontrollierte ein kleines silbernes Werkzeug, das sie aus ihrer Tasche gezogen hatte.

„Was geht dich so was an?", blaffte Mara.

„Sie wird schnell mal unbegründet zornig", warf Gilbert ein und deutete in Richtung der Elfe. „Du musst wissen, dass ihr Vater gestorben ist wie unsrer. Nur durch Säure."

„Durch Säure. – Wie wahrscheinlich ist das?" Seine Schwester zog die Brille vom Kopf und fuhr sich durchs Haar. „Ich sollte eine Statistik anfertigen …"

Noch immer fasziniert davon, durch Zufall seinen Stammbaum erweitert zu haben, entfuhr es Gilbert: „Dass wir uns getroffen haben, das muss Bestimmung sein!"

„Du könntest vermutlich in jedes zweite Haus hier einbrechen und die Person, die dich mit Pike und Schwert hinausjagen würde, wäre verwandt mit dir."

Gilbert drückte sie an sich und blickte sich um. „Es ist toll, was du hier so für Zeugs herstellst. Sag, was ist das alles?"

„Ich bin kein Freund von übermäßigem Körperkontakt, deshalb würde ich dich bitten, mich wieder loszulassen." Aus seiner schwitzigen Umarmung befreit, schritt sie ein wenig durch den Raum, murmelte: „Wie erkläre ich es am besten?", und wandte sich wieder zu Gilbert und Mara um. „Ich bin sozusagen Wissenschaftlerin. Und das ist mein Labor. Ursprünglich forschte ich an der Akademie der Wissenschaften, aber na ja; meine Ideen waren dort bald nicht mehr gern gesehen. – Ist auch besser so. Habt ihr euch mal angeschaut, wie viele Akademiker in prekären Berufen oder Leiharbeit unter Tariflohn arbeiten? Unser Vater hat mir jedenfalls eine gewisse Summe hinterlassen und so fing ich an, ungestört von der Außenwelt zu experimentieren."

„Und was experimentierst du so, wenn ich fragen darf?", sprach Mara, während sie gegen die metallische Außenwand des großen Apparates in der Raummitte klopfte.

„Bitte nicht anfassen." Die Wissenschaftlerin schob Mara weg von der Maschine. „Ich liebe Bücher über Zukunftsgeschichten und so wollte ich selbst Erfinderin werden. Momentan arbeite ich an einem Gerät, mit dem man kommunizieren kann, ohne direkt nebeneinanderzustehen. Aber so richtig will der Erfolg noch nicht einsetzen. Deshalb habe ich als zweites Standbein die Alchemie für mich entdeckt. Läuft besser."

Alchemie. Die einfachste Möglichkeit, aus Unrat Gold zu machen – neben Unternehmensberatung und dem Bankwesen.

„Und was ist das hier?" Gilbert hatte ein schweres Gerät aufgehoben, das er zwischen Werkzeugen und Metallteilen auf einer der Werkbänke entdeckt hatte.

„Oh, das ist eine meiner Lieblingserfindungen. Schau!" Samandra begann, an einer Kurbel an der Seite der Apparatur zu drehen, immer schneller und schneller, bis aus dem einen Ende – zu Gilberts und Maras großem Erstaunen – Licht erstrahlte. „Ich nenne es Dynamo." Stolz nahm sie die Maschine wieder an sich. „Es erzeugt Licht, solange man die Kurbel betätigt."

„Ich bin beeindruckt. Du musst dir wirklich sehr viel Wissen auf deinem Gebiet angeeignet haben", sagte Mara mit einem Quäntchen Neid in der Stimme.

Gilbert hatte gleich erkannt, dass es sich um eine unsinnige Erfindung handelte. Musste man doch für ein kleines Lichtlein permanent die Kurbel betätigen. – Eine Kerze war da eindeutig die praktischere Wahl. Kein Wunder, dass die Akademie solch eine unfähige Frau rausgeworfen hatte.

„Ja. Jaja", murmelte Samandra, halb versunken in das Herumwerkeln an einer kleinen, vielteiligen Kugel. „Teils durch das Studium, teils autodidaktisch angeeignet."

„Ich selbst habe auch studiert", ergänzte die Elfe. „Soziologie."

„Ah, Geisteswissenschaften. Wo?"

Gilbert war nicht sicher, ob Sam überhaupt richtig zuhörte,

konnte jedoch nicht umhin, ein gewitztes „Wohl eher körperliche Tätigkeiten“ einzuwerfen.

Mara konterte sogleich mit: „Das Einzige, das hier gleich körperlich wird, ist meine Faust in deinem Gesicht!“, und wandte sich wieder Samandra zu. „Ich habe in Rosengarten studiert bei –“

„Bei Thalweite, nahe der Elfenbeinklippen. War früher oft dort, als ich noch jünger war. Nett da. Günstiger Urlaubsort. Darf ich mal?“ Sie zog Mara am Ärmel zur Seite, öffnete eine Klappe an der großen Apparatur und setzte die kleine Metallkugel in eine Fassung darin.

Gilbert stellte sich neben die sichtlich geknickte Elfe und versuchte, sie aufzumuntern. „Weißt du, ich finde nicht, dass Rosengarten ein billiges Fleckchen ist. Als ich klein war, da waren wir dort für eine Woche zu Besuch bei einer Tante. – Also wir wollten. Haben sie dann von Möwen zerfressen auf ihrer Veranda gefunden. Jedenfalls hat es mir nicht sonderlich gefallen dort und wir sind früher wieder abgereist … Worauf wollte ich noch mal hinaus?“

Mara seufzte und wandte sich ab. „Ach, lass es gut sein. Sie hat ja recht, dass –“

Sie wurde von einem lauten Knattern unterbrochen, hatte Samandra doch gerade einen großen Hebel umgelegt und somit die eiserne Maschine in Gang gesetzt.

„Es läuft! Es funktioniert!“, schrie diese vor Freude.

Gilbert hielt sich, Ärger ob der Tatsache empfindend, dass er sein letztes Ohrwachs für seinen ehemaligen Knappen aufgebraucht hatte, die Ohren zu. „Was funktioniert?!“

„Na, das hier!“

„Und was tut es?!“

„Das weiß ich noch nicht genau! Aber ich werde es rausfinden!“ Sie legte zufrieden den Hebel wieder um und das große Gerät verstummte. „Das ist ein immenser Durchbruch.

Ich müsste jetzt ungestört noch ein wenig weiterarbeiten", sagte sie und fügte murmelnd an: „Und eine neue Eingangstür organisieren." Die Wissenschaftlerin drehte sich ruckartig zu Gilbert und Mara um, die mit all dem nichts anzufangen wussten (außer mit der Sache bezüglich der Tür, aber das versuchten sie zu überhören). „Also es war schön, aber auch schöne Dinge gehen mal zu Ende, ergo …"

„Ergo …?", wiederholte Gilbert.

„Ergo passt draußen auf. Man munkelt, der Fürst sei in seinen Kammern übel zugerichtet worden. Böses geht hier in den Nächten vor sich."

„Obskures …", sprach Gilbert mit schauriger Stimme, noch darüber sinnierend, ob das Wort *ergo* überhaupt in Sams Ausführung passte.

„Nein, nur Böses. Wer glaubt schon an Übernatürliches." Samandra drehte sich wieder zu der Maschine und beäugte die Metallkugel, die sie hineingetan hatte.

„Also, wir haben auf dem Weg hierher einen sprechenden Baum ge–"

„Jetzt geht endlich!"

Von seiner eigenen Schwester aus dem Haus gejagt betrat Gilbert zusammen mit der vor sich hingrübelnden Mara wieder die Straße – und wäre dabei fast erneut die Treppe hinuntergerutscht, hätte die Elfe ihn nicht freundlicherweise in die andere Richtung geboxt. Die Luft wirkte rein, so rein, dass man kaum noch den Geruch der Fäkalien vernahm, der tagsüber herrschte. Ein paar müde Enten schnatterten noch leise auf der Flussmauer und so machten sie sich auf zu ihrer Herberge für die Nacht.

Mara hatte große Mühe, die vielen Enten aus dem Fenster zu jagen, doch nach erfolgreicher Tat – und nachdem sie

Winfrieds übrigen Reiseproviant nach einer fairen Runde Armdrücken verteilt hatten – fielen sie und Gilbert erleichtert (und Letzterer mit Armgelenkschmerzen) in ihre Betten. Sie sprachen nicht mehr viel und schliefen bald ein.

Ein unverhoffter Auftrag

— Kapitel 10 —

Der nächste Morgen begann jählings, als etwas immer und immer wieder energisch gegen die Scheibe hämmerte.

„Die Enten!“ Mara riss die Decke fort und stürzte zum Fenster, um dort zu ihrer Überraschung eine brüske, kleine Wachtel vorzufinden. „Nanu? Was macht die denn hier?“ Sie öffnete das Fenster und packte den Vogel unter dessen niedlichem Protest.

„Mara, du hast ja nur Unterwäsche an“, lallte Gilbert, noch halb im Delirium, und bekam abrupt ein Kissen gegen den Kopf geschleudert.

„Glotz nicht, du Idiot! Schau dir lieber das hier an. Das ist eine Briefwachtel. Sie hat einen Umschlag für dich dabei, hier.“

Er war noch nicht sicher, wie er Mara den Brief abnehmen sollte, ohne in ihre Richtung zu blicken, und ruderte deshalb ein wenig mit seinen Armen herum, bis er offenbar nicht den

Brief griff, ihn aber dann, eine Ohrfeige später, doch in den Händen hielt. „Der ist von der Gilde!“

Mara hatte ihre Hose angezogen und beugte sich ebenfalls über den Brief. „Wie haben die denn gewusst, wo sie uns finden?“

„Gute Frage. Hier steht, wir sollen uns heute mit dem Auftraggeber treffen, am Osttor. Es geht anscheinend um eine Art Schatzsuche. Alles Weitere erfahren wir von ihm. Die Belohnung beträgt …“ Er schluckte.

„Was denn? Wollen die uns über den Tisch ziehen? Unter zweihundert Dorsch sollten wir ablehnen.“

„Die Belohnung beträgt einhundert Goldstücke sowie Kost und Logis.“

„Du verarschst mich. Was steht da wirklich?“ Mara hatte Gilbert zur Seite gedrückt und lehnte halb auf seinem Bett. „Wehe, das ist ein Fehler. Stell dir mal vor, was man mit dem vielen Geld alles anstellen könnte.“

„Mein eigener Wanderzirkus …“

„Was? Pennst du noch?“ Sie stieg über Gilbert vom Bett hinab und knüpfte ihr Hemd zu. „Wann sollen wir da sein? Ich muss gut frühstücken.“

„Hier steht: Um zehn Uhr.“

„Gut, dann haben wir ja noch –“ Mara stockte, als sie aus dem Fenster zur nahe gelegenen Turmuhr sah. „Zwanzig Minuten! Beeilung, los!“

Gilbert sprang, von der Elfe aufgescheucht, aus dem Bett, hinein in seine Stiefel. Den Großteil ihrer Ausrüstung ließen sie in der Herberge, hatte Winfried doch für eine Woche im Voraus bezahlt, und nahmen nur Kleidung und Waffen mit.

Mara hatte sich noch just ein paar Butterhörnchen für den Weg in den Mund gestopft und so rannten sie den Platz hinunter. Mitten im Lauf wurden sie kurz von einem alten Weib angehalten, das sich als Hexe und Spargelstecherin entpuppte und drohte, sie zu verfluchen, wenn sie nicht wenigstens einen Bund von ihrem nicht mehr so recht haltbaren Spargel zum Sonderpreis von nur sieben Nickel kauften. Nach dem widerwilligen Erwerb des gewiss köstlichen Gemüses eilten sie weiter, bis sie ein kurzes Stück vor dem Ende der Stadt hechelnd zum Stehen kamen.

„Wir haben es geschafft! Es ist genau zehn!“, keuchte Gilbert.

„Und das da vorne sind vermutlich unsere Auftraggeber.“ Die Elfe deutete auf zwei Personen, die nahe dem Stadttor standen. „Dann mal los.“

Als sie sich dem Tor näherten, mussten sie zu ihrer beider Überraschung – und Gilberts Entzückung – feststellen, dass sie eine der beiden Personen bereits kannten: Es war niemand Geringeres als Sir Truestar, in seiner glänzend polierten Rüstung mit rotem Umhang, die frisch gewaschenen Haare luftgetrocknet an diesem blauen Morgen. Mit dabei hatte er einen stämmigen Ork in voller Kampfmontur, sowie ein kleines Lastenpony, das beladen war mit Gepäck wie Proviant, diversen Waffen und einem besonders guten Topfset.

„Ihr müsst die anderen Abenteurer sein, die mir die Gilde stellt!“ Strahlend trat er auf Mara und Gilbert zu und musterte beide. „Verzeiht. Wo bleiben meine Manieren? Ihr habt gewiss schon von mir gehört.“ Er griff Maras Hand und küsste diese unverhohlen. „Carl Truestar. Abenteurer, Ritter und Autor von mehr als zwei Bestsellern.“

Die Elfe, welche Mühe hatte, den Besitz an ihrer Hand zurückzuerlangen, begann zu verstehen, woher Gilberts alberne Anwandlungen rührten.

„Gilbert. Abenteurer!“ Er zitterte am ganzen Leib, versuchte, sich die Aufregung jedoch nicht anmerken zu lassen.

„Was ein imposantes Schwert! Ich sehe schon, Ihr versteht was von Eurem Handwerk! Ihr müsst wahrlich kampferprobt sein.“ Truestar nickte Gilbert ob dessen – Maras Ansicht nach –

neuesten Fehlkaufes anerkennend zu und klopfte seiner Begleitung auf die Schulter. „Das hier ist eine Ork-Söldnerin, die ich zusätzlich angeheuert habe."

Die große, athletische Frau bäumte sich vor ihnen auf, dass sich die Adern durch die grüne Haut ihrer definierten Arme pressten. „Brida. Erfreut." Sie wirkte sehr grimmig. Vielleicht weniger grimmig, als man es von Orks für gewöhnlich kannte, aber dafür genau so wortkarg.

„Marietta von Ambas, auch erfreut!" Mara reichte ihr unter Truestars interessiertem Blick die Hand und bereute es schon nach einem kurzen Schütteln, das ihr vermutlich eine Gehirnerschütterung eingebracht hatte.

Gilbert verzichtete deshalb auf das Händereichen, machte nur eine seltsame Geste, von der er annahm, dass sie gerade in Mode war und sprach: „Brida ist aber ein ungewöhnlicher Name für einen Ork. Heißen die nicht normalerweise Grash'Nka oder Khum'Brznkak?"

„Möglich", antwortete die Söldnerin und warf mit der Hand ihre in Strähnen verflochtenen, dunklen Haare nach hinten, dass ihr definierter Bizeps gut sichtbar den schnörkellos gefertigten Oberarmreif auf die Probe stellte.

Mara rätselte noch, ob sie diesen selbst hergestellt, oder von einem Liebhaber überreicht bekommen hatte – und wie solch eine Ork-Romanze vonstattengehen würde – tat sich damit allerdings noch etwas schwer, da sich durch die Begrüßung nach wie vor alles drehte.

Carl Truestar stellte sich vor die Gruppe und schüttelte sich sein goldenes Haar aus dem Gesicht. „Da wir uns nun alle gut kennen, werde ich Euch in die Einzelheiten des Auftrages einweihen. Hört zu: Letzten Winter geriet ich in einen Hinterhalt und mir wurde etwas sehr Wichtiges gestohlen. – Nicht, dass ich die Diebe nicht hätte aufhalten können. Doch es waren Kinder anwesend und ich wollte kein Blutvergießen provozieren." Er räusperte sich, blickte in die Runde und fuhr nach einer theatralischen Pause fort. „Nun konnte ich vor kurzem endlich das mir abhandengekommene Stück ausmachen." Unter seinem roten Umhang holte er eine gefaltete Karte hervor, dass man sich fragen mochte, wo er diese zuvor aufbewahrt hatte, und breitete sie auf dem Rücken des Ponys aus. „Nicht weit von hier, bei Kupferberg, liegt eine Burg. – Natürlich nicht zu vergleichen mit der Burg, die ich selbst besitze. Bewahre, nein. Eher eine ärmliche, karge Burg. Nicht sonderlich stilvoll, wenn Ihr mich fragt."

Brida schnaubte, lehnte jedoch Gilberts Taschentuch zu dessen Verwunderung ab.

„Und wir sollen da einfach so reinspazieren?" Mara schüttelte den Kopf.

„Ihr könnt jederzeit in meine Burg spazieren, holde Elfe." Der Ritter warf ihr ein schmalziges Grinsen zu, das sie erschaudern ließ. „Aber dazu können wir uns später noch genügend austauschen. Erst einmal sprechen wir über das Geschäftliche: Die Burg wird zurzeit kaum bewacht, wie ich aus verlässlicher Quelle erfahren habe. Ich werde Euch selbstredend begleiten. Euch wird also nichts passieren. Haha!"

Mara neigte sich zu Gilberts Ohr und flüsterte: „Ich weiß nicht so recht. Das erscheint mir ganz schön gewagt ..."

„Es ist gewagt." Die Orkfrau hatte sich ebenfalls zu den beiden hinuntergebeugt. „Aber besser als die Arbeitslosigkeit. Oder Prostitution."

„Misch dich da nicht ein!", blaffte Mara sie an.

Gilbert ging auf den irritierten Sir Truestar zu und reichte ihm die schwitzige, zitternde Hand. „Wir sind natürlich dabei, Herr Ritter!"

Dieser klatschte in die Hände. „So habe ich mir das erhofft! Mit meinem überwältigenden Charme habe ich sie bisher alle überzeugt." Er lachte, wie es nur wohlhabende Leute tun.

Sehr vereinnahmend und sehr laut. „Wir sollten sogleich aufbrechen. Die vielen Schaulustigen, Ihr wisst …"

„Hier ist doch niemand?", warf die Elfe ein, was der Ritter geflissentlich überhörte.

Gilbert konnte sein Glück noch gar nicht fassen: Würde er, mit seiner Vorgeschichte voller Misserfolge und Schikanen, nun doch mit dem großen Carl Truestar zusammen auf eine ganz besondere Mission gehen, um ein verlorenes Wasauchimmer – er hatte vergessen, zu fragen, was sie überhaupt wiederbeschaffen sollten – zurückzufordern.

„He, Idiot! Kommst du? Sie sind schon fast weg." Mara stand auf der Brücke hinter dem Stadttor und deutete in die Ferne. Gilbert griff seinen Gürtel, richtete seine Hose und eilte ihnen nach.

Durch weite Wiesen voll weniger, verteilter Bäume schlängelten sich Bachläufe und in der Ferne, schon hinter der Grenze Graslands zu Alt-Harfirg, konnte man im blauen Dunstschleier der Morgenstunden über Lindenhain das Gebirge von Aahl und sogar die Zinnen der Universität zu Grausteig erahnen. Die Lehranstalt fiel bisweilen wenig vorbildlich auf durch ihre Dozenten, die aufgrund des Dialektes und der buschigen Bärte schwer verständlich waren – auch die Männlichen.

Auf dem Weg durch Täler und über grüne Auen musste sich die bunte Reisegruppe Geschichten aus dem neuesten Werk des redseligen Ritters anhören:

Dreiundzwanzig neue und besonders ruhmreiche Abenteuer eines bescheidenen und doch gutaussehenden Helden – von Sir Carl Truestar

Die Orkfrau verzog den gesamten Monolog über keine Miene und während Gilbert gebannt den unglaublichen Worten lauschte, konnte Mara nicht umhin, schmälernde Kommentare einzuwerfen.

Als sie an einem Hang entlangliefen, gesellte sich der erfahrene Abenteurer zu ihr. „Wisst Ihr, Fräulein Margareta …“

„Marietta.“

„Gewiss, das auch. Wisst Ihr, ich mag Eure große Nase. Sie schmeichelt sehr Eurem feinen Teint.“

„Danke. Das aus Eurem Munde zu hören erfüllt mich mit Brechreiz.“

„Haha! Ihr wisst einem Mann mit Scherz und schönen Augen zu gefallen. Wir werden uns, denke ich, gut amüsieren.“

Mara sah das anders. Der schmalzige Ritter war ihr zumindest abhold – eigentlich aber konnte sie ihn kein Stück weit ausstehen; und traute ihm auch nicht sonderlich über den Weg.

„Haltet ein! Meine Augen, denen eines Adlers gleich – wenn nicht gar besser –, haben etwas erspäht!“

„Meint Ihr diesen Hirsch, direkt vor uns?“ Mara deutete auf das Wild, welches wenige Morfel von ihnen entfernt auf einem kleinen Grashügel stand und sein Geweih an der Rinde eines umgestürzten Baumes rieb.

„Ihr seht es auch? Ich wusste, dass Elfen eine gute Auffassungsgabe haben, aber das beeindruckt selbst mich, werte Maid! Und nun passt auf.“ Er holte aus seinem Umhang eine kleine Armbrust hervor, die er mit einem Pfeil bespannte. „Ihr müsst wissen, dass ich ein exzellenter Schütze bin und schon drei Mal den goldenen Adler beim jährlichen Feste in Dorfstedt schoss. Meine Sinne sind besonders scharf und meine Reflexe machen jedem Windhund Konkurrenz.“

„Haben Windhunde gute Reflexe?“, fragte sich Gilbert laut, bekam jedoch keine Antwort.

Mara wollte sich das Theater nicht länger ansehen. „Ist das nicht ein etwas ungünstiger Zeitpunkt um –“

„Unsinn!“ Carl Truestar legte zum Schuss an. „Dieses Geweih kommt über den Kamin in meiner Dritt-Villa. Und nun seht, wie ein erstklassiger Schütze Blattschuss gibt.“

Mara verschränkte die Arme. „Aus der Entfernung würde sogar ein angesengter Besen treffen. Aber bitte …"

„Ich werde dem Getüme einen gezielten Bolzen in die Brust jagen. Fräulein Marietta, seht nun und staunt."

Der Ritter betätigte den Abzug und ein besonders imposanter Schuss traf das Rotwild – nicht wie angedacht in die Brust, sondern zwischen dessen Augen. Sein Kopf zerplatzte – zur Überraschung der Anwesenden – und aus dem Inneren des vermeintlichen Hirsches schnellten massig widerwärtige Tentakel hervor, die sich wirr kringelten und schlängelten, wie man es aus diversen fiktiven, grafischen Werken kennen mag.

Brida stieß Truestar zur Seite und hechtete auf das sich immer weiter verzerrende Ungewese zu, ihre lange Klinge gezogen, nur um von den Schlingen durch die Luft geschleudert zu werden und regungslos zum Erliegen zu kommen.

Unter einem ohrenbetäubenden, fremdartigen Röhren und Kreischen, dass es Gilbert die morgens noch wohlshampoonierten Nackenhaare in alle Richtungen zwirbelte, kroch die sich immer größer aufbäumende Kreatur auf den vor Angst wie angewurzelten Abenteurer und Mara zu. Ein Tentakelarm erwischte die Elfe am Bein und zog sie in Richtung eines sich öffnenden, übel riechenden Schlundes mit sieben – nein, acht – scharfen Zahnreihen, zwischen denen sich über die Zeit allerlei Dinge verfangen hatten, wie etwa die Achse eines kleinen Karrens, zwei Drittel einer Ziege und ein noch halbwegs spielfreudiger Barde mit gerissener Saite – und Seite. Er sah nicht gut aus.

„Verdammt! Gilbert, tu was!", schrie Mara.

Gilbert eilte ihr zu Hilfe, zog sein Schwert und schlug immer und immer wieder auf den Arm der Bestie ein. „Es tut sich nichts!"

„Weil dein Schwert scheiße ist! Versuch es weiter!"

Mehrere Greifarme hatten sich das panische Pony gekrallt,

und zogen es vorbei an der Elfe und dem erfolglosen Schwertschwinger, bis es unter lautem Wiehern und dem Geräusch einer gebrochenen Laute im Maul des Ungetüms verschwand.

„Pony! Nein!“ Gilbert hatte angefangen, mit der Spitze des Schwertes auf dem Arm herumzuhacken, was letztlich dazu führte, dass die Kreatur Maras Bein losließ und beide wie von der Tarantel gebissen fortrannten, dicht gefolgt von dem schleimig-wuseligen Tentakelmonster.

Während des Laufens trat Gilbert gegen eine Baumwurzel, geriet ins Stolpern, griff nach dem Mantel der Elfe, die versuchte, ihn abzuschütteln, dass beide einem nahe gelegenen Abhang gefährlich nahekamen, ins Taumeln gerieten und entgegen aller Versuche, der Schwerkraft zu trotzen, an dessen Rand hinunterstürzten.

Doch in letzter Sekunde wurde ihr Fall aufgehalten – überrascht sah Gilbert hinauf. „Pony? Du lebst?!“

In gleißendem Lichte stand das tapfere Pony am Rande der Klippe über ihnen. Es hatte Mara am Gürtel geschnappt und hielt diese – und den sich in Todesangst an ihr festklammernden Gilbert – mit aller Kraft.

„Was für ein Kampf! Der Gaul hat dieses Monster gar vorbildlich zerlegt. Das hättet Ihr sehen müssen!“ Carl Truestar war an den Abhang herangetreten und inspizierte seinen Umhang. „Das wird etwas für mein nächstes Buch.“

Während er neugierig die Klippe hinunterblickte, zog die Orkfrau Gilbert und Mara unter Anstrengungen wieder hinauf. „Es hat ehrenvoll gekämpft. So etwas sieht man selten“, schnaubte sie und nickte dem Lastenpony anerkennend zu.

Es hatte ihnen allen das Leben gerettet.

„Zu schade um das Geweih, aber was will man da machen?“ Truestar sah zu dem zerplatzten Monster, das verteilt im Gras lag, und klopfte Gilbert auf die Schulter. Er überlegte kurz (vermutlich, ob sich ein Tentakelarm ebenfalls gut über dem

Kamin machen würde und ob man ihn vorher lufttrocknen lassen sollte), dann wandte er sich Mara zu: „Den grandiosen Schuss habt Ihr aber trotzdem mitbekommen, oder?"

Die Elfe ignorierte ihn und besah missgelaunt ihren zerfurchten Stiefel. Gilbert hatte wohl ein paar Mal daneben gehoben.

„Ich werte das mal als ein Ja." Der Ritter bückte sich über den Kadaver des Hirsch-Monsters und zog ein Messer. „Junger Gilfer? Kommt und helft mir kurz." Er gab es dem fragenden Gilbert, der sich für Sir Truestar allerdings auch gern mit Gilfer begnügte. „Könnt Ihr mir einen davon abschneiden? Meine Rüstung ist frisch gewachst und Ihr wisst ja, wie das ist, also …"

Gilbert schnitt mit dem Messer wie durch Butter – Butter, die gerade erst aus dem viel zu frostig eingestellten Kühlschrank geholt wurde und jede Scheibe Brot beim Verstreichen zerstören würde – und hievte den Greifarm schwerfällig auf das heldenhafte Lastenpony. „Kann ich noch etwas für Euch tun, Sir Truestar?"

Dieser beäugte ihn und sein Blick fiel auf den roten Anhänger an Gilberts Gürtel. Einen Moment hielt der Ritter inne. „Einen hübschen roten Stein habt Ihr da, junger Garfeld!" Er beugte sich neugierig zu dem Anhänger hinunter. „Ich spielte auch schon mit dem Gedanken, mir dergleichen zuzulegen. Würde sich hervorragend um meinen Hals machen, meint Ihr nicht?"

„Ganz gewiss!" Gilbert war sich nicht sicher, ob das eine seltsame Avance des gutaussehenden Ritters war und ob er mit dem Gedanken spielen sollte, darauf einzugehen.

„Sagt, wo habt Ihr ihn her? Von Lady Wilhelmina Reich aus Lewisburgen? Sie liebt derlei Tand."

„Ich habe ihn gefunden", antwortete er und schwenkte den Stein hin und her, bis er im Sonnenlicht besonders rot leuchtete.

„Wir müssen weiter!“, rief Brida zu ihnen herüber. „Es wird spät.“

„Hach, Frauen …“ Truestar lächelte Gilbert von der Seite zu und schüttelte den Kopf. „Sie mögen einfachen Gemütes sein, und doch kann ich ihnen selten widerstehen. Wir Männer halten da zusammen, was, mein guter Gerald?“

„Eh, ja“, murmelte Gilbert und folgte dem Ritter nachdenklich, bis sie zu den anderen aufschlossen – gefolgt vom tapferen, zu schwer beladenen Pony.

Kupferberg

— Kapitel 11 —

Die Mauern der Feste waren hoch und stark und ließen diese in der grünen, hellen Umgebung wie einen unheilvollen Monolithen wirken. Die Abenteurergruppe hatte sich auf einer nahegelegenen Anhöhe verschanzt und inspizierte die Lage.

„Wie genau lautet jetzt der Plan, Euer Hochwürgen?" Während Mara versuchte, Kletten von ihrem Mantel zu entfernen, schaute sie zu Carl Truestar hinüber, der einen Sextanten hervorgeholt hatte und durch dessen Rahmen in die Richtung der Burg blickte.

„Ja, das sieht gut aus." Er legte das Instrument zur Seite, wie auch den Sextanten, und drehte sich zu den Mitreisenden um. „Wie ich schon annahm, so ist die Burg unzureichend bewacht. Ihr zwei …", er zeigte auf Gilbert und Mara und faltete seine

Karte auseinander, „… werdet durch das Seitenfenster hier im ersten Stock klettern. Dafür habe ich Seile im Gepäck."

„Wir tun unser Bes–"

Gilbert wurde von Mara zur Seite gedrückt und die Elfe sprach zornig: „Und warum sollen wir das machen? Was ist mit Euch?"

„Nun, ein Ork ist zu breit für das Fenster, ich selbst würde in meiner Rüstung zu viel Aufmerksamkeit auf mich ziehen und – ich vergesse manchmal, dass Frauen meinen klugen Ausführungen nicht immer so gut folgen können – ein Pferd ist allein aufgrund seiner Physiognomie überhaupt nicht in der Lage, einen Strick hinaufzuklettern!" Er lachte laut.

Mara musste derweil an sich halten, um ihrem Auftraggeber keinen Kinnhaken zu erteilen. Warum trug dieser dämliche Schönling überhaupt eine solch schwere Rüstung auf einem Reisemarsch und wieso wirkte er von dem Gewicht nach all der Zeit nicht sonderlich beeindruckt?

„Ihr werdet jedenfalls durch dieses Fenster steigen", fuhr Truestar fort, „und uns den Seiteneingang hier auf der Karte öffnen. So können wir nach meinem geraubten Gut suchen. Das Pony steht derweil Schmiere und warnt uns, falls Gefahr droht."

„Ein guter Plan", sprach die Orkfrau und Gilbert pflichtete ihr zu Maras Unverständnis bei.

Die Feste war anscheinend wirklich unbewacht und so stand Mara an der steinernen Burgmauer und wippte mit dem Fuß, während Gilbert nun zum zwanzigsten Male versuchte, das Seil hinauf zu dem Fenster zu werfen.

„Verdammt, es will einfach nicht gelingen."

„Lass mich mal." Die Elfe nahm das Seil an sich, wickelte das eine Ende um einen Stein, den sie vom Boden aufgehoben hatte, und warf diesen mit aller Kraft hinauf. – Doch leider hatte sie ihren Wurf zu hoch angesetzt, dass der Stein gegen die Zinnen auf der Mauer stieß, abprallte und auf Gilberts Kopf landete.

„Autsch! Pass doch auf!"

„Ich würde ja sagen, es täte mir leid … aber im Zweifel hast du's verdient." Sie warf erneut, traf diesmal das Fenster und zog an dem Seil, bis es sich in dem für Blumentöpfe gedachten Metallgitter verfing und genug Halt zum Besteigen bot. „Es hat geklappt!", rief sie freudig.

Während Gilbert sich noch den Kopf rieb (egal wie viel er rieb, es hörte nicht auf zu bluten – es wurde eher noch mehr), ertönte es auf einmal von den Zinnen: „Was war das? Wer da?"

Schnell pressten die beiden sich an die Burgmauer.

„Was machen wir jetzt?!", zischte Mara.

„Ich werde versuchen, ihn mit meinem Ameisenbär-Lockruf abzuwimmeln."

„Mit bitte was …?"

Gilbert faltete die Hände vor dem Munde zusammen und gab ein seltsames, röhrendes Geräusch von sich.

Von oberhalb hörten sie die Wache Selbstgespräche führen: „Was? Ein graugestreifter Ameisenbär? *Hier?* Ich dachte, die seien ausgestorben. Das muss ich meinen Kollegen zeigen!"

Die Schritte der Wache wurden leiser und Mara und Gilbert schnauften erleichtert.

„Schnell, lass uns zum Fenster hochklettern, bevor er mit Verstärkung zurückkommt!" Die Elfe erklomm, dicht – vielleicht schon zu dicht – gefolgt von Gilbert, den ersten Stock, und beide zwängten sich durch das enge Fenster in ein kleines Studierzimmer. Es war vollgestellt mit Bücherregalen, in denen die Bücher alphabetisch nach ihren Titeln und nicht nach den Autoren geordnet zu sein schienen, was Mara innerlich zum Toben brachte. Aus dem Raum führte nur eine Tür, vermutlich auf einen Gang hinaus.

„Was machen wir jetzt?", wollte Gilbert wissen, während die Elfe das spitze Ohr an die Tür gepresst hielt und lauschte.

„Da kommt jemand den Gang entlang. Klingt wie eine Magd."

„Wie klingt denn eine Magd?"

„Na, wie das da draußen, schätze ich", zischte Mara.

„Ich habe eine Idee!" Es war eine tollkühne, famose Idee, wie sie nur Gilbert hätte einfallen können, so viel war sicher: „Wenn die Magd nah genug ist, dann öffnest du die Tür einen Spalt weit und ich ziehe sie schnell zu uns in das Zimmer, bevor jemand etwas mitbekommt. Dann entkleiden wir sie."

Die Elfe rieb sich angestrengt die Schläfen. „Ich sagte doch schon: Dienstleistungen kosten und für entspannte Dreisamkeit ist momentan nicht der richtige Zeitpunkt."

„Nein, darum geht es doch garni– Moment, so was würdest du für Geld tun?"

„Selbst wenn, fahr fort!", zischte die Elfe.

„Schon gut. Also, jemand von uns tauscht die Kleider mit der Magd und kann sich so unbemerkt durch die Feste bewegen."

„Hm." Mara spielte mit ihrer Lippe. „Der Plan ist zwar idiotisch, aber besser, als einfach so durch die Gänge zu rennen. Da könnten wir uns auch gleich hier aufknüpfen lassen."

„Dann ist es beschlossen. Du gibst das Zeichen und ich zieh sie hier herein."

Mara legte den Kopf wieder an die Tür und nahm die Klinke in die Hand, derweil Gilbert sich daneben in Stellung brachte, auf seinen Einsatz wartend. Das Gesumme und die Schritte, die Mara zuvor gehört hatte, wurden lauter und als sie den richtigen Zeitpunkt ausgemacht hatte, nickte sie Gilbert aufgeregt zu und riss die Tür einen Spalt weit zu sich hin auf. Der Abenteurer streckte seinen Arm hinaus, griff nach der Magd und zog sie am Ärmel ins Innere des kleinen Raumes. – Nur, dass es sich nicht um eine Magd handelte, sondern um einen großen, stämmigen Schrank von einem Mann. Seine wilden, grantigen Augen, die bebenden Brustmuskeln und die riesigen, gefletschten Zähne sprachen eine eindeutige Sprache: Der Hüne war verstimmt. Er packte Gilbert am Kopf, dass dessen Nase zwischen den wurstig-knorrigen Fingern hindurchlugte, während er den Krieger noch immer erschrocken am muskelbepackten, braunhaarigen Arm festhielt. Der Mann zerrte ihn wieder in Richtung des Ganges.

„Eindringlinge!“, tönte der Behaarte.

„Argh, so hilf mir doch!“, schnaubte Gilbert.

Mara zog geistesgegenwärtig sein Schwert aus der Scheide – sich noch wundernd, wie er es dort hineinbekommen hatte – und stieß es dem muskulösen Mann unter Schmerzensschreien (denn sie hatte sich beim Herausziehen mit ihrem kleinen Finger an einer überraschend scharfen Stelle der Klinge geritzt) in die Schulter.

Gilbert klemmte zwischen Tür, Krieger und Elfin fest und fing an, nach Luft zu ringen. „Tu doch was! Am besten was Sinnvolles – was, das mich nicht tötet!“

„Wir sind hier in einer verzwickten Situation!“ Die Elfe stemmte sich gegen die hölzernen Türplanken, durch die sich schon der zweite, dem Ruf seines Kollegen folgende Krieger zu drängen drohte. „Ich … kann sie nicht mehr halten!“, rief sie unter Anstrengungen und wurde von der durch die beiden Männer aufgestoßenen Tür umgeworfen.

Die zwei Gegner stürzten in den Raum, wobei der Erste auf Gilberts vom vielen Blut ganz durchnässtem Fuß ausrutschte, jenen endlich losließ, und den Zweiten mit sich zu Boden hinabzog. Der haarige Hüne fiel auf das Schwert in seiner Schulter, welches ihn und den auf ihm landenden anderen Koloss aufspießte, dass sie nun in einer sich ausbreitenden Blutlache zur Hälfte in den Raum ragten. Mara und Gilbert sahen sich mit einer Mischung aus Entsetzen und Erleichterung an, zogen die beiden Toten schnell zur Gänze in das Zimmer hinein und schlossen die Tür wieder.

Es war ja keine Absicht gewesen, redete Gilbert sich zu: *Die beiden waren quasi von selbst in die Klinge gefallen* – was einmal mehr beweisen sollte, dass diese ein exzellenter Kauf gewesen war.

„Und nun?“, brummte die Elfe. „Die Klamotten von denen passen uns garantiert nicht. Und das viele Blut darauf macht es auch nicht besser.“

Gilbert dachte nach. Das brachte leider nichts, und so sagte er: „Ich denke, wir müssen uns einfach auf den Weg zum Nebeneingang machen und dabei gaaanz leise sein.“ Er rüttelte an seinem Schwert, zog es lautstark aus den beiden Männern heraus und wischte es an dem Oberen ab, ehe er es zurück in die Scheide schob.

„Wäre das Fass jetzt hier, dann würde es mir zustimmen: Das ist ein bescheuerter Plan.“ Mara seufzte. „Aber was soll's. Was anderes bleibt uns wohl nicht übrig.“

Also öffneten sie vorsichtig die Tür und wagten sich hinaus auf den Gang, der sich als langer Korridor mit unzähligen Türen erwies und durch die Fackeln an den Wänden schummrig ausgeleuchtet wurde. Sie schlichen bis an sein Ende und dann eine steinerne Wendeltreppe hinunter, die in das Erdgeschoss des Gemäuers führte. Als sie die Treppe hinunterstiegen, drang ihnen ein modriger Geruch in die Nase – der vermutlich von dem faulenden Spargel in Gilberts Tasche nach außen trat. Die Luft wurde schwerer und unten angekommen fanden sie sich in einer Art altem Kerker wieder, mehrere Zellen mit massiven Eisengittern ließen sich erkennen. Eine der Zellentüren war nicht ausgeleuchtet, aus dem Innern vernahmen sie ein Wimmern. Darin hockte auf dem Boden ein kärglicher Mann in abgetragener, zerrissener Kleidung, die Arme und Schenkel aufgeschürft und das hagere Gesicht halb verdeckt durch einen langen, zersplissenen Bart.

Sie traten an das Gitter und Gilbert sah hindurch zu dem Mann. „Was machst du da drin? Wir könnten Unterstützung gebrauchen."

Unter dem langen, zerzausten Haar blickten zwei müde Augen hervor und der Mann sprach: „Was glaubst du, was ich hier tue? Ich bin *eingesperrt!* Das solltet ihr doch am besten wissen."

„Wir?" Gilbert sah zu Mara und wieder zu dem Zellenbewohner. „Ach so. Du verstehst das falsch. Wir gehören gar nicht hierher. Geheimmission und so. – Willst du uns nicht begleiten?"

Der dürre Mann lachte abschätzig und gab dabei seine gelben Zähne frei. „Wenn ihr mich hier rauslasst … möglicherweise."

„Komm doch einfach selbst raus. Die Tür scheint gar nicht verschlossen zu sein. Da, sie sitzt nur locker im Schloss."

„Das kannst du jetzt behaupten", sagte der Gefangene, „aber kann ich dir überhaupt trauen?"

„Hier, sie ist doch schon offen." Mara stupste die Gittertür ein Stück auf. „Warum kommst du nicht einfach her und siehst selbst nach?"

„Sehr witzig." Der Mann starrte sie grimmig an und schüttelte den Kopf. „Diese Kette hier, die hält mich davon ab!"

Gilbert suchte die Zelle mit seinen Augen ab. „Welche Kette?"

„Ja siehst du sie denn nicht? Ich bin Gefangener und kann nicht fort." Verständnislos raufte sich der Bärtige die Haare.

„Was redest du? Da ist keine Kette." Gilbert machte einen Schritt in die Zelle und reichte ihm die Hand. „Komm aus der Ecke und geh. Mach, was du magst. – Du bist ein freier Mann."

Dieser jedoch presste sich gegen die kalte Steinwand und brüllte: „Du erkennst es nicht. *Ich kann nicht!*"

Der Abenteurer wollte noch nach ihm greifen, doch Mara zog ihn sanft zurück und schüttelte nur den Kopf. „Wir sollten jetzt weiter."

Gilbert verstand nicht ganz, folgte jedoch der Elfe und so ließen sie den Mann zurück in seiner alleinigen Zelle.

Am anderen Ende des Kerkers fanden sie einen weiteren Korridor vor und wollten diesen soeben inspizieren, als jemand Mara von hinten auf die Schulter fasste und eine Stimme ertönte: „He, was habt ihr hier zu su–“

Blitzschnell hatte die Elfe sich umgedreht und den verdutzten Störer vor Beendigung seines Satzes unter Zuhilfenahme ihrer Fäuste zu Boden geschickt.

Als dieser – vermutlich mit starken Kiefer- und Nasenschmerzen – aus seiner Ohnmacht erwachte, musste er feststellen, dass er sich in einem kleinen Abstellraum an einen Stuhl gefesselt befand – und das nur in Unterwäsche.

„Wir hätten ihn umbringen sollen“, knurrte die Elfe.

„Nein, nicht noch mehr Tote. Vielleicht erzählt er uns ja was Spannendes.“

Gilbert und Mara lehnten sich von zwei Seiten über den Gefangenen, einen schmächtigen, sichtlich verängstigten Burschen mit Pickeln im Gesicht. „Bitte, tut mir nichts!“

„Mal abwarten. Was ist das hier eigentlich genau für ein Ort?“

„Na, Burg Kupferberg. Kommt ihr immer in irgendwelche Burgen geschneit, ohne zu wissen, womit ihr es zu tun habt?“

Der Abenteurer blickte zu der Elfe, die nur genervt mit den Schultern zuckte. Dann wandte er sich wieder zu dem Gefesselten um. „Womit haben wir es denn zu tun?“

„Na, wir sind die Lilienritter von Kupferberg! Ein tugendhafter Ritterorden im Aufbau. Und dieser Ort ist perfekt gelegen, um mit dem Retten des einfachen, geschundenen Volkes zu beginnen.“

Gilbert glaubte ihm nicht. Niemand würde einen Ritterorden so nennen. *Kupferberger Ritter der Lilie* hätte er ja noch verstanden, aber so … Diese Raubritter und Banditen hatten bestimmt ganz andere schurkische Taten geplant. Vielleicht ja einen Putsch gegen Grasland? „Ich werde mich als einer der Ritter ausgeben." Gilbert sah hinüber zu Mara, während er sich die Hose des Gefangenen vor die eigene hielt. „Und dich als Gefangene eskortieren. So dürften wir erst einmal nicht auffallen."

„Dein Plan wird immer bescheuerter. – Und warum solltest überhaupt du mich eskortieren?" Die Elfin griff sich das Hemd.

„Na wenn du meinst, dass du mit deiner Hüfte in diese Hose schlüpfen kannst …" Gilbert hielt ihr die Hose vor und musterte sie von oben bis unten – es war ein schönes Kleidungsstück, hochwertig gefertigt mit doppelten Nähten.

„Schon gut, hrm." Sie sah Gilbert genervt dabei zu, wie er die Kleider wechselte.

Das Grün stand ihm überraschend gut. Er befestigte noch seinen Gürtel samt Täschchen und Stein daran und drehte sich zu allen Seiten, um sich vollständig besehen zu können. „Besser als ich dachte!"

„Sei vorsichtig damit. Ich bin noch nicht lange im Orden und will nicht gleich meine ganze Ausrüstung verlieren", jammerte der Jüngling, woraufhin Gilbert ihm eine Socke in den Mund stopfte.

„Ein ganz schöner Sadist bist du." Mara war unschlüssig, ob sie die Aktion billigen konnte oder zu abstoßend fand.

Gilbert sah zu ihr hinüber und sprach zögerlich: „Du … solltest dir deine Kleider etwas zerreißen, damit es authentischer aussieh–"

„Ich reiß dir gleich was ganz anderes ab!"

Der Ritter-Surrogat freute sich, dass die Elfe sich schon so gut in die Rolle der Gefangenen hineinzuversetzen vermochte, nickte, nahm sie am Arm und schloss die Tür der kleinen Kammer hinter sich, dass die Wache gefesselt und geknebelt allein im Dunkeln zurückblieb.

Wieder in dem Gang schritt Gilbert, die Elfe immer noch in festem Griffe, auf dessen Ende zu. Die Kleidung der Wache war ihm etwas zu eng, sodass sie an den Beinen scheuerte und er die Luft anhalten und den Bauch einziehen musste, um vor seiner spitzohrigen Begleitung kein allzu erbärmliches Bild abzugeben, was langsam aber sicher zu leichten Kopf- und Rückenschmerzen führte. Ehe sie die Tür am Ende des Korridores erreichen konnten, schwang diese auf und sie wurden abermals entdeckt. Doch dieses Mal waren sie vorbereitet. Dachte Gilbert.

Drei Soldaten kamen ihnen entgegen und der in der Mitte, glatzköpfig und mit einer langen Narbe über der rechten Wange, welche die Form eines sich im Sprunge befindlichen Eichhörnchens hatte, blickte den vermeintlichen Ritter und seine noch vermeintlichere Gefangene an. „Rekrut? Was macht Ihr hier? Wie kommt es, dass ich Euch noch nie hier gesehen habe?"

Gilbert musste schlucken und fummelte nervös mit seiner weichen, verschwitzten Hand an Maras Arm herum. „Gil...bur. Mein Name ist Gilbur."

„Danach habe ich nicht gefragt, Rekrut." Der Glatzkopf zog seine dicke Augenbraue hoch.

„Ich bin ganz neu hier, deshalb habt Ihr mich wohl noch nicht kennengelernt. Haha."

Verunsichert rieb sich der Ritter über den kahlen Kopf. „Komisch. Dabei bin ich doch für gewöhnlich fürs Rekrutieren zuständig. Aber gut – dann darf ich mich vorstellen: Venris van de Loern. Das hier sind Gwendolyn und Ulf."

„Erfreut."

„Nicht so erfreut."

„Van de Loern ..." Gilbert musste kurz überlegen, während Mara versuchte, ihren Arm in seinem nassen Griff etwas zu drehen. „Dann seid Ihr ..."

„… verwandt mit Damian van de Loern?“ Er lachte. „Diesem Wehrmann von Fürsten? Das denken viele im ersten Moment. Wegen unserer ähnlichen Nachnamen, wisst Ihr?“

„Die sind doch komplett identisch!“, murmelte die Elfe, der das ganze Gespräch zu viel wurde.

„Ah, und wer seid Ihr? Noch eine weitere Anwärterin, Rekrut Gilbur?“

„Eh … wenn ich *Ja* sagen würde, dann wäre das gut, oder?“ Gilbert ließ los und Mara rieb sich verärgert die rote, schmerzende Stelle.

„Ich bin beeindruckt! So kurz dabei und schon so fleißig. Aus Euch wird mal ein richtiger Ritter.“

„Sir Venris. Seid Ihr sicher, dass das nicht einfach zwei stümperhafte Einbrecher sind?“ Die Frau hinter dem Ritter – vermutlich Gwendolyn – hatte sich zu Wort gemeldet.

„Das ist doch Unsinn, Ulf. Da, er trägt eindeutig unsere Kleidung mit unserem Wappen. Gut, es ist hier und da mit etwas Rotem vollgetropft – aber das kann auch Preiselbeersoße sein. Die gab es immerhin heute Mittag beim Brunchen. Also …“ Venris wandte sich der Elfe zu und deutete eine Verbeugung an. „Wie darf ich Euch nennen, junge Dame?“

„Das ist Mara von Am–“ Gilbert stockte und sah, sich seines vorschnellen Fehlers bewusst werdend, in die zornigen Augen der Elfe. „… berg. Mara von Amberg.“

Diese seufzte angestrengt und erwiderte: „Ja, *Mara von Amberg*, das ist mein Name. Ich fühle mich geehrt, in dieser modrigen Burg hausen zu dürfen.“

Sir Venris sah sie nachdenklich an und strich sich über die Glatze. „Amberg. Witzig. Ich kannte mal einen Von Ambas. Ganz ähnlicher Name, aber gut. In meinem Alter versucht man manchmal, sich Sachen zu erschließen, die überhaupt nicht zusammengehören.“ Er musste wieder lachen und wandte sich seinen Begleitern zu, um sie ebenfalls zum Lachen zu animieren, was jedoch fehlschlug und in einer kurzen, peinlichen Stille endete.

Für mögliche Wegelagerer und Putschisten erschienen sie Gilbert recht vertrauenerweckend, doch das war mit Sicherheit alles nur Teil ihrer perfiden Tarnung, wie er folglich vermutete.

„Also, meldet Euch doch bei Meister Edwyn. Er wird Euch herumführen und Euch alles zeigen. Wir haben noch eine wichtige Unterredung oben im Besprechungsraum, wegen dieser vermaledeiten Räuberbande. – Wenn Ihr uns nun also entschuldigt …"

Mara und Gilbert sahen sich panisch an, im Halbwissen darum, dass es womöglich eben jener Raum sein könnte, durch den sie in die Feste eingestiegen waren und den sie fälschlicherweise als Studierzimmer identifiziert hatten.

„Räuberbande?", fragte Gilbert da schnell.

Venris stoppte und sah ihn mit großen Augen an. „Ach, hat man Euch noch gar nicht darüber unterrichtet? Wobei, das ist ja sonst auch meine Aufgabe." Er räusperte sich. „Seit knapp einem Monat treibt sich dieses Gesindel auf den Wegen rund um Kupferberg herum. Wir wissen nicht genau, woher sie kamen, aber sie plündern Dörfer und rauben von denen, die eh nichts haben. In letzter Zeit sahen wir auch vereinzelt Späher in der Nähe der Burg. Und über dieses Problem müssen wir uns nun beraten."

Gilberts Stirn war von Schweißperlen übersät und er stotterte: „Ja, das waren bestimmt auch die Räuber, die die Soldaten im ersten Stock getötet haben!"

Ulf sprang auf Gilbert zu. „Unsere Soldaten sind tot?!"

„Ja … oh, welch Untat! Haben wir das vorhin gar nicht erzählt? Hehe." Er blickte auffällig unauffällig zu Mara, die ihren Mund vor Fassungslosigkeit gar nicht mehr schließen konnte. „Aber jetzt sind wir ja hier und werden diese Halunken strafen!"

„Gilbert, was redest du da?!", zischte die Elfe ihn leise an.

Der glatzköpfige Ritter blickte seine Begleiter unruhig an. „Wir sollten mehr Wachen auf der Mauer positionieren. Folgt mir nach oben!“

Die drei eilten an Mara und Gilbert vorbei, sodass diese wieder ungestört ihrer Wege ziehen konnten und sich zu dem Seiteneingang der Burg aufmachten. (Zu ihrem Glück befanden sich in allen Fluren Karten, auf denen die Räumlichkeiten gut erkennbar abgebildet waren.) Schnell begaben sie sich – nach zwei falschen Abbiegungen – zu der Tür, und da es sich um eine Brandschutztür handelte, ließ sich diese auch ohne Schlüssel problemlos von innen öffnen.

„Ihr habt es geschafft.“ Brida lugte von draußen in den Raum hinein, in dem sich die zwei Scheinanwärter befanden.

„Bravo! Ihr habt es vollbracht.“ Carl Truestar blickte die beiden – seitlich an der Orkfrau vorbei – an. „Ich lasse mich nicht gern hereinbitten, doch beginnt es hier draußen langsam zu frösteln.“

„Dann kommt gern herein, Sir Truestar!“ Gilbert zog die Orkfrau schwungvoll zu sich ins Innere und deutete dem Ritter, dass er ebenfalls eintreten könne.

„Was ist jetzt Euer weiterer toller Plan?“ Mara tippte ungestüm mit der Fußspitze auf den Steinboden des Seitenganges, in dem sie nun alle standen.

„Da wir es bis hierher geschafft haben, kann ich Euch wohl vertrauen.“ Der Ritter holte ein Stück Papier hinter seinem Rücken hervor. „Das hier ist der Gegenstand, den sie mir gestohlen haben. Eine kleine Schatulle, deren Inhalt mir sehr wichtig ist.“

Truestar musste an seinem Humor arbeiten, dachte Gilbert, war das in seinen Händen doch ganz offenkundig ein Blatt Papier und keine Schatulle und hatte er es doch bereits, weshalb es gar nicht gestohlen worden sein konnte. Diese Finte hätte noch jeder Soziologiestudent durchschaut.

„Habt Ihr das selbst gemalt?“ Mara besah die krakeligen Linien, die zusammen so etwas wie eine Box aus einer Art Acht-, wenn nicht gar Neun-Punkt-Perspektive bildeten.

Truestar antwortete an der Frage vorbei: „Ich schlage vor, dass wir uns aufteilen. Zwei Gruppen. Die eine sucht im Obergeschoss, die andere hier unten.“

„Ist das nicht sehr riskant?“, warf die Elfe ein. „Wir könnten entdeckt werden und –“ Sie hielt inne.

Schritte näherten sich von oberhalb. Eine einfache Soldatin lehnte sich gerade so weit über das Geländer der Wendeltreppe, die ins Obergeschoss führte, dass sie nur Gilbert und Mara zu Gesicht bekam. „Rekruten! Wir sollen uns alle auf unsere Posten begeben. Die Räuberbande scheint sich Zutritt zur Burg verschafft zu haben!“

So schnell, wie sie erschienen war, war sie auch schon wieder verschwunden und Carl Truestar wandte sich zu Mara um. „Seht Ihr? Wir können hier quasi durchspazieren und niemanden kümmert es. Gildor?“

„Eh. Ja, Herr?“

„Ihr geht mit dem Ork in den östlichen Flügel. Ich werde mich hier vorne mit dem Fräulein Elfe umsehen und gut auf sie Acht geben.“

„Vom Regen in die Traufe“, murmelte Mara.

Gilbert klopfte ihr bestärkend auf den Rücken. „Hast du ein Glück. Mit diesem kampferprobten Ritter wird dir garantiert nichts zustoßen.“

„Wollen wir, die Dame?“ Der Ritter öffnete Mara eine Tür, die weiter in die Burg hineinführte, und gab ihr den Vortritt, dem sie unter genervtem Seufzen folgte.

Gilbert und Brida hatten schon einige Räume abgeklappert, als der motivierte Abenteurer die Orkfrau in ein kurzweiliges Gespräch zu verwickeln versuchte: „Sag, wie kommt es eigentlich, dass Orkfrauen immer so brachial männlich erscheinen müssen?"

Brida blieb stehen. „Du findest mich männlich …?"

„Eh, ja? Die vielen Muskeln, das kantige Gesicht, der schlichte Armschmuck …"

„Das ist ein graziler Armreif für Frauen." Die Söldnerin schnaubte missmutig und zog die Stirn in Falten. „Ich weiß einfach nicht, was ich noch machen soll, um euch Männern zu gefallen."

Gilbert kam auf sie zu und legte ihr tröstend den Arm um die Schulter – wozu er sich sehr weit strecken und auf seine Zehenspitzen stellen musste. „Ach, du bist doch bestimmt sehr beliebt bei den ganzen Orkmännern, oder?" Er konnte nicht einschätzen, ob sie für einen Ork als gutaussehend galt.

„Nein, nein! Nicht Orkmänner … Ich mag euch Menschen gern leiden. Nur wollen die Menschenmänner mich nicht. – Und wenn doch, dann drehen sie mich auf den Bauch oder packen mir einen Jutesack über den Kopf und sind am nächsten Tag fort." Ihre Unterlippe fing an zu zittern und gab die großen Hauer frei. „Ich verhalte mich in der Gegenwart von Menschenmännern immer wie ein Stück Holz. Was soll ich nur tun?"

Da war er sich auch nicht so sicher und so riet Gilbert das Erstbeste an, das ihm in den Sinn kam: „Du musst nur an dich glauben. Träume nicht, nein. – Lebe deinen Traum!" Das stammte von einem Glückskeks, den er der Elfe geklaut hatte. „Du könntest auch mal versuchen, was Neues mit deinen Haaren zu machen."

„Danke, dass du mir helfen willst. Und danke, dass ich deinen Mantel als Taschentuch benutzen durfte."

Gilbert war es nicht aufgefallen, doch jetzt, als er die schnoddrigen Flecken auf der gestohlenen Kleidung sah, fiel ihm der arme Rekrut im Besenschrank wieder ein. Sollte ihn jemand entdecken, dann würden sie auffliegen! Das musste er verhindern. Glücklicherweise waren sie gar nicht weit entfernt von dem kleinen Abstellraum, und so machten sie sich dorthin auf und Gilbert öffnete dessen Tür. Dahinter kippelte die schmächtige Wache, die noch immer an den Stuhl gefesselt war, wutentbrannt und mit knallrotem Kopf hin und her.

„Wer ist dieses pickelige Kind?", wollte Brida wissen.

Gilbert entfernte die muffige Socke aus seinem Mund. „Die schmeckt in der Tat widerwärtig." Er wandte sich zu dem Rekruten. „Entschuldige, dass ich sie als Knebel benutzt habe."

„Dass Ihr es überhaupt noch wagt, hier erneut aufzukreuzen!", herrschte der Junge sie an.

„Ja, wir hätten es viel eher aufklären sollen." Gilbert sah zu der Orkfrau, die nur fragend zurückblickte.

„Was aufklären?!", brach es aus dem Gefangenen heraus.

„Das Ganze war …" Gilbert fiel kein plausibler Grund ein, warum er als Rekrut einen anderen Rekruten hätte fesseln sollen, weshalb er auf einen unplausiblen zurückgriff: „Es war … nur ein Test!" Er lachte und stieß die Orkdame an, bis diese seinen Ellbogen nach dem dritten Stoß bemerkte und hölzern in das Lachen einstieg.

Der Rekrut sah sie beide an, sich vermutlich fragend, ob die andere Person nicht vorhin noch eine Frau gewesen war – und weniger grün –, und seine Augen wurden immer größer und klarer. „Ah, ein Test! Ja, das ergibt Sinn." Er nickte. „Um meine Loyalität gegenüber Sir Van de Loern, Meister Edwyn und den gebeutelten Menschen dort draußen zu prüfen!"

„Ja, genau. Haha!" Gilbert sah zu Brida, die nur noch den Kopf schüttelte, derweil der immer noch gefesselte Rekrut versuchte, sich mehr zusammenzureimen.

„Ja! Und … und dieser Test wird mit jedem nach einer Weile gemacht, oder? Deshalb wusste ich auch noch nichts davon, nicht wahr?!"

„Da hast du … vollkommen Recht."

„Ah, jetzt verstehe ich. Und das an Eurer Kleidung ist auch gar kein echtes Blut!"

„Kein echtes … eh … genau. Ist Preiselbeersoße." Gilbert wischte über die roten Flecken auf dem Oberteil, als ob er sie damit hätte unsichtbar machen können.

„Dann habt Dank, meine Brüder! Macht Ihr mich nun los?"

Gilbert fummelte an die fünf Minuten an dem Seil herum, bis es sich endlich löste. – Zeitaufwand wie Strick waren länger als gedacht. „Ja, wir müssen jetzt auch mal weiter." Er nickte Brida zu und sie traten aus dem Raum.

„Herr, gebt Ihr mir nun meine Sachen zurück? Herr?" Die Wache stolperte in Unterwäsche auf den Gang, doch der vermeintliche Rekrut und der Ork waren schon außer Hörweite.

Nachdem sie so ziemlich jeden Raum im Ostflügel auf den Kopf gestellt hatten und von ein paar anderen Rekruten in einem spannenden Spiel Karten gar übel geschröpft worden waren, da Brida ihr Blatt selbst für einen Amateur lausig legte, entschlossen sich Gilbert und sie dazu, nach ihren beiden Begleitern zu sehen und machten sich auf in Richtung des Westflügels der Feste. Weit kamen sie jedoch nicht, da Gilbert nach dem Öffnen einer Tür ausrutschte, fiel und auf einer Wache landete.

„Bist du in Ordnung?", fragte die Orkfrau und trat zu ihm durch den Rahmen, der in einen weiteren Abschnitt des Korridors führte.

„Autsch. Ja schon, aber der Depp hätte auch ein wenig aufpassen kö–" Ihm stockte der Atem. Die Wache regte sich nicht. Und das, worauf er ausgeglitten war, war rot und über den gesamten Teppichboden und seine Kleidung verteilt, dass er schleunigst wieder auf die Beine kam und auf einen grausig verstümmelten Leichnam blickte, der vor ihm lag. „Was zum … ?!"

Panisch griffen er und Brida nach ihren Waffen und sahen sich um. In dem Gang lagen noch weitere übel zugerichtete Ritter mit dem Zeichen der Lilie auf ihren blutverschmierten Kleidern. An den Wänden und auf dem Boden verteilte sich der rote Inhalt ihrer Venen (und um es genau zu nehmen auch der ihrer Arterien) und – wie Gilbert mit Schaudern feststellen musste – auch von der Decke tropfte es hie und da hinunter auf den Boden oder auf die Köpfe Vorbeikommender. Hatten letztendlich doch Räuber die Burg gestürmt und alle auf ihrem Weg ehrlos abgeschlachtet? Sie stiegen über die Toten und wateten bis zu einem großen Tor, zu welchem hin die Zahl der Leichen zunahm.

„Die sind noch nicht lange tot", murrte der Ork und schob eine Wache zur Seite, der dabei der rudimentär aufliegende Kopf abfiel.

„Aber wieso haben wir das nicht mitbekommen? Den Kampf, die Schreie …?"

„Das scheinen sehr gute Mauern zu sein, denn du warst beim Kartenspiel auch nicht gerade leise."

Sie hatte Recht: Diese Mauern waren wirklich dick und fingen vermutlich jedwede Geräusche aus benachbarten Zimmern ab. Ein Pluspunkt bei jedem Wohnungsinserat. Besonders für Kannibalen. Gilbert hoffte, dass der Elfe nichts zugestoßen war. Sie würde sich vermutlich sehr über vom Blute ganz besudelte Stiefel beschweren. Um Sir Truestar machte er sich hingegen keine Sorgen. Bestimmt hatte er Mara vor den Horden von Angreifern mühelos verteidigen können.

„Hierhinter liegt die Kapelle." Brida machte den Weg zum Tor frei und schritt mit Gilbert darauf zu.

Der war erstaunt, dass sie sich den Plan der Burg gemerkt und das Zeichen der Anhänger des Heiligen Erzfeuers darauf erkannt hatte: Ein Oktopus, der ein kreuzförmiges, brennendes Schwert umarmte, umrahmt von einem Schwertwal und einer Seekuh, die Brombeerbüsche aßen, aus denen blaue Bäche liefen. Ein ungewohnt maritimes Thema.

Sie deutete ihm an, das Tor zu öffnen, indem sie ihm zunickte, doch eigentlich wollte er das Tor gar nicht offen sehen, rang sich dann aber letztendlich doch ein verkrampftes Nicken ab. Brida stieß die Tür auf, mit erhobenen Waffen traten sie ein.

Unerwartete Geschehnisse

— Kapitel 12 —

Das Licht der Nachmittagssonne fiel trüb durch die bunten Bleiglasfenster der Kapelle auf den blutgetränkten Boden, ihre Schritte hallten von den massiven Wänden wider. Es war eine beachtliche Burgkapelle, die wohl schon eingerichtet worden war, lange bevor die Ritter sich hier niedergelassen hatten. Säulen hielten die hohe Decke, von welcher prunkvolle Leuchter hinabhingen. Ein paar Mönche lagen verteilt über den großen Raum – hier ein Arm, dort ein Bein – und an dessen Ende, am Fuße der drei Stufen, die zum Altar hinaufführten, stand zwischen all diesen leblosen Körpern – Carl Truestar.

Mit seiner rechten Hand hielt er einen Priester, der in ein langes, rotes Gewand mit weißem Orarion gekleidet war, mühelos am Hals, dass dessen Füße ein gutes Stück über dem Boden baumelten. Dieser brüllte dem Ritter mit rot angelaufenem

Kopf entgegen: „Ihr Ausgeburt der Hölle! Ihr habt alle getötet! Wagt es ja nicht! Das heilige Relikt gehört nicht in Euren Besitz!“

„Dummer Mensch. Du weißt nicht einmal, was das ist. Ich will dieses Ding auch gar nicht besitzen. – Ich will es zerstören!“ Truestar schob seine Finger in den Mund des Priesters, fasste die obere Zahnreihe und riss ihm mit einem Ruck, unter heftigem Kreischen und Kracken, den Kopf in zwei Hälften. Dann warf er ihn in eine Ecke und wandte sich dem Gegenstand zu, der auf dem Altar lag. Es war das kleine Kästchen, welches der Ritter ihnen zu suchen befohlen hatte. Er nahm die Schatulle auf und ließ sie mit einem grünlichen Feuer in seiner Hand in Flammen aufgehen. „Ah! Verdammt, das war es dann mit meinen kostspieligen Nerz-Handschuhen. Welch Schande …“ Er besah seinen angesengten Handschuh.

Dass sein Idol all das angerichtet haben sollte, musste einen triftigen Grund haben, dachte der unter Schock stehende Gilbert. Doch wenn der Ritter hier war, wo war dann Mara? Er blickte sich um und entdeckte zu seinem Entsetzen die Elfe regungslos am Boden neben dem Altar liegend. Vielleicht hatte sie sich ja nur kurz aufgrund eines Anfluges von Schwindel niedergelassen – was bei Frauen durchaus vorkommen soll –, doch konnte er sich nicht vorstellen, wie man bei all dem Geschreie, Geblute und Gemorde vernünftig hätte ausspannen können. Langsam spürte er seine Beine wieder. Aus der Körperstarre gelöst rannte er eilig zu Mara. Auf halbem Wege packte ihn plötzlich etwas und hob ihn gut drei Fuß in die Höhe.

„Na, da sind ja unsere teuren Weggefährten!“ Carl Truestar schien ihn mit seiner ausgestreckten Hand auf magische Weise aus der Ferne festzuhalten.

Geistesgegenwärtig und mit einem tiefen, für Gilbert nicht sehr weiblich klingenden Schrei stürmte die Orkfrau vorbei an ihm und auf den Ritter zu. Mit seiner anderen Hand fegte er sie, ehe sie sich ihm auch nur hätte nähern können, mit voller Wucht gegen eine der den Saal umgebenden Säulen, die auf sie hinabstürzte und sie unter sich begrub.

„Da war er nur noch allein." Truestar lachte, verstummte jedoch schnell wieder, als er einmal mehr seinen angesengten Handschuh betrachtete.

Gilbert versuchte, irgendwie das Gleichgewicht zu halten, da er nicht wusste, ob er im Falle eines Falles kopfüber baumeln würde. „Was soll all dies?!", brach es aus ihm heraus.

„Na was wohl? Die vielen Toten, das ganze Blut, ein altes Relikt, das ich zerstört sehen wollte, meine wunderschönen Haare ... – Ich bin ganz offenkundig ein Vampir."

„Ein Vampir?!" Gilbert konnte es nicht fassen. „Aber Ihr seid doch *Carl Truestar,* Räuber vieler Mädchenherzen –"

„Jaja. Aber doch nur, um sie dann zu essen." Der Vampir verdrehte die Augen und zuckte mit den Schultern.

„Es heißt, die Frauen fliegen auf ihn …"

„Fliegen auf *ihm.* Das ist ein großer Unterschied."

War das die Prophezeiung, von der der Baum gesprochen hatte? Aber dabei ging es doch um Drachen, oder? Gilbert dachte laut: „Dann wollt Ihr alles Gute auf dieser Welt zerstören, um sie zu regieren und ins Dunkel zu stürzen!"

„Unfug." Der Ritter blickte ihn befremdet an. „Jemand Weises würde sich hüten, die Welt zu regieren. Wäre er doch schnell der verschriene Dumme." Er wedelte mit der Hand, um Gilbert ein Stück näher gen Boden sinken zu lassen, und kam auf ihn zu. Seine Iriden leuchteten diabolisch – oder vielleicht auch einfach wie immer. Gilbert hatte es bisher aus Ehrfurcht kaum gewagt, ihm längere Zeit in die Augen zu blicken. „Diese ganze Abenteuersache", fuhr er fort, „und die Festumzüge und derlei mache ich nur, um besonders hübsche, potenzielle Opfer zu erspähen. Dann nehme ich die entsprechenden Damen und noch ein paar Idioten wie euch mit auf eine Mission, plündere eine Burg oder Villa, töte meine Begleiter und streiche die gesamte Beute ein. Hinterher schreibe ich dann meist ein Buch darüber und schmücke alles an der ein oder anderen Stelle aus."

„Aber …" Gilbert schluckte. „Ihr wart mein Vorbild!"

„Ich würde mich ja geschmeichelt fühlen, aber das sagen viele. Zu Beginn mag so was ja noch von Reiz sein, aber die Jahre …" Er führte eine gekünstelte Bewegung mit der Hand aus.

„Damit werdet Ihr nicht davonkommen!", blaffte Gilbert seinem einstigen Idol entgegen.

„Und was glaubst du, wie oft ich diesen Satz allein in den letzten – sagen wir – hundert Jahren schon gehört habe?" Truestar ging um Gilbert herum und sein Blick fiel – wie schon mehrmals im Zuge der Reise – abermals auf dessen Anhänger. „Dieser Stein. Jahrzehntelang habe ich nach ihm gesucht und dann, welch Zufall, läuft er mir sozusagen von selbst zu. Ich musste bei den Klippen an mich halten, euch nicht direkt zu töten. Aber dann hätte mich niemand mehr in dieses elende Gemäuer hineinbitten können." Er lachte. „Dass ein Strolch wie du solch ein mächtiges Ding einfach so findet, das mag ich gar nicht recht glauben." Kurz überlegte er und sprach: „Das mit dem Strolch nehme ich zurück. Für einen Menschen hast du einen überaus gewählten Waffengeschmack. – Und überraschend weiche Haut." Der Vampir griff sich den Anhänger an Gilberts Gürtel, nur um ihn sofort wieder unter einem kurzen Schmerzensaufschrei aus der Hand gleiten zu lassen. Durch die verkohlten Löcher in seinem Handschuh leuchteten rote Brandblasen. „Das Ding ist ja gefährlich." Er schüttelte seine Hand und formte mit seinen Fingern eine Reihe Gilbert seltsam anmutender Zeichen, gefolgt von einem Schnipsen. Um den Stein zog sich sogleich eine silbern schimmernde Schicht, die diesen komplett einschloss. „So, die Gefahr wäre fürs Erste gebannt."

Truestar langte ein weiteres Mal nach dem Anhänger, doch Gilbert begann wild hin und her zu strampeln und traf seinen Kontrahenten mit dem Stiefel im Gesicht, woraufhin der Vampir ihn zornig umherwarf und gegen das Gebälk schmetterte, dass er aus nicht unerheblicher Fallhöhe zu Boden ging.

Vor lauter Blut im Gesicht und mangels desselben im oberen Teil seines Körpers konnte Gilbert kaum mehr etwas sehen, geschweige denn sich vernünftig aufrichten, und sein stressbedingter Tinnitus machte sich auch noch mit einem gehörigen Pfeifen bemerkbar.

„Noch irgendwelche letzten Worte? Nicht, dass es mich interessieren würde." An seinem Schopfe hob Carl Truestar ihn an und fletschte die Zähne. Gilbert sah die blutverschmierten Fänge des Vampirs näherkommen, doch dann hielt dieser auf einmal inne, verzog sein Gesicht und rümpfte die Nase. „Was ... was ist das für ein abscheulicher Gestank?"

„He", röchelte Gilbert. „Ich habe gestern Abend geduscht, aber die Elfe hat das ganze warme Wasser geklaut und –"

„Nein, das nicht. Auch wenn du gewiss etwas Parfüm vertragen könntest. Weißt du, ich kenne da einen ganz fabelhaften Händler für Rosenwasser und Sandelholz. Aber wo war ich? Ach ja: Was hast du da in der Tasche?"

Gilbert versuchte nachzudenken, auch wenn es ihm mit dem kreisenden Raum und dem Größe und Farbe ändernden Ritter vor sich schwerfiel und er sich partout nicht an den Geruch von Sandelholz zu erinnern vermochte. „Eh ... ein paar Plätzchen."

„Nein, das ist es nicht. Was noch."

„So ein komisches Ding, das ich meiner Schwester aus dem Labor geklaut habe?"

„Nein, auch nicht. Weiter."

„Ein Stück Silber?"

„Hmm ... Nicht schlecht, aber das ist es auch nicht. Ich schaue selbst nach!" Der Ritter öffnete Gilberts Tasche und erschrak ob dessen Inhalts. „Spargel! Modriger Spargel!" Er wich zurück. „Wenn ich eins nicht abkann, dann … Spargel!"

Gilbert nutzte sogleich die Schrecksekunden des Vampirs aus und erhob sein Schwert.

„Pah." Truestar zog ihn an seinen Haaren auf Augenhöhe, dass seine Füße knapp über dem dunklen Steinboden baumelten. „Was soll das denn werden? Willst du mich in deinem Zustand etwa bekämpfen? Du kannst ja nicht einmal mehr deine Waffe heben."

Es durfte so nicht enden. Gilbert wollte doch ein erfolgreicher Ritter werden, ruhmreich, gefeiert ... Er wollte doch die Welt retten und vielleicht auch ein wenig die verfressene Elfe beeindrucken. Gilbert versuchte all seine Schmerzen – wobei der Sturz seine Rippe wieder gerichtet zu haben schien – für einen kurzen Moment auszublenden. Es war noch nicht alles verloren. Sie konnten noch siegen. Voller Entschlossenheit nahm er all seine noch übrige Energie zusammen und in einem unglaublichen Kraftakt schleuderte er sein Schwert … vorbei an dem erstaunten Ritter, dass es hinter diesem scheppernd zu Boden ging.

„Was war das denn für ein alberner Versuch? Wolltest du mir das Ohr abschlagen? Du bist ein noch viel größerer Narr als i–" Der Ritter verstummte und ihm stockte der Atem, als er mit ernster Miene an sich hinuntersah, die vergoldete, mit Totenköpfen übersäte Klinge erblickte, die aus seinem Brustkorb geplatzt war und nun aus seiner Rüstung herausragte. Fassungslos drehte er sich nach hinten.

Dort stand Brida, die sich aus dem Schutthaufen befreit und nun dem Elenden das alberne Schwert zwischen die Rippen getrieben hatte. Ein Glück, dass Vampire so weich waren, dachte Gilbert bei sich, bevor dieser ihn fallen ließ und sich so ruckartig zu der Orkfrau umkehrte, dass ihr Schwert zerbrach und die Klinge in dem Vampir stecken blieb.

„Für gewöhnlich bemerke ich die kleinste Bewegung um mich herum. Der Spargel muss meine Sinne getrübt haben." Er holte zum Hieb gegen den kampfbereiten Ork aus und hielt mitten in der Bewegung inne. „Ah, Gelenkblockade! Weißt du eigentlich, wie lange es dauert, bis das verheilt ist?! Ganz zu schweigen von dem guten Seidenstoff. – Jetzt seht euch das mal an. Das bekomme ich doch niemals genäht!"

Entschlossen holte die Orkfrau zum erneuten Schlag aus, hieb dem hadernden Vampir todesmutig in den Magen und drehte die noch übrige Stärke der Klinge darin mehrfach um die eigene Achse. „Dieses dumme Spielzeugschwert ist nicht scharf genug!"

Wutentbrannt und in seinen Bewegungen eingeschränkt fletschte das Unwesen die Zähne und kam Brida auf eine Handspanne nah, dass ihr sein blutiger Atem ins Gesicht sprühte. Doch plötzlich wurde er mit einem Ruck nach hinten gerissen. Gilbert hatte sich aufgerappelt und die Arme um den Vampir geschlungen. In seiner Hand hielt er den wirklich nicht mehr sehr frisch aussehenden Spargel in all seiner bläulichen Pracht und schob ihn dem Übeltäter tief in den Rachen.

Dieser sackte unter Röcheln und Stöhnen zusammen und Blut quoll aus seinen Wunden. „Vierhundert Jahre! Vierhundert …" Er japste nach Luft. „So was habe ich noch nicht erl… Wenn ihr mich … verschont … Ich habe einen Schatz versteckt … Irgendwo habe ich den grö–"

Doch bevor Gilbert auch nur eine Zu- oder Absage erteilen konnte, schlug Brida dem Vampir mit der eigenen Klinge den Kopf vom Nacken und dieser fiel wie ein nasser Sack Nägel zu Boden.

„Es ist … geschafft", schnaubte die Orkfrau, während Gilbert sich erleichtert niedersinken ließ.

„Er … Sir Carl Truestar … ist tot." Er blickte auf den Blut sprudelnden Torso und das abgeschlagene Haupt. Auch tot hatte der Blick des ehemaligen Ritters noch etwas sehr Charmantes, ja, Verwegenes an sich. „Er … ist doch tot, oder?“

„Wir können auf Nummer sicher gehen.“ Brida hob ihre Klinge. „Geh du und sieh nach deiner Freundin Marietta.“

Mara! Vor lauter Blutverlust und Unmengen an Adrenalin hatte Gilbert die Elfe komplett aus den Augen verloren. Sofort eilte er zu ihr und beugte sich über sie. Sie wies keine Schnittverletzungen auf, doch war ihre Kehle völlig blutverschmiert. Gängigen Hygienekonzepten folgend wischte Gilbert ihr den Hals mit seinem eh schon blutigen Ärmel sauber, um zwei Einstichlöcher vorzufinden, nicht viel größer als die von Vampirzähnen. Er legte den Kopf auf ihren Busen und fing nach einem kurzen Moment an, nach ihrem Herzschlag zu horchen. Das hatte er noch nie zuvor gemacht und wusste deshalb nicht sofort, worauf er achten musste, war sich nach weiteren ein, zwei Minuten jedoch relativ sicher:

„Sie lebt!“, rief er der Orkfrau zu, die dabei war, den Vampir – etwas wehmütig, ob des schmucken Verflossenen – in kleine Stücke zu zerteilen. Gilbert zog Mara die Treppenstufen hinunter, in der Hoffnung, dass ihr Kopf dabei keinen Schaden nehmen würde, und weiter zu Brida.

„Dann lass uns keine Zeit verschwenden. Wir sollten dieses Monster verbrennen.“ Sie nahm eine der Fackeln an den Säulen aus ihrer Halterung.

„Nur zu zerstückeln reicht nicht?“ Gilbert konnte kaum hinsehen, so widerwärtig mutete der stückige Fleischhaufen vor ihnen an.

Die Orkfrau entzündete die Fackel an ihren gestern erst rasierten Armhaar-Stoppeln und warf sie auf die Überreste des Ritters, woraufhin diese sogleich in einer grünen Flamme aufgingen und im Nu hinunterbrannten, bis nur noch ein Häuflein weißer Asche übrig war. „Ist sie in Ordnung?“ Brida blickte zu der regungslosen Elfe, die Gilbert an einem Bein hinter sich hergezogen hatte.

„Ich denke schon. Aber sie wurde offenbar gebissen."

Brida machte große Augen. „Brakh'na! Rasch! Wir müssen zu einem Arzt, sonst wird deine Freundin es nicht überleben!"

Gilbert dachte schon, dass es nicht gut stünde, aber die Worte des Orks bereiteten ihm nun doch gewisse Sorgen. Erst der Kleinmann, sein treuer Knappe, dann der Plätzchen-Kerl ... Er konnte nicht auch noch seine einzige vertraute Weggefährtin verlieren. Dann müsste er die Orkfrau bitten, ihn zu begleiten, und die würde mit ihrem Gesicht nur potenziellen Verehrerinnen Angst machen. „Ich denke, ich kenne jemanden. Wir müssen zurück nach Großostberg!"

„Dann schnell, bevor die Nacht hereinbricht."

Zu zweit hoben sie die Elfe über ihre Schulter und kämpften sich durch das Blut und die Leichenberge bis zur Eingangshalle, in der eine Wache auf ihren Speer gestützt eingeschlafen war. „He, wach auf aus deinen großen Träumen!" Gilbert stupste der Wache mit der Schuhspitze gegen das Bein, während er versuchte, die Elfe auszubalancieren.

Der Ritter der Lilie schreckte auf und blickte sich schlaftrunken um. „Was? Eh ... Rekruten?"

„Genau. Rekruten, Lilienritterordensbrüder et cetera. Und jetzt öffne uns bitte das Tor."

Der Ritter blickte die drei komplett in Blut und Fleischbrocken Getränkten durch seine nicht ganz wachen Augen an, zuckte mit den Schultern, betätigte einen Hebel, und die eindrucksvollen Flügeltüren des Haupttores taten sich mit einem lauten Knarzen vor ihnen auf.

„Ach ja, da vorne solltest du besser nicht reingehen, wenn du dir den Psychologen sparen willst", rief Gilbert ihm im Vorbeieilen noch zu. „Vielleicht solltet ihr den Teil der Burg einfach für immer verriegeln."

Die Wache kratzte sich unter dem Helm, während sie den drei Neuzugängen zusah, wie sie Fersengeld gaben.

Hinter dem nächsten Hügel wartete schon das tapfere, vom Reisen und Kämpfen müde Pony auf sie und die beiden luden Mara darauf ab. Doch so tapfer und kräftig das Pony auch sein mochte – eine ausgewachsene Person vermochte es nicht zu tragen. Da nahm sich die Orkfrau der Sache an und hievte das Pony samt Elfe auf ihren Rücken. Und so eilten Gilbert und Brida in der Dämmerung zurück gen Großostberg.

Was wir sind

— Kapitel 13 —

Es war ein ganz schönes Unterfangen gewesen, der Patrouille am Stadttor klarzumachen, weshalb sie wie verstörte Massenmörder aussahen und warum der Ork ein Pony auf den Schultern trug, doch als Gilbert bei der Hälfte der Geschichte angelangt war, ließ die resignierte Wache sie einfach passieren.

Der Tag war während ihrer Reise wie im Nu vorbeigezogen und im nächtlichen Sternenglimmen schritten sie durch die stillen Straßen der Stadt – dabei stratzte Gilbert unbeirrt voran, dicht gefolgt von der unter ihrer Last ächzenden Orkfrau.

Das tapfere Pony war auf ihren starken Schultern eingeschlafen – hatte es sich die Ruhepause doch vollkommen verdient. Es träumte von den Abenteuern der kleinen Haselmäuse aus Stadtpark auf ihrer Suche nach Eicheln und dem beschwerlichen Weg über die Sturzbäche von Abwasser.

Als der Abenteurer und die Orksöldnerin auf einmal eine Treppe hinabstiegen, wachte es aus seinem spannenden Schlafe auf.

„Hier wohnt meine Schwester“, sprach Gilbert zu Brida. „Sie weiß bestimmt Rat.“ Er zerriss ein paar Zeitungen, die notdürftig der gebrochenen Tür statt vor den Eingang geklebt worden waren, und trat ein. „Schwester?!“

Von unten ertönte Geschepper und eine Stimme: „Was? Wer ist da?!“ Samandra eilte zur Leiter und blickte hinauf. „Oh nein, du schon wieder! Was –“ Sie stutzte beim Anblick von Gilberts Begleitung. „Was soll das bitte werden?!“

„Wir brauchen deine Hilfe! Mara, sie …“

Die Wissenschaftlerin rückte ihre Brille zurecht. „Wer ist Mara?“

„Na, die Elfe, mit der ich gestern hier war. Sie ist hier oben auf dem Pony.“ Gilbert zeigte auf Bridas schweres Gepäck. „Sie benötigt ärztliche Hilfe!“

„Und was bringst du sie zu mir? Ich bin keine Ärztin.“ Sam knirschte verärgert mit den Zähnen.

„Ach bitte!“, bedrängte sie Gilbert. „Wir haben gegen diesen Vampir gekämpft und er hat sie vielleicht gebissen – und jetzt hat doch sonst kein Arzt mehr auf.“

„Sie … warte, was?“ Die Augen der Wissenschaftlerin weiteten sich. „Kannst du das bitte wiederholen?“

Gilbert sah sie fragend an. „Es haben sonst keine Ärzte auf?“

„Nein. Hach, Idioten. Kommt runter, los!“

Sie winkte sie nach unten und dort angelangt stellte Brida das verwirrte und etwas verängstigte Pony ab und legte Mara auf eine Matratze, welche die Wissenschaftlerin für lange, arbeitsreiche Nächte in ihrem Labor lagerte. Während Sam versuchte, dem Pony klarzumachen, dass es nicht an ihre Experimente gehen sollte, rätselte Gilbert noch, wie der Ork überhaupt samt Pferd und Elfe die Leiter hinuntergekommen war.

„Faszinierend, jaja!“ Samandra begutachtete die Elfin von allen Seiten, nachdem sie das getrocknete Blut mit einem klinisch einwandfreien Öllappen abgetragen hatte, und besah die Einstichlöcher an deren Hals mit einer Art Lupe, die sie sich vor die Stirn geklemmt hatte. Dabei murmelte sie vor sich hin: „Das gibt es doch gar nicht. Kann es denn tatsächlich …"

„Was? Was ist mit ihr?" Gilbert fummelte angespannt an seinem Ärmel herum.

„Ruhe." Sie dachte kurz nach und drehte sich dann zu ihm um. „Dieser … es schaudert mich fast, es laut auszusprechen … Vampir. Wo ist der jetzt?"

„Nun. Ich habe ihm einen Spargel in den Hals geschoben, dann haben wir ihn enthauptet und Brida hier …"

„Erfreut."

„… hat ihn daraufhin zerhackt und verbrannt."

Sam sah misstrauisch von Gilbert zu Brida, die sich auf einen Stuhl hatte sacken lassen, und wieder zurück. Dann seufzte sie. „Zu schade. Siehst du hier?" Sie zeigte auf die Adern, die geschwärzt unter Maras blasser Haut um die Wunde herum hervortraten. „Septisch. Es hat bereits angefangen, sich auszubreiten. Ich habe keine Ahnung von derlei Vorgängen."

„Aber wir müssen irgendetwas tun!"

„Lass mich ausreden, du Jammerlappen. Der alte Rheinthaler hat eine große Bibliothek, gleich um die Ecke, mit allerlei Kuriosien über Werwölfe oder Fahrten zum Mond. Ziemlicher Unsinn, wenn du mich fragst, aber jetzt gerade vielleicht von nütze. Er ist eine Nachteule wie ich. Also sollte jemand von euch beiden, sprich der Ork, zu ihm gehen und ihn um Rat bitten."

Brida schnaubte. „Ich würde gehen, aber ich brauche eine Verschnaufpause."

„Ich könnte dir etwas von meiner hausgemachten Limonade anbieten, damit du wieder zu Kräften kommst."

„Danke. Ich weiß das Angebot zu schätzen", sprach die Orkfrau, griff zu einem Glas neben sich auf dem Tisch und trank es komplett aus.

Verdattert stammelte die Wissenschaftlerin: „Das … war nicht die Limonade. Das war Schmieröl."

„Oh."

„Fühlst du dich schon etwas unwohl? Was sagt dein Kreislauf?"

Brida stellte das Glas ab und sah an sich hinunter. „Meine Zehen kribbeln etwas." Sie klopfte sich mehrfach auf die Brust und ihr Magen gab ein Grummeln von sich.

„Das ist ein gutes Zeichen. Denke ich." Samandra fuhr sich durch die struppigen Haare. „Es fällt mir schwer, dich damit zu beauftragen, weil du es bestimmt vermasselst, aber … wärst du so freundlich und würdest nach Hilfe fragen, Gilbert?"

Es war ihm eh ein Rätsel gewesen, warum seine Schwester ihn nicht sofort gefragt hatte, doch vermutlich hatte sie nur etwas mehr Zeit mit ihm verbringen wollen. So nahm er den Auftrag an, den alten Mann aufzusuchen und der Elfe das Leben zu retten, und machte sich sogleich auf den Weg.

Nach wenigen Minuten stand er wieder in der Tür des Labores, da er vergessen hatte, sich nach dem Weg zu erkundigen. Sam, die noch überlegte, ob sie Brida nicht den Magen auspumpen sollte, hatte sie doch eine fabelhafte Apparatur für diesen Zweck entwickelt – die bisher in immerhin zwei von fünf Fällen zu zufriedenstellenden Resultaten geführt hatte –, malte ihm eine Wegskizze mit vielen großen roten Pfeilen und schickte ihn erneut fort.

Die Karte half Gilbert ungemein, und so stand er nur wenige Stunden später vor einem großen, alten Gebäude, mit Mauern aus grobem, dunklem Stein. Eine neun Fuß hohe Eingangstür überragte ihn beträchtlich – auch wenn Gilbert schon größere Türen gesehen hatte. Er klopfte an … und nichts geschah. Auch der sechste und siebte Versuch führte zu keiner Reaktion, weshalb er sich nach einem anderen Weg umsah, ins Innere zu gelangen. An der Fassade war ein Hochklettern undenkbar und auch einen Hintereingang schien es nicht zu geben. Doch dann fiel sein Blick auf die Fensterläden. Sie alle waren verschlossen – bis auf einen. Hinter diesem befand sich – oh Wunder – ein Fenster. Unter Zuhilfenahme eines Stückes seiner Klinge, welches er als Andenken nach dem Kampf gegen Carl Truestar behalten hatte, gelang es ihm, sich gar arg in die Hand zu schneiden, ehe er damit besagtes Fenster aufhebeln konnte und sich Eintritt verschaffte. Er landete unsanft zwei Meter tiefer – da es sich um ein Souterrain mit hoher Decke handelte – in einem Haufen wuschelig-weicher Wollschafe aus Stoff. Sich durch die Stofftiere wühlend, kämpfte er sich aus dem Plüschberg hinaus und tastete sich im Dunkeln zur – *Autsch!* Das war ein Hocker … – Zimmertür. Diese ließ sich problemlos öffnen und Licht fiel aus dem schummrig beleuchteten Flur in den Raum und auf den Plüschberg in der hinteren Ecke, der ein bizarres Bild abgab, hatte Gilbert mit seiner zerschundenen Hand doch einige der süßen Wollschafe in Rot getränkt, sodass diese ihn nun mit ihren leblosen Knopfaugen unheimlich anblickten. Schnell verließ er den Raum und schritt den langen Flur entlang, hier und da über den unebenen, roten Teppichboden strauchelnd. Die Tür am Ende war nicht verschlossen und so fand sich Gilbert in einer weiten Halle wieder, die einer Bibliothek glich. – Wahrscheinlich war es eine. Er schritt durch lange Gänge aus Regalen, voll mit alten Folianten, vergilbten Heften, gerollten Karten und dergleichen. Im Vorbeigehen strich er mit den Fingern an ein paar Büchern entlang, als plötzlich eine Stimme durch den Raum raunte.

„Sieben Lieben hatte sie.“

Erschrocken sah er sich nach deren Ursprung um.

„Eine war von kurzer Dauer, zwei waren erfüllt von Trauer, drei die waren unaufrichtig … und die letzte, ja die letzte Liebe, die nahm sich das Meer.“

Woher kamen die Worte? War vielleicht eines der Bücher magisch und sprach zu ihm?

„Das Mädchen, nun allein, betrieb eine Backstube. Sie buk jeden Tag sieben Pasteten. Alle auf unterschiedliche Art und Weise wundervoll dekoriert und jede zum Gedenken an einen der Männer. Diese verkaufte sie jeden Tag aufs Neue. Immer alle bis auf eine: Die für ihre große Liebe behielt sie stets selbst.“ Die Stimme schien vom anderen Ende des Raumes zu rühren. Dort brannte an einem alten Holzschreibtisch eine Kerze. *„Eines Tages kam ein hagerer Bursche in die Stube und forderte eben jene Pastete. Das Mädchen wollte sie ihm nicht geben, doch beharrlich bestand er darauf. Und als er dann die Pastete verspeist hatte, lag er darnieder und starb noch auf der Stelle.“*

Gilbert stand nun vor dem Tisch, an dem ein greisenhafter Mann mit langem, feinem Haar und einem noch längeren Bart in einem schmuckvollen Armsessel weilte. Er hob eine Augenbraue und sah Gilbert bis in seine Seele – würde Gilbert an so etwas wie eine Seele glauben. Wie bei derlei Dingen üblich hielt er es eher agnostisch.

„Das ist die Idee für meine nächste Geschichte. Ich bin jedoch noch unschlüssig, ob der vergiftete Mann ihr verlorener Gemahl ist, der zu ihr zurückkehrte, oder nur ein einfacher Reisender.“

„Ist das denn wichtig?“, wollte Gilbert wissen, während er sich noch fragte, ob der Bart echt oder angeklebt war.

„Was soll daran unwichtig sein?!“, erboste sich der alte Mann. „Es ist immerhin das Ende der Geschichte.“

„Ich denke, das Ende ist gar nicht immer so wichtig.“

„Das Ende ist gar nicht so … pft.“ Der Mann setzte einen Zwicker auf seine lange, krumme und doch fein gezeichnete Nase und richtete diese in Gilberts Richtung. „Wer bist du überhaupt, dass du mir Ratschläge zu erteilen gedenkst?“

„Mein Name ist Gilbert, Ri–“ Er stockte. „Ich bin Abenteurer.“

„Dann mein Gruß dir, der du mich nun schon aus meinen Gedanken gerüttelt hast. Ich bin Schöpfer von vielen. Von vielem. Seefahrten, Lindwürmern, Kriegen und Schätzen. Weißt du, wie man mich nennt?"

Gilbert blickte dem Greis in die für seine Jahre noch glasklaren Augen und es kam ihm wie eine Eingebung. Und so antwortete er nach kurzem Zögern: „Ihr seid *Antikus Rheinbergen!*"

„Sehr wohl, das ist mein Name."

„In meiner Kindheit las ich bald all Eure Werke!" Er sah den Mann mit der für das Alter kaum merklichen Tonsur nachdenklich an. „Ich nahm an, Ihr wäret bestimmt schon seit hundert Jahren tot."

„Und wieso das?"

„Nun, Ihr habt ewig keine Geschichten mehr veröffentlicht." Und so lange lebten Menschen für gewöhnlich auch nicht, fiel Gilbert obendrein ein. Aber sein erstes Argument gefiel ihm besser.

„Er beerdigt den Autor, nur weil er nicht publiziert!" Die buschigen Augenbrauen des Gelehrten kräuselten sich und er begann zu husten und zu lachen. „Ich gebe zu, dass ich seit langem still bin. Eine gute Geschichte nur, die will mir nicht einfallen."

„Da kommt Euch bestimmt bald ein Gedanke. Das mit dem Pastetenmord ist doch nicht schlecht." Gilbert hielt an sich. „Ich bin aber auch gar nicht zum Plaudern hier. Meine Freundin – Ihr müsst ihr helfen."

„Es ist ja kein Mord. Es ist eigentlich das Gegenteil. Eine Tragödie. Der Erzähler könnte schon zu Beginn der Geschichte einen Hinweis auf den Verlauf geben …" Er zückte eine Feder und begann sich Notizen zu machen.

Gilbert überlegte. „Ah, so was wie ein allwissender Erzähler, ja?"

„Blödsinn. Von einem allwissenden Erzähler zu sprechen ist ja per se schon Unfug."

„Wie meint Ihr das?"

„Der Erzähler kann maximal so viel wissen, wie der Autor selbst." Er legte das Schreibutensil wieder auf die Seite.

„Wie Ihr meint. Aber wieder zurück zu meiner Freundin: Sie wurde von einem Vampir gebissen und ich benötige ein Fachbuch über Vampir…zeug."

„Vampirismus, wie? Was geht es mich an? So wird ein fruchtbares Gespräch mit Aberglaube erstickt."

„Wohl eher furchtbar. Aber was ich sagte, ist wahr. Ich habe den Vampir –"

„Schluss! Besser wäre, du gingest jetzt."

„Aber Ihr müsst uns helfen! Lasst doch bitte etwas Menschlichkeit walten!"

„Oooh …!" Der Alte erhob sich aus seinem Stuhl, sein Bart reichte dabei noch immer bis zur Tischkante. „Weißt du, was wir Menschen sind?

Wir sind stolz, ja.
Wir sind verletzlich.
Manchmal nachdenklich.
Oft überheblich.
Wir sind tief, ja.
Und wir sind böse.

Das sind wir Menschen! Und nichts weiter!" Er schob den Stuhl so behäbig beiseite, dass man die Schwere seines Alters regelrecht spüren konnte, und schritt auf und ab. „Weißt du, wie das ist? Wenn es Orte gab, die dir mal wichtig waren? Und du weißt; egal wie sehr du es auch willst, du kannst nicht mehr dorthin zurück. Sie existieren nicht mehr. Schon lange nicht mehr." Er sah Gilbert eindringlich an und langsam verflog der Zornesfunke aus seinen Augen und die Anspannung wich aus seinem Gesicht. Er seufzte. „Vielleicht haben sie es auch nie. Alles nur Erinnerungen. Hör nicht auf einen alten Mann."

Gilbert nickte. „Das hatte ich auch nicht vor."

Schweigend presste Rheinbergen die Zähne zusammen, dann fuhr er fort: „Also. Ein Vampir, sagtest du?“

„Ja, mein Herr. Wir kämpften gegen ihn und er hat meine Freundin gebissen.“

„Mensch?“ Er sah in Gilberts fragendes Gesicht und führte aus. „Ist deine Freundin ein Mensch?“

„Eine Elfin.“

Er schritt an dem Hilfesuchenden vorbei zu einer Regalwand und tippte mit dem Finger gegen die Stellagen, immer höher und höher, bis er bei einer Reihe stoppte und einen alten, pechschwarzen Folianten herausgriff. Schwarz war dabei noch untertrieben, schien der viele hundert Seiten umfassende Band doch alles Licht der Kerzen ringsum zu schlucken. Der Autor reichte Gilbert das Buch, doch als dieser es hastig an sich nehmen wollte, zog er es ein Stück zurück und sprach: „Ich habe viele dieser Werke auf meinen Reisen gesammelt. Manche so sonderbar wie unglaublich.“ Er blickte zur Decke und lächelte. „Oh, auf meinen Reisen damals … Weißt du, was ich tat, was ich sah? Wunder, oh Wunder. Könnte ich doch nur noch einmal nach Thrakkah oder zu den Klippen von Somyna. Welch wunderschöner Anblick in der Morgensonne … Doch ich verfalle ins Schwelgen.“ Endlich händigte er Gilbert den düsteren Band aus. „Hierin steht alles Wissenswerte über Vampire und derlei Dunkelsgetüm. Es ist ein Sammelwerk der sinistren Mächte auf dieser Erde. Du kannst es haben.“

„Danke, Herr. Aber wollt Ihr es wirklich einfach so verschenken?“

„Ach. Ich habe noch fünf weitere Exemplare. Das ist kein seltenes, finsteres Werk zur Beschwörung alter Wesen oder dergleichen.“ Er lachte heiser. „Aber eine Bitte hätte ich: Falls das Buch von Nutzen sein konnte – so komm doch bald zurück und erzähle mir die ganze Geschichte. Ich würde sie gern hören.“

„Habt Dank. Das werde ich tun!“ Das war gelogen, und so verabschiedete sich Gilbert und eilte mit dem Folianten schleunigst zurück – zweimal durch die halbe Stadt – zu seiner Schwester Samandra.

Diese spielte gerade gegen die eingeschlafene Orkfrau Karten, als Gilbert die Leiter von der Galerie hinunter – *Autsch, Splitter!* – rutschte und den beiden Damen das pechschwarze Buch auf den Tisch knallte, was Brida aufschrecken ließ, dass sie aus Reflex fast ihre Klinge gezogen hätte.

„Warum hat das so lange gedauert?!“ Die Wissenschaftlerin langte nach dem Buch und schlug es auf.

„Na ja, deine Beschreibung und es war dunkel und der Tratsch mit dem Alten …“

Sam blätterte ziellos in dem Folianten. „Drachen, Meerschweinchen, Schlangenmenschen, T… U… Va… Vampire!“ Sie schob den Einsatz aus dem Kartenspiel vom Tisch und legte das aufgeschlagene Buch darauf. Abgebildet war eine grässlich verzerrte, dürre Gestalt mit runzliger Stirn, langen, spitzen Ohren und runden, pechschwarzen, fast wie ausgehöhlt wirkenden Augen, die rein gar nichts mit dem holden Ritter und seinem prachtvollen, goldenen Haar gemein hatte.

Gilbert versuchte, den mit feinem Kiele zu Blatt gebrachten Text zu entziffern, scheiterte jedoch schon beim ersten Wort. „Was ist das für eine Sprache?“

Seine Schwester seufzte. „Das ist Alt-Standard. So was lernt man an jeder besseren Hochschule. – Dass ein Bauer wie du nichts damit anzufangen weiß, war mir klar.“ Sie legte den Finger zum Lesen an. „Ah … jaja, verstehe. Haben wir Überreste des Vampirs?“

„Alles verbrannt.“

„Mist. Ah, Moment! Hier weiter unten steht: *Das Opfer vom Bisse des Vampyrs zu retten, vor dem Tode und der Gefahr, selbst zum Vampyr zu werden, muss ihm eine Münze von reinstem Silber auf die Zunge gelegt werden. Alternativ wird auch dem Wasser der Kokosnuss eine lindernde Wirkung zugesprochen.*“ Samandra blickte auf. „Verdammt. Ich habe gestern mein restliches Silber mit meiner neuesten Erfindung in Gold umgewandelt. Und Kokoswasser hat doch niemand ernsthaft zu Hause. Einfach zum Brechen das Zeug.“

„Ich habe zwar keine Münze …“, Gilbert kramte in seiner Tasche und holte das Silberstück, welches er von seiner Belohnung behalten hatte, hervor, „… aber vielleicht klappt es ja auch so?“

„Muss es wohl.“ Sam nahm ihm das Stück ab und beäugte es kritisch. „Hoffentlich ist der Reinheitsgrad hoch?“

„Ich … nun, ich denke doch?“, nuschelte Gilbert.

Brida nickte. „Metall ist Metall.“

„Also gut.“ Sie traten an das Bett heran, auf dem Mara still dalag. Ihr Hals war schon ganz dunkel und die schwarzen Linien zogen sich bereits weit über ihren Körper. „Ihr beide haltet sie fest.“ Die Wissenschaftlerin presste mit ihrer linken Hand den Kiefer der Elfin auf und legte ihr mit der rechten das Silberstück auf die Zunge.

Sogleich fing dieses an zu knistern, dann sich zu zersetzen und plötzlich zu schäumen, und die Elfe riss die Augen auf und begann zu schreien. Unter heftiger Gegenwehr versuchten Brida und Gilbert, sie an den Armen und Beinen festzuhalten, wobei Gilbert nicht nur einmal ihren Fuß ins Gesicht bekam.

„Ist das normal?!“, rief er seiner Schwester zu, die ebenfalls begonnen hatte, Mara hinunter auf die Matratze zu drücken.

„Vermutlich so normal wie ein Vampirbiss an sich!“

Die Haut der Elfe glühte, dass die drei sie kaum noch halten konnten, und unter einem ohrenbetäubenden Heulen wich auf einmal jedwede Anspannung aus ihr und sie sackte regungslos auf dem Bett zusammen.

„Wasser!“ Sam rannte los und warf dabei einige ihrer Apparaturen um.

„Ist sie …?“ Gilbert hockte sich neben die Elfe und blickte sie an. Sie sah aus, als würde sie schlafen. Dieser nicht sehr erholsame Schlaf nach einer durchzechten Nacht, welcher mit Gewissheit zu einem morgendlichen Kater führen würde.

„Zur Seite.“ Die Wissenschaftlerin hatte einen Becher geholt und flößte ihr etwas Flüssigkeit ein.

Zu ihrer aller Erleichterung schreckte die Elfe sogleich prustend und hustend hoch und verteilte das gesamte Wasser auf Samandra, welche sich die Brille abnahm und an ihrem Oberteil trockenwischte.

„Was zum – Wo …?!“ Aufgewühlt blickte Mara sich ohne Orientierung um.

„Mara, du lebst!“ Gilbert fiel ihr um den Hals, worauf er sich sofort eine Backpfeife einhandelte. „Und du bist ganz die Alte!“

„Mein Kopf … Was ist passiert? Ich fühle mich … seltsam.“ Sie rieb sich die Schläfen und versuchte, sich das Geschehene zusammenzureimen.

„Erinnerst du dich noch an unseren Auftrag?“

„Ja. Es kommt langsam wieder.“ Mara stockte. „Dieser beschissene Schönling mit seinem beschissenen Gesicht! Wir müssen ihn aufhalten, er –“

„Er ist tot.“ Brida legte ihr die Hand auf die Schulter und nickte ihr zu.

Samandra beugte sich zu ihr und führte den Zeigefinger an ihren Augen vorbei. „Ist ansonsten alles in Ordnung? Kommt dir irgendetwas anders vor?“

So ganz konnte Mara den fünf Zeigefingern noch nicht folgen und schielte deshalb eher auf ihre Nasenspitze. „Es ist alles etwas grell und mein Schädel dröhnt. Wieso?“

„Es stellte sich heraus“, sprach Gilbert, „dass Sir Truestar in Wirklichkeit ein Vampir war.“

„Ein Vampir?! Das erklärt einiges. Ich dachte, er hätte einfach nur wie verrückt trainiert."

„Das bestimmt auch. Wir mussten dich retten. Er hat dich gebissen."

„Er – Warte, was?!" Mara fasste sich an den Hals, nahm ihre Hand jedoch des stechenden Schmerzes halber sofort wieder zurück.

„Keine Sorge. Wir haben dich gerettet. Glaube ich." Gilbert fiel auf, dass ihre Augen leicht orange-gelblich verfärbt waren. – Im Vergleich zu dieser einen Farbe, die sie vorher gehabt hatten. „Mara. Was ist für gewöhnlich deine Augenfarbe?"

„Ich hatte immer schon grüne Augen! Aber es war klar, dass ein Bauer wie du nicht auf solche Dinge achtet."

„Hm." Sam legte den Kopf schräg und besah die verstimmte Elfe. „Komplett verflogen scheint der Vampirismus nicht zu sein. Entweder hat sich Gilbert hier zu viel Zeit gelassen beim Beschaffen des Buches oder sein Silberstück war nicht rein genug." Sie richtete ihre Brille. „Wie dem auch sei, er ist vermutlich schuld an der Misere."

„Was hast du angestellt?" Mara lehnte sich in Gilberts Richtung, kniff jedoch sogleich schmerzeshalber die Augen zusammen und ließ sich zurück auf die Matratze sacken.

„Es scheint doch alles gut gegangen zu sein. Du lebst, der Ork lebt. Sogar das Pferd hier hat überlebt." Er deutete auf das tapfere Pony, welches damit begonnen hatte, Schraubenschlüssel aus einem herumstehenden Werkzeugkasten anzukauen.

Die Wissenschaftlerin konnte so viel negative Energie (die nicht von ihr ausging) in ihrem Labor nicht länger ertragen und intervenierte: „Ich würde sagen, wir warten den Morgen ab, vielleicht regeneriert sich dein Körper noch."

„Vielleicht?!", empörte sich Mara.

„Jedenfalls könnt ihr die Nacht hierbleiben. Aber kettet den Gaul fest und sorgt dafür, dass er mir nicht gegen die Apparate pinkelt!" Sie stieg die Leiter zwei Sprossen hinauf und fügte an: „Ich gehe jetzt schlafen. Morgen früh will ich euch alle hier raushaben. Gute Nacht." Dann war sie im oberen Geschoss verschwunden.

Der Boden war hart und kalt, doch das Pony spendete Wärme – oder war es die Orkfrau? Gilbert konnte es im Dunkeln nicht gut festmachen –, und ob der vielen Strapazen des Tages schliefen sie alsbald alle ein.

„He! Faulpelz. Ihr seid ja immer noch da. Steh auf."

Gilbert öffnete seine angeschwollenen Augen und blinzelte verschlafen seine Schwester an, die über ihm hockte und mit einem Löffel den Inhalt einer Tasse in ihrer Hand umrührte.

„Nur weil ich morgens nicht gut aus dem Bett komme, bin ich nicht faul. Das heißt nur, dass ich einen anderen Schlafrhythmus habe." Er gähnte, dann streckte er sich und fuhr dabei Mara einmal mit der Hand durchs Gesicht.

Diese war in der Nacht halb aus dem Bett gerutscht und hing nun zwischen Gilbert und dem Pony, während Brida kerzengerade abseits der Gruppe auf dem Boden lag und noch schlief wie ein Stein, dabei aber schnarchte, wie kein Stein es je tun würde.

„Wieso bist du überhaupt schon wieder so munter?" Gilbert rieb sich die Augen und stand auf, wodurch die Elfe komplett von der Matratze rutschte und ohne ihre beinwärmende Decke vom kalten Steinboden hochschreckte.

„Kaffee. Unmengen Kaffee." Samandra schlürfte aus ihrer Tasse. „Guten Morgen Mara. Wie geht es dir?"

„Immer noch etwas seltsam. Vielleicht aber auch nur, weil mir offenbar jemand des Nachts die Decke geklaut hat." Sie blickte erbost zu Gilbert, wandte sich dann zu der Wissenschaftlerin um und zeigte fragend in diverse Richtungen. „Ich müsste einmal ins Bad."

„Hoch auf die Galerie und dann die Tür rechts."

Es dauerte nur wenige Sekunden, nachdem Mara die Tür zum Badezimmer geschlossen hatte, bis ihr ein lauter Schrei entfuhr, der selbst Ork und Pony aus ihren Träumen riss. – Brida hatte von einem romantischen Picknick unter Apfelbäumen geträumt, das Pony von weiteren Abenteuern der Haselmäuse in Herbstlaubhausen.

„Was ist los?" Gilbert und Samandra kamen sogleich angerannt und fanden die Elfe wie erstarrt vor dem Badspiegel stehen.

„M… meine Ohren!" Sie tatschte perplex an ihrem Ohr herum.

„Was ist mit deinen Ohren?"

„Sie… sind spitz!" Mit feuchten Augen starrte sie ihr Spiegelbild an.

Gilbert beugte sich zu ihr, dass er auch sein Abbild sah, und sprach irritiert: „Aber du hattest doch vorher schon spitze Ohren?"

Sie waren etwas spitzer als vorher, musste Gilbert erfahren. Mara war nicht gut auf ihn zu sprechen an diesem Morgen und machte auch keinen Hehl daraus, ihm eine Mitschuld an ihrer Lage zu geben. Das konnte er nur bedingt nachvollziehen. Gut, er hatte den Auftrag der Gilde angenommen und gut, er hatte vielleicht auch ein wenig länger gebraucht, das Buch zu beschaffen. Vielleicht hätte er auf dem Rückweg auch nicht noch einmal bei dem Waffenladen haltmachen und sich die Schwerter im Schaufenster anschauen sollen. Aber ohne sein Zutun wären sie jetzt alle tot – oder Schlimmeres – und ein Vampir würde weiterhin wild meuchelnd durch die Gegend streifen. Und überhaupt, was vermittelt die Abenteurergilde auch Aufträge von irgendwelchen dahergelaufenen, blutsaugenden Monstern? Das kann ja keiner ahnen. Außerdem hätte die grantige Elfe nicht mitkommen müssen.

Während Mara sich nun für längere Zeit im Bad eingeschlossen hatte, um ihre Zähne aufs Genaueste zu überprüfen, entrümpelten die drei Übrigen das Pony, wobei Samandra den abgetrennten Tentakel an sich nahm, derweil Gilbert sich über das exzellente Topfset freute und Brida den unwichtigen Rest überließ (wie Waffen, Karten, Wechselkleidung und eine Komplettausgabe Sir Truestars gesammelter Werke).

Die Orkfrau verabschiedete sich von ihnen, wollte sie doch bei der Gilde ihren entgangenen Lohn einklagen und danach – Gilberts Hinweise berücksichtigend – ihr Glück bei den Männern dieser Welt versuchen. Gilbert wünschte ihr zum Abschied noch viel Erfolg mit ihrem Gesicht und da niemand Einspruch erhob, nahm sie das tapfere Pony mit sich und entschwand durch die Zeitungsreste an Samandras Eingangstürzarge.

Um die Elfe ein wenig wohlgesonnener zu stimmen, erklärte sich Gilbert dazu bereit, nach etwas Essbarem in der Stadt zu suchen, woraufhin ihm seine Schwester eine Liste mit allerhand Zutaten und Utensilien, welche sie für ihre Arbeit benötigte, mitgab.

So schritt er, Elfe und Wissenschaftlerin zurücklassend, die Treppe des Hauses empor und hinaus auf die Straße, an diesem milden, wolkenlosen Vormittag. Es war so warm, dass er sich die Ärmel hochgekrempelt hatte und seine – durch die vielen Abenteuer der letzten Tage – unheimlich gestählten Arme zur Schau stellte. Wie er nun durch die Straßen Großostbergs schlenderte, vorbei an Gebrechlichen, Zerbrechlichem und Erbrochenem, nahm er seinen Anhänger in die Hand. Zu seiner Enttäuschung musste er feststellen, dass dieser nicht mehr rot schimmerte im Sonnenschein, sondern ganz matt, abgeschlagen und farblos wirkte. Vielleicht war es ja nur eine vorübergehende Erscheinung, würde doch der Zauber des Vampirs mit der Zeit gewiss an Kraft verlieren. – Jedenfalls glaubte er, dass

Zauber so funktionieren müssten, und begann wieder, über das Frühstück nachzudenken, welches er organisieren wollte. Da fiel ihm ein, dass sie noch für ein paar Tage ein Zimmer mit Vollpension in der Herberge gebucht hatten – also auch samt eines keine Wünsche offenlassenden Frühstücksbuffets. Oder besser; dass sie es haben buchen lassen. Gilbert machte kehrt und suchte den Weg zu ihrer Unterkunft.

Nach wenigen Schritten sprach ihn unverhohlen ein schmieriger Geselle am Wegesrand an: „Meister, auf ein Wort!"

„Eh. Ja bitte?" Mehr oder weniger interessiert beugte sich Gilbert zu ihm hinüber und spürte nur, wie er aus dem Nichts von einem Fisch am Hinterkopf getroffen wurde. Vermutlich war es ein Hecht. Oder ein größerer Flussbarsch oder kleinerer Wels. Das war jedoch eher unwahrscheinlich. Warum sollte jemand einen Wels fangen? Die schmeckten nicht einmal besonders gut.

Jedenfalls wurde er ohnmächtig.

Der Weg fort

— Kapitel 14 —

Etliche Jahre waren vergangen seit jenen Ereignissen. Dank der heldenhaften Abenteuer und seines scharfsinnigen Verstandes war Gilbert zu Ruhm und Wohlstand gekommen. Ein edler Ritter war aus ihm geworden, mit alberner Kleidung und albernen Frisuren, wie nur sehr reiche Leute sie tragen konnten, ohne damit ärmlich auszusehen. Er hatte sich ein großes Schloss gekauft – beziehungsweise kaufen lassen, denn von Geschäften und Verträgen hatte er nicht die leiseste Ahnung –, das kleine Haus seiner Mutter war von Langweil dorthin gebracht und in den Innenhof gestellt worden. Seiner Mutter hatte er Zähne aus echtem Gold anfertigen lassen, welche sich jedoch aufgrund des hohen Reinheitsgrades schnell beim Kauen von Kies und zehn Tage alten Brotrinden verformten, sodass sie auf einen in Gilberts Augen eher unsinnigen Stoff namens *Keramik* ausweichen musste. So lebte seine Mutter bei und mit ihm und auch die Elfe hatte ihren Platz; hauptsächlich in der großen Küche, in der sie allerlei mittelmäßig genießbare Speisen zubereitete, wenn sie nicht wieder einmal einen Weg gefunden hatte, die Fußfessel zu lösen und sich in dem runden Türmchen an ihren Häkelarbeiten (oder was auch immer sie dort trieb) zu versuchen.

So vergingen die Tage, über die hinweg Gilbert sich einen gar fürstlichen Bart hatte stehen lassen, um seiner Weisheit Ausdruck zu verleihen.

„Ein schöner Abend, findest du nicht auch?“ Mara kniete über ihm auf dem ausladenden Bett, das eine leichte Schräglage aufwies, da es ansonsten nicht in das Schlafgemach gepasst hätte. Der Innenarchitekt hatte alles perfekt ausgemessen und der Schreiner ebenso. Da Gilbert nicht wusste, wem er glauben sollte, oder ob vielleicht der Raum über die Wochen geschrumpft war, oder das Bett sich ausgedehnt hatte, entließ er beide und begnügte sich mit dem schiefen Gestell und seinem daraus resultierenden Haltungsschaden.

Er umfasste die Hüfte der Elfe und ließ noch einmal alles Revue passieren: Seine Reise, die Abenteuer – angefangen mit dem Fassen eines üblen Diebes in Großostberg –, die vielen Verehrerinnen, die Prophezeiung des Karottenbaumes, den Vampir, den Drachen, welchen er im Zweikampf mit der bloßen Hand erschlagen hatte, und den Bestseller-Roman, den er daraufhin verfasste. (Das durfte er behaupten, solange niemand widerlegen konnte, er habe ihn tatsächlich selbst geschrieben).

„Was ist los?“, fragte Mara und beugte sich zu ihm hinunter, dass ihm ihr langes Haar in die Augen fiel.

Er schüttelte nur den Kopf und versuchte, einige Strähnen aus seinem Mund zu pusten. „Es ist nichts. Mach weiter, mein elfengleiches Spitzohr.“

„Du bist wirklich gewitzt, mein Ritter. Denn das war witzig, da ich ja tatsächlich eine Elfe bin!" Sie begann, sich zu bewegen und erst ganz langsam, dann immer schneller werdend, fing das Bett an zu wackeln.

Es schüttelte und rüttelte und mit seinem Kopf stieß Gilbert gegen etwas Kaltes, Hartes und erwachte. „Was? Wie? Wo bin ich?" Er blickte sich um und rieb sich übers Gesicht. „Wo ist die Elfe? – Und wo ist mein Bart?" Anscheinend hatte man ihn überwältigt und in einen großen Eisenkäfig gesperrt, welcher sich mit Kisten und Krämereien auf einem Pferdekarren befand, um ihn an einen unbekannten Ort zu verschleppen. „Mein ... mein Gemach! Meine Burg ... und mein handverziertes Mahagoni-Bett aus ehrlich gehandeltem Tropenholz!"

„He da!" Ein Stock sauste von außen gegen die Metallstäbe und ließ Gilbert zurückschrecken. Er war nicht aus Tropenholz. Vielleicht Erle oder Buche – auf die Entfernung schwer festzustellen – und wurde geschwungen von einem in eine leichte Lederrüstung gekleideten Mann mit roter Knollennase, der neben dem Karren herschritt und sich einen guten Schluck aus einem kleinen Schnapsbeutel mit der kryptischen Inschrift „XXX" genehmigte. „Mecht! Der Kerl ist aufgewacht!"

Eine jüngere, aber für ihr Alter arg zerschundene Frau wandte sich vom Sitz des Karrens zu ihnen um. Ihre Oberlippe teilte eine leichte Hasenscharte und mehrere Narben zogen sich über das restliche Gesicht. „Sieh einer an. Ich dachte schon, der wacht gar nich' mehr auf." Sie wischte sich einige verfilzte Strähnen aus den Augen und rieb sich die triefende Nase am Ärmel trocken.

Gilbert klammerte sich an die Gitterstäbe und presste sein Gesicht hindurch. „Was macht ihr mit mir? Ihr könnt doch nicht einfach freie Leute einsperren und wegverfrachten!"

„Wir bringen dich nach Nefros, mit'm Schiff. Da wirste dann auf'm Markt verkauft. Hast echt schöne Haut, da gibt's 'n gutes Sümmchen für. Hier ist grad zu viel Trubel – jetz' wo der Fürst das Zeitliche gesegnet hat. Haha!"

Das leuchtete ihm ein. „Das leuchtet mir ein, aber – Moment! Nefros? Da sind wir ja Wochen unterwegs. Und ich habe weder Zahnbürste noch Wechselkleidung dabei, geschweige denn Sonnenschutzmittel."

„Is nich' unser Problem. Aber wenn'de willst kannste meine Bürste mitbenutzen. Brauch die eh nich' oft." Die Frau pulte sich etwas Schwarzes zwischen den Zähnen hervor. – Oder war das ein Zahn?

„Das wird nicht passieren", empörte sich Gilbert. „Meine Freunde werden kommen und mich retten, wartet nur ab! Die eine ist ein riesiges, garstiges Ungetüm mit großen Hauern und einer grimmigen Visage, dass es einem Angst und Bange wird! Und die andere ist eine Orksöldnerin. Wenn die uns finden, dann …!"

„*Falls* sie uns finden." Der Mann schlug abermals mit der Rute gegen die Metallstäbe, in letzter Sekunde konnte Gilbert seine feinen Finger in Sicherheit bringen. „Und jetzt Ruhe. Du willst uns doch nicht die ganze Reise vermiesen."

Um nach Nefros zu gelangen führte der schnellste Weg über die Grenzen Graslands durch Südmeseta, entlang des Flusses Paro, was in der Sprache der Einheimischen so viel heißt wie *Paro,* übersetzt so viel wie *Fluss,* und von dort per Boot zu den entfernten Häfen von Sarlakant, einer Wüstenregion, die damit warb, besonders sandig zu sein und Frauenrechte zumindest teilweise zu tolerieren. Nefros selbst war karg und über weite Strecken wuchsen dort nur strohiges Gestrüpp und Steine. Die Einwohner waren schroff, trugen geflochtene Kinnbärte und aßen ihre eigenen Kinder, weil sie so süß waren wie Rohrzucker. – So hatte Gilbert es jedenfalls gehört, wollte es jedoch nicht recht glauben.

Er war selten so weit fort gewesen von zuhause wie jetzt. Außer das eine Mal, als er als Kind in einen Baumstumpf geklettert war und einen Sturzbach hinab bis nach Spitzfurt trieb. Die Leute dort hatten ihn zwar gut aufgenommen und ihm Limonade und Gebäck gegeben, es dauerte jedoch Tage, bis sein Vater ihn fand, nur um dann eine Zeit lang mit dem netten Mädchen zu verschwinden, das sich um ihn gekümmert hatte.

Nach vielen Stunden (also bestimmt zwei, wenn nicht gar drei), in denen Gilbert mit dem Entfernen eines Gitterstabes beschäftigt gewesen war – mit einer Feile, die ihm die unansehnliche Kutscherin geliehen hatte –, gelangten sie an eine Stelle, an der sich der Weg gabelte wie bei einer Kuchengabel – sprich, ein Weg teilte sich in drei. Auf der freien Fläche dazwischen hatten Leute ein Lager aufgetan, mit Zelten für die Nacht und Karren, beladen mit Käfigen und Kisten.

„Sehr gut, hat alles geklappt." Die Frau sprang vom Wagen und zog den Gaul am Geschirr weiter in Richtung des Lagers.

Gilbert strengte seine Augen an, um in der Dämmerung und dem Fackelschein erkennen zu können, was sich in den Käfigen befand. „Was ist das hier?"

Seine Frage im Raum stehenlassend stellten seine Entführer den Karren neben ein paar anderen auf dem Rasen ab, banden das Pferd fest, warfen ihm noch ein „Schlaf gut" hinterher und Gilbert ein „Wehe du erfrierst!", und begaben sich glucksend in eines der beleuchteten Zelte, aus dem Gelächter nach außen drang.

Der eingesperrte Gilbert lehnte sich an die Gitterstäbe seines Gefängnisses und blickte wehmütig an die rostgetränkte Eisendecke. Hoffentlich würden ihn die Elfe oder seine Schwester bald finden. Sie mussten sein Verschwinden ja bestimmt schon bemerkt und die Verfolgung aufgenommen haben, hatte er doch während der Reise immer wieder unauffällig Steinchen aus seiner Kieselsteintasche auf den Weg fallen lassen.

Da er im Dunkeln nicht weiter an den Eisenstäben feilen wollte, um zu vermeiden, sich seine gepflegten Nägel zu ruinieren, musste er auf ihr baldiges Eintreffen hoffen. Es konnte nicht mehr lange dauern.

„Haben die dich auch gefangen?"

Gilbert schreckte auf. Aus einem der Käfige auf dem Nachbarkarren lugte ein Kinderköpflein hervor, mit kleiner Stupsnase und spitzen Öhrchen, die Finger um die Gitterstäbe gefasst.

„Ehm, ja." Gilbert krabbelte bis an den Rand seines Käfigs, um im schummrigen Licht der nahestehenden Fackel mehr sehen zu können. Das Mädchen musste acht, vielleicht neun Jahre alt sein, wie sie so dahockte und ihre roten Pausbacken gegen den Käfig drückte. „Du brauchst keine Angst zu haben. Weißt du, ich habe eine Freundin, die ist auch Elfe."

„Ja und?", fragte die Kleine.

„Ich dachte, das … das sei irgendwie erwähnenswert."

„Aha?" Sie blickte ihn erwartungsvoll an.

Er räusperte sich und fuhr fort: „Ich heiße übrigens Gilbert. Sind hier etwa noch mehr Gefangene?"

„Japp. Ich bin Ana." Das Elfenmädchen schniefte.

„Anna?"

„Nein, Ana." Sie sah Gilbert an, wie eine Lehrerin, die einen ahnungslosen Schüler anblickte.

„Ana ist doch kein richtiger Name." Er überlegte. „Ich nenne dich A."

„A?" Sie verzog das Gesicht. „Das ist doch noch viel weniger ein echter Name."

„Aber das kann ich mir immerhin merken."

„Du bist komisch."

Sie meinte mit Sicherheit komisch im Sinne von witzig, denn gewitzt war er allemal, und so fragte Gilbert in der Hoffnung, mehr über die Reise und das Ziel zu erfahren: „Wie bist du denn hier gelandet?"

A seufzte. „Meine Mama und mein Papa haben gesagt, wir gehen an den See, dort gibt es Stockstocks."

„Stockstocks?" Gilbert zog fragend die rechte Augenbraue nach oben, wohlwissend, dass dies sowieso niemand sehen konnte, sich so aber überlegener fühlend.

„Ja, Stockstocks! Halb Stockente, halb Stockfisch."

„Ich glaube nicht, dass es so etwas gibt. Und wenn, dann müsste es wohl *Stockentenstockfisch* heißen."

„Nein, die heißen Stockstocks und die gibt es wirklich!"

Es war wohl nicht zielführend, mit jemandem zu diskutieren, der vermutlich nicht einmal wusste, was ein Kopulativkompositum war, und so hörte Gilbert einfach weiter der Geschichte zu.

„Na ja, Mama und Papa sind dann gar nicht mit mir zu dem See gefahren, sondern zu einem Mann. Von dem wollten sie siebzig Dorsch haben. Der gab ihnen aber nur fünfzig, weil er meinte, mit meinen kleinen Fingern kann ich noch nicht so gut … ich weiß das Wort nicht mehr."

„Ich glaube, ich will es auch gar nicht wissen."

„Abwaschen! Das war das Wort."

Gilbert seufzte. „Dann ist ja gut. – Also nicht, dass du offenbar von deinen Eltern an einen Menschenhändler verkauft wurdest, aber … was passierte dann?"

„Na ja, dann nahm mich der Mann mit und sagte, Mama und Papa haben mich nicht mehr gern und ich werde als Sexarbeiterin für einen hohen Preis an ein Bordell verkauft, wenn wir erst mal mit dem Schiff in Neflo sind."

Gilbert schüttelte fassungs- und verständnislos den Kopf. *„Nefros.* Es heißt Nefros." Die Kleine war ein hoffnungsloser Fall, was Bildung anbelangte. Bestimmt einer der Gründe, weshalb ihre Eltern sie letztlich verkauften. Er hätte ihr ja die Feile gegeben, doch wollte er sich vorbehalten, am nächsten Morgen seine Fußnägel zu pflegen.

Besagter Morgen brach schneller herein, als Gilbert lieb war, und so zog die Karawane ohne viele Worte weiter. Es waren an die zwanzig Mann mit Pferden und Anhängern, darauf Dutzende Käfige mit vornehmlich Kindern, Hermelinen und Advokaten für Gewerbe- und Steuerrecht.

Lange, dachte er sich erneut, war er schon nicht mehr so fern von Zuhaus gewesen, als sie ein Grenzschild mit der Aufschrift SIE VERLASSEN GRASLANDS GRÜNE AUEN UND WIESEN. – WILLKOMMEN IN SÜDMESETA! EBENEN, NICHTS ALS EBENEN passierten. Langsam glaubte er nicht mehr daran, dass Mara noch auftauchen würde, und so musste er die Geschicke selbst in die Hand nehmen – mit welcher er kurz zuvor die Feile während seiner Pediküre zerbrochen hatte. – Zu seinem Verdruss und zu dem seiner Entführerin, die nun keine Möglichkeit mehr hatte, schwarze Stellen an ihren Zähnen zu entfernen.

Auf ihrer Reise vorbei an kleinen Dörfern und imposanten Ruinen, immer durch die hohen Gräser streifend – in denen sie ein paar gute Männer verloren hatten und nicht wiederfanden – machten sie das ein oder andere Mal Rast und gegen die Langeweile spielten Gilbert und A *Schere Stein Papier.* Ein Spiel, in dem Gilbert zu seiner Überraschung ausnahmsweise nicht der Beste war. Wahrscheinlich, da die Kleine aufgrund ihres jungen Alters noch etwas bessere Reflexe hatte als er.

Von seiner Pechsträhne und den immergleichen Mahlzeiten frustriert (Steckrübenüberraschung an – vermutlich giftiger – Feuerwurz), begann er mit seiner Entführerin eine Diskussion über mögliche politische und gesellschaftliche Schritte zur Eindämmung von Menschenhandel, gefolgt von einigen Buchempfehlungen, welche sie versicherte, sich demnächst anzuschauen. Bei einem Anleger machte die Gruppe halt und begann, die Käfige und Kisten von den Anhängern und Wagen zu hieven und nahe dem Steg zu stapeln, an welchem ein Transportschiff angelegt hatte. Es handelte sich der abgeplatzten und schon mehrmals nachgebesserten roten Aufschrift nach um die POLARBÄR.

„Lasst mich hier raus!" Gilbert protestierte wild an den Gitterstäben rüttelnd, als zwei stämmige Matrosen ihn samt Käfig zu dem anderen Frachtgut trugen.

Seine Kutscherin stand daneben und lachte. „Sonst was? – Wirste versuchen von deinem neuen Besitzer zu flieh'n, weit über's Wasser aus Nefros, und uns finden und dann aus Rache die Bäuche aufschlitz'n?"

Eigentlich wollte er nur entwürdigt um seine Freilassung betteln. Der Vorschlag mit dem Aufschlitzen schien ihm jedoch in seiner prekären Situation ebenfalls angebracht.

„Stell dich schonmal auf'n paar schöne Wochen auf See ein." Sie bleckte ihre Zahnreste und klopfte auf seinen Käfig. „Und wenn 'wa dann in Nefros sind, dann lass ich mich so richtig gut auszahl'n für dich! – Eigentlich schade." Sie musterte ihn mit einem unangenehm lasziven Blick. „Könntest mir nachts auch gute Dienste leist'n. Der alte Lurch tut's nich' mehr so und die Fahrt is' lang. Ich weiß schon, wie wa' uns die Zeit vertreiben." Sie gluckste munter, dass sich Gilberts Nackenhaare zum Himmel streckten.

Schiffsmannschaft und Menschenhändler verluden gerade die schwerere Fracht – zu der Gilbert zu seiner Erleichterung nicht zu gehören schien – als etwas erwartbar Unerwartbares geschah: Plötzlich und begleitet von einem Donnern schossen in Blitzesschnelle mehrere Personen aus dem Himmel und trafen auf dem Platz vor dem Anleger auf. Fünf ausgesprochen attraktive Recken mit ölig-lockigem, schulterlangem Haar und halbaufgeknüpften, die rasierten Busen zur Schau stellenden Leinenhemden, die offenbar auf Vögeln herangeflogen waren, standen vor der verdutzten Mannschaft in albernen Posen – und auch die Recken nahmen Posen mit verschränkten Armen oder in die Hüften gestemmten Händen ein. Hinter den Wolken trat die Sonne hervor und durch ihren Schein zog sich eine Korona um die Fünf. Der Jüngling in der Mitte, wohl frisiert und den wohl akkuratest rasierten Kinnbart, den Gilbert je erblicken durfte, sein Eigen nennend, sah sich um und erhob die Stimme:

„Ein gewisser Gilbert! Ist jemand mit diesem Namen hier?"

Sein Entführer deutete stumm zu Gilbert, der verwirrt noch in dem Käfig saß, woraufhin sich ein breites Grinsen über das Gesicht des Recken vorbei an seinem Kinnbart zog, dass seine Mundwinkel drohten einzureißen. „Vortrefflich! Männer, so wollen wir denn?!"

Und so begannen die fünf, sich mit der bloßen Kraft ihrer Fäuste und ihrer Jugend durch die Gruppe von Entführern und von Bord herbeieilenden Matrosen zu balgen. Die Frau mit den schlechten Zähnen fegte einer von ihnen vom Steg ins Wasser (unwissend, dass sie nicht schwimmen konnte), einen weiteren Mann steckten sie in ein herumstehendes Fass voll eingelegter Sardinen. All das geschah so schnell, dass Gilbert kaum hinterherkam mit dem Staunen – und im nächsten Moment standen die fünf Jünglinge in einem Haufen ohnmächtiggeprügelter oder vor Schmerzen stöhnender Gauner da und schlugen sich gegenseitig lachend auf die Schenkel. Sie taten dies auffällig lange und gingen hier und da in eine freundschaftliche Rangelei über, bis der Anführer der Gruppe sich räusperte und mit einigen wenigen eleganten Sätzen über die ohnmächtigen Menschenhändler hinweg zu Gilbert schritt.

„Gilbert, Held von Großostberg?"

Perplex stammelte Gilbert dem jungen Mann nach. „H… Held von Großostberg …?"

Der Fremde begann, mit bloßen Händen die Käfigtür aus den Angeln zu heben. „Die alte Dame schickt uns, dich zu retten."

„Alte Dame …“ Gilbert stieg nicht durch das Gespräch durch und aus seinem Metallgefängnis hinaus, und führte ein paar Dehnübungen aus, die er aus einem Ratgeber für Gesundheit am Arbeitsplatz gelernt hatte.

Langsam ließ sein Retter die Hand über den Horizont schweifen. „Großostberg. – Der heldenhafte Gilbert ergreift einen lumpigen Schurken auf der Flucht und bringt einem alten Mütterchen ihre Geldbörse zurück.“

Mühsam erinnerte er sich an diesen Moment, der schon so lange (zwei Tage) zurücklag, abgelenkt von dem Mundwasser des strahlenden Mannes vor sich. Es roch nach Minze.

„Die alte Dame bat uns, dich hier aus der drohenden Knechtschaft zu erretten!“ Der Bursche nahm eine heroische Pose ein und von seinen Kameraden erschallte ein gut eingeprobtes „Hussa!“.

Gilbert begab sich in den Kreis der Fünf, er musterte die verwegenen Jünglinge etwas neidvoll. „Das zu glauben fällt mir schwer. Woher sollte denn die Flunder wissen –“

„Betriebsgeheimnis“, unterbrach ihn der Anführer und ließ seinen Arm durch die Runde wandern. „Das hier sind Hartman, Hansman, Herman und Thoman. Ich bin Felix Pesolt.“

Alle fünf positionierten sich in einer Choreografie, so albern, dass man sie sehen musste, um es zu glauben. (Dabei wurden noch schnell zwei, drei der ohnmächtigen Gauner mit den Füßen beiseitegeschoben.)

Felix tönte kraftvoll: „Wir sind die Schwalbenbande! Getragen vom Wind, in den Herzen junger Damen zuhaus – und immer bereit, anderen Helden in Nöten zu Hülf zu eilen!“

„Schwalbe!“, skandierten die Übrigen im Chor, während sich die possierlichen Vögelchen, auf denen sie herangeeilt waren, zu ihnen auf die Schultern gesellten.

„Aber das sind Spatzen“, wandte Gilbert ein.

Der Anführer fuhr sich beschämt übers Kinn. „Ja, die Schwalbe ist gestorben und du weißt ja gar nicht, was es heutzutage kostet, einen neuen Namen für einen Verein eintragen zu lassen."

„Dann danke jedenfalls für Eure Hilfe." Gilbert reichte ihm die Hand, die er schwungvoll ergriff und männlich schüttelte.

„Männer wie du, Gilbert, sind bei uns gut aufgehoben – und Frauen jeden Alters! Hahaha!"

Felix' Kumpanen stimmten mit ein: *„Ahahahaha!"*

Er beugte sich zu Gilbert und flüsterte: „Sag, hier sind nicht zufällig auch holde Damen in Nöten?"

„Sollten sie über vierzehn sein?", entgegnete dieser.

„Wäre besser, oder?"

„Dann nicht."

Felix rollte mit den Augen und hob den Kopf. „Hach, zu schade!"

„Wohin werden wir denn nun gehen?", wollte Gilbert wissen. „Bringt Ihr mich zurück nach Großostberg? Meine Weggefährten warten sicher schon auf mich."

„Nun, Gilbert, es ist so." Felix strich sich über den Kinnbart. „Wir haben dem Mütterchen versprochen, nach dir zu sehen. Eigentlich sind wir jedoch nur auf der Durchreise: Unser oberstes Anliegen ist die Jagd auf einen Drachen, der hier vorbeigekommen sein soll."

„Ein waschechter Drache?!" Was Gilbert da vernommen hatte, konnte er noch nicht ganz glauben. Würde er sich mit den Recken verbrüdern und in ihrer Kumpanei in den Kampf ziehen, so könnte er heldenhaft seine Bestimmung erfüllen – und sich nebenbei auch so einen kecken Kinnbart stehen lassen. „Ich bin dabei! Lasst uns losziehen."

„Warte, warte", sprach einer der Haudegen – Gilbert glaubte, es war Hansman. „Wie willst du denn ohne Drachentöterschwert einen richtigen Drachen erlegen?"

Er hatte natürlich recht: Gilberts Schwert – eigentlich ein einem Helden gebührliches Qualitätsschwert – war ihm leider in dem anspruchsvollen Kampf gegen den Vampir gebrochen.

Und so würde er sich nun anders behelfen müssen: „Ihr könntet mir doch eines der Euren leihen?“, sprach er und deutete auf einen großen Rucksack, den Hartman (oder Herman – wie auch immer) über die Schulter geworfen trug, und aus dem ein Dutzend Klingen herauslugte.

„Hör mal“, entgegnete Felix. „Wir würden dir ja gewiss eines borgen, mein Freund. Leider haben wir in letzter Zeit keine guten Erfahrungen mit dem Verleihen von Dingen gemacht. Hansman hier hat bis heute seine Großmutter nicht zurückerhalten.“

„Meine Omi war die beste“, schniefte der hochgewachsene junge Mann.

„Dazu kommt noch, dass wir dich leider nicht mitnehmen können. Auf den Vögeln ist nur Platz für fünf Leute. Doch sei nicht verdrießlich: Bei deiner Ausstrahlung und deinem Tatendrang suchst du dir im Nu dein eigenes Trüppchen zusammen und gehst auf Drachenjagd! Folge einfach der Straße dort vorne und du gelangst direkt in die nächste Stadt.“ Der Jüngling deutete seinen Kumpanen an, dass sie sich auf den Weg machen würden, und stieg auf seinen Spatzen. „Doch wisse eins, tapferer Gilbert: Wir werden uns gewiss wiedersehen. Möglicherweise sogar im Kampf gegen diese schuppige Bestie.“ Er lachte laut und die vier Gefährten stimmten schallend in das Gelächter mit ein. Dann pfiff Felix durch die Zähne und er und seine heldenhafte Truppe stiegen auf den Vögeln empor und zischten von dannen.

Gilbert sah ihnen noch eine Weile sprachlos hinterher. Er war sicher, auf den Vögeln wäre Platz für fünf von ihnen oder sechs Nicht-Fette gewesen. Es wurmte ihn schon, dass er nicht mit ihnen reisen konnte. So musste er sich wohl wieder nach Großostberg begeben und die treulose Elfe einsammeln. Während er in die Richtung wanderte, die der Jüngling ihm gedeutet hatte, dabei noch über den ein oder anderen besinnungslosen Seefahrer stieg, fragte er sich noch, wie viele Tage er wohl unterwegs sein würde, bevor er sie wiedertraf.

Auf dem Weg schon, da wurde ihm gewahr, dass er vergessen hatte, auch die Kinder zu befreien. – Umzukehren war ihm nun allerdings auch zu mühsam und Kinder waren für gewöhnlich eh erfinderisch und konnten sich schnell an neue Gegebenheiten anpassen. Auch hatte er gehört, Häfen seien beliebte Ziele von Seniorenausflügen. Und so begab er sich weiter in Richtung der nächstgelegenen Stadt.

Aurelia

— Kapitel 15 —

Gilbert durchquerte ein Feld, in dem zu der Zeit Bauarbeiten durchgeführt wurden. Lustlos luden Arbeiter Pflastersteine vor einer großen Pinie ab, während andere sie wieder in die Nähe der Stelle brachten, von der sie soeben geholt worden waren. Aus Neugierde und Ahnungslosigkeit ob seines momentanen Standortes begab er sich zu einem kleinen Grüppchen aus Arbeitern, die damit beschäftigt waren, über die korrekte Ausrichtung eines Bauplanes zu streiten und diesen immer wieder hin- und herdrehten und mit dem Schaffen im Hintergrund abglichen.

„He, gute Leute! Was treibt ihr da, wenn die Frage genehm ist?"

Einer der Arbeiter – vermutlich der Bauleiter, da er eine besonders wichtig aussehende Mütze trug – drehte sich zu ihm um und antwortete: „Wir bauen eine Straße – und ja, die Frage ist genehm."

„Eine Straße?“ Gilbert blickte sich um. „Hier mitten im Nirgendwo?“

Der Bauleiter verschränkte die Arme und machte sich vor ihm groß. „Das Volk will es so!“

Der mittellose Abenteurer strich sich über seinen mittlerweile drei Tage langen Bart – sofern man den Flaum an seinem Kinn als Bart bezeichnen und Länge in Zeit angeben konnte. „Das klingt alles sehr unglaubwürdig. Ich sehe hier nur Felder und keine angrenzenden Wege. Woher wollt ihr denn wissen, ob das Volk hier eine Straße gebaut haben möchte?“

„Nun.“ Der Baumeister runzelte die Stirn in all seiner Faltenpracht. Es waren fast schon Furchen, wie die zwischen den großen, glatt gearbeiteten Pflastersteinen, die seine Kollegen planlos – aber fachmännisch – auf der geebneten Fläche auftrugen. „Wir haben gesagt *Wählt uns, und wir bauen euch Straßen* … und wir wurden gewählt.“

„Ja abe–“

„Und nun bauen wir Straßen!“

Gilbert setzte erneut an: „Ich wage zu bezweifeln, dass sich das Volk dies darunter vorgestellt hat.“

Der Baumeister erboste. „Stellst du dich etwa gegen den demokratischen Prozess? Du bist wohl gleich auch noch Faschist! Hinfort mit dir! Wegen Leuten wie dir steigt die Politikverdrossenheit. Geh nur, geh!“

Fortgejagt fielen Gilbert eine Stunde später gute Argumente gegen den Bauleiter und seine Arbeiten ein, doch Umkehren wollte er nicht mehr. Er musste zurück zu Mara und seiner Schwester und sich dann auf die Suche nach einem Drachen machen. Das war schließlich mehr oder weniger das, was die Prophezeiung von ihm verlangte. – Frei interpretiert. – Und er konnte die beiden Frauen nicht zu lange allein auf sich gestellt lassen, am Ende würde ihnen noch etwas Schlimmes zustoßen ohne seine rettende Hand.

Hinter der nächsten Anhöhe erhob sich, getaucht in die Strahlen der Mittagssonne, eine prächtige Stadt mit zahlreichen Zinnen und kleinen Türmchen. Die Häuser waren allesamt in Blau und Gold und den angesagtesten Pastellfarben des Jahres gestrichen. Hier würde Gilbert mit Sicherheit jemanden finden, der ihn zurück nach Großostberg bringen, oder ihm zumindest den rechten Weg weisen würde.

Noch ehe er die Stadt betrat, sah Gilbert nahe der großen Zugbrücke zwei Männer, welche die Degen zum Duell kreuzten. Sie mussten ihrer Kleidung und ihren exzentrischen Hampeleien nach von edlem Geblüt sein. Dieses Spektakel wollte sich der Abenteurer nicht entgehen lassen.

Wäre er finanziell dazu in der Lage, dann würde er auf den weniger schnöselig Aussehenden von beiden wetten, dachte Gilbert noch bei sich, als der andere Duellant diesem mit einem stümperhaften Streich eine wohl gar üble Verletzung zuzog. Jedenfalls war überall Blut, was die beiden unaufgeregt zur Kenntnis nahmen:

„Oh, ich wurde getroffen!“, rief der Verwundete gekünstelt. „Dann werde ich jetzt wohl sterben.“

Sein Gegner verstaute seinen Degen und antwortete: „Sieht so aus, mon rival!“

„Gratulation zum Sieg, werter Kontrahent!“ Der angeschlagene Edelmann nickte seinem Konterpart anerkennend zu.

„Danke, zu freundlichst. Es war mir ein Vergnügen. Küss die Hand!“ Er machte einen leichten Knicks, nickte auch Gilbert kurz zu und ging fort zu den Stadttoren.

Eilig trat Gilbert an den Verletzten heran, der sich auf den Boden niedergelassen hatte. „Oh je, soll ich helfen?!“

„Ach nein“, entgegnete dieser freudig, „ich liege hier gut in meinem Blute. Danke der Nachfrage.“

„Sicher? Ihr seht aus, als würdet Ihr bald sterben. Braucht Ihr vielleicht irgendwas?“

Der Duellant blickte auf: „Ach, oh ja! Wenn Ihr schon fragt; ein Kissen wäre fein. So liegt es sich doch etwas unbequem auf der triefenden Fleischwunde, wisst Ihr?"

Gilbert blickte sich nach helfenden Händen um, konnte neben den eigenen jedoch keine weiteren ausmachen. „Ein Kissen habe ich leider nicht …"

„Hach, zu schade! Habt trotzdem Dank, mein Guter!"

„Keine Ursache. Könntet Ihr mir vielleicht sagen, wie ich von hier am besten nach Großostberg gelange?"

„Aber gewiss!" Der Mann stützte sich leicht auf die Seite. „Wie unhöflich von mir, Euch hier mit meinen Querelen aufzuhalten, wo Ihr doch offensichtlich wichtigere Dinge zu erledigen habt! Ihr müsst einfach dem Weg hier nach Norden folgen. – Oder war es Süd-Osten …?" Er stockte und rieb sich übers Kinn. „Ich bin aber auch vergesslich. Liegt wohl an dem vielen Blut, das ich verliere. Am besten, Ihr fragt im Rathaus nach. Wer, wenn nicht die hohen Herren, wüsste Rat?" Er lachte, doch das Lachen schlug in ein Rasseln um, gefolgt von Gehuste, welches seinen feinen Frack in Rot tauchte. „Da vorne, immer die Straße rauf, durch den grünen Park aus Wacholderbüschen, die Treppe am Ende hinauf, immer weiter, und schon seid Ihr da! Haltet auf dem Weg unbedingt bei *Lavinia Extravaganzas Speis und Trank;* dort gibt es vorzügliche hausgemachte Olivenbrote und Kürbissüppchen. Wohl temperiert, die müsst Ihr probieren. Entschuldigt mich nun bitte. Ich werde jetzt langsam ohnmächtig und dann entschlafen."

„Ja, danke. Und so … eh … Man sieht sich." Gilbert erhob sich, kehrte dem Versehrten den Rücken zu und schritt in die Stadt hinein.

Der gemeißelten Schrift über dem Steintor nach musste es sich um AURELIA handeln. Die Stadt, am Hang gebaut, führte über viele Stufen und Plätze, kleinlichst genau gepflastert, hinauf zu imposanten Anwesen und Villen. An den Wegesrändern rahmten Olivenbäume und Zypressen, ordentlich gepflanzt und umsorgt, das Stadtbild ein. Es erinnerte ihn an den kleinen Obstgarten, den seine Eltern früher besessen hatten.

Der Mann vor den Toren hatte Recht behalten: Das Olivenbrot aus dem Laden war vorzüglich, wie Gilbert auf seinem Weg weiter die Treppen hinauf feststellen musste. An die zwanzig Trigel waren in dem kleinen Säckchen gewesen, das er dem Dahinscheidenden abgenommen hatte. Eine Summe, die in etwa zweiundfünfzig Dorsch entsprach, wenn er die Wechselkurse richtig im Kopf hatte, und mit der er seine Mahlzeit bezahlen konnte. Mit den übrigen achtzehn Trigel schlenderte er nun seines Weges, vorbei an ein paar in freudiges Lachen vertieften jungen Frauen, die, als sie ihn sahen, sofort verstummten und sich schaudernd an ihm vorbeidrängten. Auch zwei ältere Herrschaften, die vor einem Geschäft an einem Tischchen Tee tranken, sahen sich kurz an, als er vorbeischritt, und schüttelten simultan die Köpfe. Irgendetwas musste er an sich haben, was die Leute in Ehrfurcht versetzte. Hatte man auch hier womöglich schon von seinen heldenhaften Taten gehört?

„He, wasch dich, du Penner!", tönte es von einer Gruppe Jugendlicher, die an einem Karren lehnten und Kautabak schnieften.

Gilbert sah an sich hinab. Könnten sie auf seine zerlumpten, dreckigen Kleider – teils noch voll getrockneten Vampir- und Menschenblutes – abzielen? Oder womöglich auf seine verfilzte Frisur und die Nasenhaare, die er schon lange nicht mehr kürzen konnte? Auf seiner Nase hatte er etliche davon, wie er beim Schielen nun feststellte.

Nach reiflicher Überlegung war er sich einig, dass es sich um Ehrfurcht handeln musste. Immerhin machte ihm auch jeder den Weg frei, sodass er schließlich erhobenen Hauptes auf das Gebäude zuschritt, an dem die Worte *Rathaus* prangten. – Aus Gründen einfacher Sprache stand dort tatsächlich RAT HAUS.

Es war pompös, verkleidet mit weißem Marmor und Säulen, welche die oberen Etagen trugen und den Eingang flankierten.

Gerade wollte Gilbert mit einem Satz die wenigen, langen Stufen zur Tür erklimmen, da wurde er von einer Stimme angehalten anzuhalten: „He, Augenblick der Herr!" Eine junge Frau stratzte auf ihn zu und mit verdrießlicher Stimme sprach sie: „Sie können hier nicht einfach so hineinspazieren."

Gilbert blickte sich um, ob er irgendwelche Beschilderungen mit der Aufschrift *Achtung! Hier kein Durchgang: Krokodile!* oder dergleichen übersehen hatte. „Und warum nicht, wenn ich fragen darf?"

Die Frau stemmte die Hände in die Seiten, dass ihr feines Hemdchen knitterte. „Sie müssen noch einen Platzschein für Ihr Pferd oder Ihre Kutsche lösen."

Er sah sich noch irritierter um, hätte wohl nach versteckten Kameras Ausschau gehalten, wären diese schon erfunden worden. „Aber ich habe gar keine Kutsche …?"

Misstrauisch beugte sich die Dame nach vorn und beäugte ihn von unten (bestimmt in der Hoffnung, keine Nasenhaare zu entdecken). „So ein Unsinn. Wie sind Sie denn sonst hierhin gelangt?"

„Zu … Fuß?"

„Zu Fuß? Den ganzen Berg rauf? Und das soll ich Ihnen jetzt glauben, oder wie? Nein, nein." Sie wiegelte ab und holte einen Kasten mit kleinen Kärtchen hervor. „Also, wo haben Sie gehalten?"

„Ja, das ist so …" Gilbert ordnete noch die Worte, während er sie schon sprach. „Ich habe nur einen Spaß gemacht. Ich habe …" Er deutete hinter die Aufpasserin. „Ich habe, ja, irgendwo dort gehalten."

Die kleine Frau lächelte verschmitzt und verdrehte die Augen. „Na, so einer sind Sie! Einfach Späßchen machen. Na gut. Haha." Sie nahm eine Karte und übergab sie an Gilbert. *17* stand darauf.

„Eh, dann danke“, sprach Gilbert und wollte schon die erste Stufe betreten, als die junge Frau sich räusperte.

„Moment mal. Sie müssen noch bezahlen!“

„Bezahlen. Ja. – Und wie viel ist das so … für gewöhnlich?“

Sie rollte mit den Augen. „Fünf Trigel?“

Widerwillig übergab Gilbert ihr das Geld und stapfte nun endlich die Treppe empor und durch die Tür, wobei ihm noch so etwas wie „Sie sollten sich um neue Kleidung bemühen!“ nachschallte.

Die Bänke in dem Ratssaal waren gut gefüllt, und in der Mitte drohte eine Debatte zu eskalieren: Zwei Männer, einer aufgeblasener als der andere, und beide mit – der Gesichtsfarbe nach – ungesund hohem Blutdruck, zankten um ihre Meinung, derweil die übrigen Anwesenden wild vor sich hinmurmelten und tuschelten.

„Und ich sage, es muss etwas geschehen! Allein letzte Woche sind im nahegelegenen Osten Graslands drei einflussreiche Adlige und zwei Fürsten umgekommen – darunter Aaron Lurgwar-Hintertux zu Hammelbein von Großostberg. Und nun unsere in diesem Hause hoch geschätzte Herrin von Bergamotte-Oberunterdurch“, sprach der eine, der ein purpurnes Wams trug, welches mit seltsamen, phallischen Stickmustern verziert war.

„Mein Kollege, mein Kollege!“, unterbrach ihn der andere, der vermutlich selbst aus weiter Ferne an seinem viel zu großen, ockerfarbenen Hut, scheinbar ausgeschmückt mit einer Pfauenfeder, zu erkennen war. Bei näherer Betrachtung handelte es sich jedoch eher um ein Imitat. „So untröstlich ich auch bin; was bleibt uns denn zu tun, als abzuwarten? Oder habt Ihr vielleicht ein Indiz, das uns in dieser Angelegenheit von Hülfe sein kann?“

„Ich sage, wir schicken Gesandte in die betroffenen Fürstentümer. Sozusagen Sonderkommissare für dieser Art spezielle Ermittlungen. Wenn die grasländische Verwaltung und auch der Große Rat unsere Schreiben ignorieren, dann müssen wir einfach selbst tätig werden.“

„Ihr habt doch nur Angst um Euer eigenes Vermögen!“, tönte es von einer der hinteren Bänke.

„Ruhe!“, unterbrach die Ratsvorsitzende, eine ältere Frau in langem, plusterigem Gewand, die in einer erhöhten Kanzel saß. „Das hält ja keiner aus. Würden sich die hohen Herren bitte gütlich einigen? Wir haben noch sechs weitere Punkte auf der Tagesordnung und –“

Plötzlich wurden die schweren Saaltüren aufgedrückt, unter lautem Quietschen und zur Verwirrung der Anwesenden trat ein gänzlich verwahrloster, vollkommen anstandsloser Bursche herein und äußerte sich höchst despektierlich mit den Worten: „Guten Tag zusammen, Gilbert mein Name! Ich bin Abenteurer und wollte nach dem Weg –“

„Was fällt ihm eigentlich ein?“, herrschte es aus den Reihen. *„Eine Unverfrorenheit!“*

„Seht nur, sein Hemd. Bestimmt von der Stange!“

„Und erst die Schuhe!“

„Stört sich sonst noch jemand an dem vielen Blut?“

„RUHE! Ruhe endlich!“ Mit einem gerupften Gockel und anhaltender Vehemenz hämmerte die Ratsvorsitzende auf ihr Podium ein. „Wer ist er, dass er die hohe Sitzung stört?“

Alle Blicke waren auf ihn gerichtet und so wiederholte er: „Gilbert, Abenteurer.“

„Das sagtet Ihr bereits. Doch was wollt Ihr hier?“

„Das habt Ihr nicht gefragt“, entgegnete Gilbert, fügte beim Anblick der anschwellenden Schläfenarterie der Frau jedoch hinzu: „Aber trotzdem beantworte ich Euch die Frage. Ich wollte nach dem Weg nach Großostberg fragen, denn dorthin muss ich zurück. Ich hätte ja jemanden an der Rezeption gefragt, doch dort wollte man mir nicht helfen. Sie sagten irgendwas von Kuchenpause oder derlei.“

„Das ist ja wohl *die Höhe!*“, empörte sich einer der beiden streitenden Männer.

„Wartet“, wandte der andere ein. „Dieser hier könnte uns nützlich sein. Er will sowieso nach Großostberg, da können wir ihn gewiss für unsere Sache missbr– Ehm … gebrauchen.“

„Meinetwegen“, seufzte die Ratsvorsitzende und winkte Gilbert näher zu sich heran, in den Kreis der Versammelten. „Dann lasst Eure Geschichte hören, ungewaschener Junge.“

Gilbert ließ nichts aus von seiner Geschichte – jedenfalls bis die Vorsitzende ihn ob des Endes der Redezeit ermahnte. Erzählt hatte er vom großen Karottenbaum und der Mission zur Rettung der Welt, seinem pelzigen Knappen, der frivolen, immer hungrigen Begleiterin, dem Kampf gegen Carl Truestar, der in Wirklichkeit ein Vampir gewesen war, und von der unglaublichen Begebenheit, dass er tatsächlich zwei Leute mit dem Nachnamen *Van de Loern* getroffen hatte, die nicht einmal miteinander verwandt waren.

Der Mann in dem Purpurwams hatte die ganze Zeit aktiv zugehört und immer mal ein *„Soso“*, *„Ist nicht wahr“*, oder *„Carl Truestar? Der aus den Abenteuergeschichten?“* eingeworfen. Da er so drüber nachdachte, tat der Mann es seltsamerweise nicht an der Stelle, an der Gilbert über den Ritter gesprochen hatte.

„Er ist fürwahr unbedarft“, murmelte der Adlige nun nach dem Ende der Geschichte, wandte sich an die Umsitzenden und sprach: „Hohes Haus. Es ist gar ganz ohne Risiko, diesen jungen Gulfred hier –“

„Gilbert.“

„Diesen Kerl hier fortzuschicken, uns zu berichten, was in Großostberg geschieht. Wenn die Länder auch unsere Briefe ignorieren mögen, so werden sie doch einen Boten nicht sofort zurückweisen. Und der Feind wird ihn nicht als Bedrohung ansehen. Zu ungeschicklich wird er wirken auf jene.“

„Ist das nicht ein gutes Argument, weshalb er vielleicht selbst schon ein Spion ist?“, hörte man aus den Reihen.

„Unsinn!“, entfuhr es dem Mann. „Lasst es mich beweisen.“ Er trat auf den verwirrt um sich blickenden Gilbert zu und fragte: „Mein Junge. Was glaubst du, weshalb sterben seit ein paar Wochen die Adligen wie die Fliegen?“

Gilbert musste überlegen. Gewiss war dies eine Fangfrage oder ein Wortwitz. „Nun, erst einmal müsste geklärt werden, ob es sich bei der Sache mit den Fliegen um eine Kausalität oder nur um eine Korrelation handelt. Und überhaupt: Habt Ihr schon mal eine Fliege sterben sehen? In einem Moment nerven sie einen noch ganz ungemein – und wenn man im nächsten dann hinsieht, so liegen sie nur noch tot auf dem Rücken rum. Ich bräuchte mehr Details.“

„Seht Ihr? Kein Spion könnte sich ad hoc solch dümmliche Antworten ausdenken!“

Der Plan war schlecht – so schlecht, dass er im Vergleich zu den anderen besseren, aber auch komplizierteren Plänen wieder wie eine gute, da einfache Wahl wirkte. Und als nach dem dritten Abstimmungsvorgang – verzögert durch Eilersuche und Anträge auf vorläufige Verfügungen durch Advokaten einiger Beteiligter – endlich alle anwesenden hohen Herren zufrieden mit dem Ergebnis waren, da sprach die Vorsitzende: „Damit wäre es – zu meiner größten Irritation – beschlossen: Der junge Gilbert wird, nachdem Maß genommen wurde, von zwei Jungfrauen gebadet –“

„Wir hatten uns auf *drei* Jungfrauen geeinigt!“, stellte jemand mit forschem Tonfall richtig.

„Nie ist es ihnen genug, das war ja wieder klar!“, entgegnete ein anderer.

Zielloses Gerede brach auf den Bänken aus und die Vorsitzende schlug intervenierend mit einem Fisch auf das Pult. „Ruhe jetzt! Ruhe!“ Sie rieb sich die Schläfen und blickte auf ihre Mitschrift. „Also er wird von *drei* Jungfrauen gebadet, dann wie ein repräsentativer Botschafter gewandet und mit einem Präsentkörbchen voll Wein, Oliven und knusprigen Brotstangen –“

„Die mit Oregano!“

„… mit einer Kutsche rasch und ohne Zwischenhalt nach Großostberg gesandt. Dort wird er einen Geleitbrief, ein Schreiben, in welchem um genaue Auskunft und die Möglichkeit zu eigenen Nachforschungen gebeten wird, persönlich an den dortigen stellvertretenden Statthalter zustellen. Seine Ermittlungen wird er dann durchsetzen – notfalls auch durch Bitten und Betteln – und diesem Haus die Ergebnisse übermitteln. War das alles?“ Als aus den Reihen eine Wortmeldung kam, rollte die Ratsvorsitzende mit den Augen: „Ja, die Herrin Frivona?“

Eine aufgeplusterte Dame mit weiß verspachteltem Gesicht und einer Perücke, in welcher man gewiss noch ein paar bislang unentdeckte Tierarten finden konnte, erhob sich aus ihrem Bauchspeck und warf ein: „Ich bin im Übrigen noch dafür, dass wir uns selbst den Krieg erklären!“

„Und auch nach dem hundertsten Male wird dieser Witz nicht spaßiger“, antwortete die Vorsitzende und beugte sich zu Gilbert, dem das ganze Theater noch immer Rätsel aufgab. „So ist es nun! Der junge Gilbert geht nach Großostberg.“ Sie schlug mit einem Stock gegen einen großen, roten Flamingo, der darauf einen eigenartigen Laut von sich gab. Gilbert mutmaßte noch über den durchschnittlichen Tierverschleiß im Rathaus, als die Vorsitzende sprach: „Der Sitzungspunkt ist abgeschlossen. Bereitet alles für die Abreise vor. – Ich brauche jetzt erst mal eine Pause.“

Man hatte Gilbert in ein Badehaus gebracht, das auf Stelzen an einem Hang gebaut war und einen imposanten Blick über die Stadt bot: Mit ihren vielen kleinen Häuschen und Feinkostläden,

den in warmes Licht getauchten Alleen, einer Gruppe Leute, welche jemanden gewaltsam in eine Kutsche zerrten ...

Hier kann man es gut aushalten, dachte Gilbert bei sich, während er noch an das Geländer der Veranda gelehnt auf sein Bad wartete. Dann endlich tat sich eine Tür auf.

„Ihr könnt nun eintreten, werter Herr." Hochgestochen erklang die Stimme des piekfeinen Bademeisters, der ihn eine Weile zuvor dort empfangen hatte.

Gilbert nickte und folgte ihm hinein. Der Boden war aus Sandstein gefertigt und die Wände mit edlem Holz getäfelt.

Der feine Einweiser deutete ihm die Richtung: „Hier entlang, bitte. Eure neuen Kleider werde ich hier vorne auf den Schemel legen."

Gilbert ging ein paar Schritte auf ein kleines, aber gemütlich-einladendes Becken zu und zu seinem Erstaunen – und seiner Entzückung – stellte er fest, dass die Ratsmitglieder Wort gehalten hatten: So begrüßten ihn dort drei Frauen, gekleidet in hauchzarte Tücher, die vieles mehr als nur erahnen ließen. Die drei, eine jungfräulicher als die andere, kamen auf ihn zugeschwebt und entledigten ihn seiner löchrigen Kleidung. Er mochte sie gern ansehen, waren sie doch bezaubernd schön – und nach Gilberts immer richtig liegendem Bauchgefühl gewiss allesamt volljährig. Man musste für solche Figuren bestimmt ganz akribisch auf seine Ernährung achten. Er dachte an die Elfe. Sie war ja auch sehr zierlich, obwohl sie alles aß, was nicht schon vor Beginn des Zählens auf den Bäumen war. Andererseits war sie ein Alb. Vielleicht war sie aus Elfensicht ja auch eher füllig? Sein ihn faszinierender Gedankengang wurde unterbrochen, als eines der Mädchen seine Hose beiseitelegen wollte. Eilig ergriff er sie am Arm. „Halt, warte! Das hier behalte ich bei mir." Er friemelte den ergrauten Anhänger vom Hosenbund und wickelte sich die Kette ums Handgelenk – was bei der Gesellschaft, die sich um ihn reihte und gelegentlich an ihm entlang rieb, sichtlich kompliziert war. So hatte er nicht bemerkt, dass er nunmehr gänzlich nackt dastand. Und zwar das richtige *nackt,* also auch ohne Socken.

Die drei Mädchen blickten ihn lächelnd an und während er noch überlegte, ob sie sich seines Beinzwischenbaus halber geschmeichelt fühlten, oder für etwaige Nettigkeiten bezahlt wurden (er war da mittlerweile etwas misstrauisch), zogen sie ihn an beiden Händen mit sich in das Becken. In dem wohlig warmen Wasser begannen sie ihn von oben bis unten mit feinen Schwämmen und nicht in den Augen brennender Seife zu waschen. Dabei kicherten sie gelegentlich.

„Schaut mal, unter dem vielen Schlamm und dem verkrusteten Blut hat er eine ganz weiche Haut."

Als eines der Mädchen beim Versuch, Gilbert den Hinterkopf einzuschäumen, gebeugt dastand und ihre Brüste in sein Gesicht drückte, da konnte er nicht mehr an sich halten und musste sie einfach berühren. – Also eher anstupsen. Mit dem Finger ... nur ganz kurz.

„Aber mein Herr!" Das Mädchen wich ein Stück zurück und bedeckte ihren Busen mit dem Arm, da die nassen Tücher dieser Aufgabe nicht mehr gewachsen waren. „Was sollte das werden?"

Gilbert erhob sich eilig und blickte verwirrt abwechselnd zu den drei Frauen. „Na, ich dachte ... Also, ich hier ganz allein mit drei Damen in einem Badehaus ..."

„Ich bin auch noch hier, falls Ihr mich braucht!", ertönte es hinter einem Paravent aus dem Munde des Bademeisters.

„Verschwindet!", blaffte Gilbert ihm entgegen, woraufhin dieser von dannen zog. Dann wandte er sich wieder den Mädchen zu. „Also drei kaum bekleidete Jungfrauen, die einen athletischen Helden baden. Da dachte ich, dass wir ..."

Die beiden anderen Mädchen entfernten sich ebenfalls ein Stück von ihm. „Es tut mir leid, aber wir können nicht mit dir schlafen."

„Wieso das?“ Es leuchtete ihm nicht ganz ein. – Sie konnten ja wohl kaum alle drei auf einmal ihre Tage haben.

„Dann hätte unser Herr ja gar keine Jungfrauen mehr, die in Zukunft die Gäste baden“, antwortete die Dritte. „Und so athletisch bist du für einen Helden auch nicht.“

„Na, habt ihr denn überhaupt schon einmal einen waschechten Helden gesehen?“, musste Gilbert auf diese Frechheit – wohl aus der Unbedarftheit und etwas Nervosität heraus gesprochen – erwidern.

Die Mädchen sahen sich verlegen an und eine von ihnen schüttelte leicht den Kopf. „N… nein, noch nicht, werter Herr.“

„Was meint ihr, warum mir hier so der Teppich ausgerollt wird?“

Etwas zögerlich reihten sich die Mädchen wieder um ihn. „Dann habt Ihr schon viele Abenteuer erlebt?“

„Alle!“, prahlte Gilbert und ließ sich mit den drei Damen wieder in dem Becken nieder. „Ob alle Helden so gut bestückt sind, wollt ihr wissen? Beileibe, nein.“

„Das hat doch niemand gefragt …“

„Aber darauf kann ich später noch eingehen. Lasst mich erst davon berichten, wie ich einst mit bloßen Händen den gefährlichsten aller Vampire niederrang!“ Eigentlich wollte Gilbert ehrlich zu sich bleiben, doch die Mädchen mussten ihn mit einem Zauber bezirzt haben. Und so holte er aus und kam von Abenteuern, in denen er seine aus Wohltätigkeit aufgenommenen Gefährten im Kampf gegen einen Okotopoden-Hirsch-Dämon durch seine atemberaubende Schwerttechnik rettete, zu Geschichten darüber, wie er mit Hilfe der Schwalbenbande eine ganze Armee auf rauer See bezwang. Taten, die ja tatsächlich irgendwie so geschehen waren, wie er für sich selbst noch einmal klarstellen musste.

Eine ganze Weile war verstrichen, als Gilbert sich eilig und ungesehen auf den Weg nach draußen machte, ehe sich der

Bademeister bei ihm darüber beklagen konnte, dass er nun nur noch anderthalb Jungfrauen für die nächsten Badegäste vorweisen konnte. Da stand auch schon ein Kutschwagen bereit, davor eine halbwegs wichtig aussehende Frau. Die neuen Kleider, die er sich in der Hast übergeworfen hatte, kniffen hier und da noch ein wenig, als er auf die Dame zuschritt.

Sie trug förmlich geschnittene Kleidung und eine modische Kurzhaarfrisur. „Gilbert, Gilberts Vaters Sohn", sprach sie und überreichte ihm ein Papier. „Das hier verwahrt wohl. Es geht an Herrn Aurus von den schwarzen Meeren, stellvertretender Statthalter von Großostberg. Jedenfalls … sollte er nicht auch schon umgebracht worden sein."

Gilbert nahm das Papier an. Es war ein edler Brief, versiegelt mit dunkelrotem Wachs. An dem Siegel wurde die schludrige Arbeit irgendeines armen Angestellten deutlich, dachte Gilbert bei sich, als er die schief und nicht ganz mittig platzierte Prägung besah.

Ungeduldig tippte die Beamtin mit dem Finger gegen ihre Hüfte. „Steigt Ihr nun ein?"

„Wisst Ihr eigentlich, wen Ihr vor Euch habt?" Er hatte gerade schwere Arbeit verrichtet und konnte sich gar nicht genug über die Ungeduld dieser schroffen Person echauffieren. Lag doch eine schwere Last auf seinen Schultern und der Weg war weit und in dem Kutschwagen gewiss holprig; gab es doch nicht einmal zusätzliche Polsterbezüge, die das Gesäß schonten.

„Ja, Gilbert, Gilberts Vaters Sohn. Einen Idioten, den man möglichst schnell nach Großostberg schicken soll."

„He, welch Frechheit!"

„Nicht meine Worte. Steht alles hier in meinen Anweisungen." Sie holte einen kleinen Zettel hervor. „Da steht auch noch *Langsam und in kurzen Sätzen sprechen.*"

Es stand tatsächlich auf dem Zettel. Gilbert hatte ihn der Beamtin abnehmen können, auch wenn er sich dabei ein, zwei blaue Flecke eingehandelt hatte. Leicht verstimmt stieg er auf den Wagen, an dessen Zügeln ein älterer, brummiger Mann mit Augenklappe weilte, der in einen viel zu weiten und für die Temperaturen viel zu dicken Kutschermantel gehüllt war.

„Guten Tag, mein Herr! Ich bin Gi–"

„Ist mir scheißegal, wer du bist, Junge. Setz dich hin, sonst landest du gleich auf den Balken." Grimmig beäugte der Kutscher Gilbert, während dieser sich eingeschüchtert niederließ. „Nach Großostberg also, hm? Was haste da überhaupt für einen hässlichen Fummel an?"

„Das ist meine botschaftliche Gewandung!" Gilbert zupfte stolz an seinem gelb-orangen Pluderärmel herum.

„Siehst erbärmlich aus. Wie meine Großmutter bei ihrer Beerdigung."

„Hättet Ihr gesagt, wie ein Hofnarr, dann hätte ich es ja noch verstanden."

„Sie war Hofnarr." Der Mann lehnte sich nach vorne, nahm die Zügel auf und schnalzte mit der Zunge, worauf die Zugtiere in einen Trab fielen und den Wagen in Gang setzten.

Die Stadt Aurelia verschwand schon hinter dem Horizont, als Gilbert das Erlebte zu Ende rekapituliert hatte und sich nun unwichtigeren Dingen zuwenden konnte. „Seid Ihr Veteran?", fragte er, nach vorne zu dem Kutscher gelehnt.

„Meinst du wegen des Glasauges hier?" Er nahm sein sichtbares Auge heraus und reichte es Gilbert, der dankend ablehnte. „Eigentlich wegen der Augenklappe."

„Ach so, ja. Haha!" Der Mann steckte sein Auge zurück und holte aus. „Ich *wäre* Veteran – wenn es in diesem elenden Land Krieg geben würde! Aber dafür sind sich die feinen Pinkel von Politikern ja alle zu schade. Verdammte Pazifisten, pah!"

Sich wundernd fragte Gilbert: „Aber ist das nicht zu begrüßen?"

Der Kutscher erhob seine Stimme: „Jetzt hör mal zu, Kleiner! Manche von uns sind einfach für den Kampf geboren. Was soll ich denn sonst machen? Tagein, tagaus fahre ich irgendwelche Deppen auf meinem Karren durch die Gegend."

Gilbert war weder klein (und gewiss an den meisten Tagen auch größer als die Elfe), noch hatte er den Seitenhieb des Kutschers erkannt, wusste jedoch genau, wie er ihm aus seiner Misere helfen konnte: „Habt Ihr's mal mit Töpfern versucht? Das entspannt und setzt negative Energien –"

„*Töpfern?* Hast du sie noch alle?! Ich schmeiß dich gleich vom Wagen und lass dich in der nächsten Böschung liegen. Töpfern … So weit kommt's noch." Er wippte aufgebracht mit dem Bein auf und ab. „Mal richtig in den Kampf ziehen. Gegen 'ne Horde durchgedrehter Orks. Meinetwegen auch gegen grantige Zwerge. Oder 'nen Drachen erlegen, mit bloßen Händen!"

Gilbert wurde hellhörig. „Einen Drachen?"

„Ja, einen Drachen. Hörst du schlecht? Soll einen geben, bei den Sandstränden der Morgentau-Insel, 'n übles Biest, hab ich gehört. Hat erst letzte Woche ein Kerl erzählt. Wär ich noch vier, fünf Jahre jünger, ich würd' mir sofort ein Schiff schnappen und hinsegeln. Diese Missgeburt hätte ihre besten Tage gezählt."

Das musste dieses Schicksal sein, von dem der Karottenbaum ihm erzählt hatte. Wenn er sich recht entsann, dann legten am Hafen unweit von den Toren Großostbergs häufig Schiffe an, die nach Donnerfeste und somit auch an der Morgentau-Insel vorbeisegelten.

„Junge! Hat's dir die Sprache verschlagen? Du hast seit fünf Minuten kein Wort gesagt", unterbrach ihn der Alte inmitten seiner aberwitzigen Fantasien.

Gilbert sprang auf und rief: „Das muss es sein! Meine Bestimmung! Ich werde mit meinen Gefährten zur Morgentau-Insel gelangen und einen Drachen tö–", wurde durch eine Bodenwelle jedoch wieder auf seinen Sitzplatz zurückgeschleudert.

„Hab dir doch gesagt, du wirst noch die Bretter küssen. Aber so ein Scheißer wie du hört eh nicht auf einen wie mich, was?" Der Kutscher blickte verdrießlich zu Gilbert, welcher sich den Arm rieb, verlor darüber seine Verstimmung und seufzte: „Ich hab da 'ne Theorie. Hab ich mir während der langen Kutschfahrten ausgedacht, immer wenn's schon dunkler wird: Du kannst vor noch so vielen Fehlern warnen, die andre schon gemacht haben. Aber letztlich muss ein jeder seine Fehler selbst gemacht haben, um zu kapieren."

„Das glaube ich nicht", antwortete Gilbert, seinen Arm abtastend, ob dieser nicht vielleicht gebrochen war. Er fühlte sich zwar etwas ungewohnt an, aber da der Knochen nicht herausschaute, war wohl alles in Ordnung. „Man kann anderen doch das Treffen richtiger Entscheidungen beibringen."

„Du kannst Leuten ihre Entscheidungen abnehmen. Aber mach nicht die Fehler für andere. Die müssen ihre eigenen Fehler machen und verstehen, sonst werden sie irgendwann unglücklich."

„So ganz überzeugt mich das noch nicht", erwiderte Gilbert, hatte jedoch keine guten Gegenargumente.

Der Kutscher schnaubte. „Ist ja auch nur so 'ne Idee. Würde aber erklären, warum alle paar Jahre die gleichen Fehler immer und immer wieder gemacht werden."

„Von welchen Fehlern sprechen wir hier gerade?", wollte Gilbert wissen.

„Schlimmen Fehlern. Vielleicht nicht so schlimm wie die große Wombat-Flut damals." Er schluckte. „Zwölf Jahre ist es her und noch immer höre ich die Schreie. So viele … es waren zu viele."

Gilbert musste den guten Mann auf andere Gedanken bringen, und so holte er sein Lieblingsthema für lange Reisen hervor: „Habt Ihr Euch schon einmal darüber Gedanken gemacht, wie die Welt von weit oben aussehen mag?"

Das Gesprächsthema hatte eine Weile gehalten, doch die Fahrt war lang und zäh und für Gilbert voller Wünsche und Hoffnungen. Wenn er darüber nachdachte, wie er Mara wiedersehen würde, dann überkam ihn ein eigenartiges Gefühl. Eine Mischung aus Freude und großer Aufregung, gepaart mit einer gewissen Unsicherheit. Ob sie ihm noch zornig war? Bestimmt hatte sie mittlerweile eingesehen, dass er sie – unter minimaler Beihilfe der Orkfrau, deren Namen er wieder vergessen hatte – erretten konnte, und bestimmt hatte seine Schwester auch ein gutes Wort für ihn eingelegt. Er würde in Samandras Labor treten, alle würden seine mondäne Kleidung loben, und dann würde er ihnen die wichtigen Neuigkeiten erzählen: Wo sie einen richtigen Drachen finden konnten. Sie würden sofort losziehen und den Drachen täte er mit einem kräftigen Hieb niederstrecken, und in allen Landen nannte man ihn fortan nur noch *Drachentöter*.

Wieder zurück

— Kapitel 16 —

Viele dieser Träumereien hatten sich zu einem Bild verfestigt und waren schließlich zu einem ausgereiften Plan geworden, als sie in der Ferne endlich, endlich die Türme Großostbergs erblickten. – Jedenfalls erblickte Gilbert sie. Er wusste nicht, wie es um das Sehvermögen seines Fahrers stand. Ein paar Tropfen fielen Gilbert auf das Haupt und je näher sie der Stadt kamen, desto stärker wurde der Regen, fast, als hätte das Unwetter ihn erwartet. Der Wagen rappelte und ruckelte – und kam abrupt zum Stehen.

„Weiter geht's nicht", murrte der Kutscher. „Der Karren steckt zu tief im Schlamm. Muss den hier irgendwie wieder raus bekommen."

„Na dann", sprach Gilbert und stieg hinab in den Matsch. „Habt Dank für die Fahrt und viel Erfolg beim Herausziehen!"

Auf seinem Weg hin zur Stadtgrenze hörte er den Kutscher ihm noch irgendetwas nachrufen. Bestimmt gute Wünsche für sein weiteres Unterfangen. Er kam vorbei an allerlei Bretterverschlägen, Lehmhütten mit Strohdächern und Strohhütten mit Lehmdächern (welche naturgemäß unter der Last eingebrochen waren). Die Gebäude waren mittlerweile schon ganz ertrunken im Schlamm und Regen. Sie erinnerten ihn etwas an zuhause, an seine ärmliche Vergangenheit, der zu entfliehen er im Begriffe war und aus der er gewiss auch andere befreien würde. Irgendwann.

Während er sich noch ob seiner verschmutzten Strumpfhose ärgerte, sah er zwei Männer, die sich an einigen aufgebahrten Toten zu schaffen machten. „Was tut ihr hier?", sprach er, als er näher auf die beiden zugegangen war.

Sie trugen lächerliche Kappen aus Lederresten (im Grunde waren es einfach nur Lederreste) und kaputte Hosen. Einer von ihnen hielt eine grobe Eisenzange in den Händen. Die beiden sahen sich an. „Hier wütete die Pest. Hendrik und ich verwerten Wertsachen. Zahngold und so. Ihr wisst schon."

„Ach, die Pest ist auch nur wieder eine dieser Modeerscheinungen", entgegnete Gilbert und wiegelte angeekelt im Vorbeigehen ab.

„Na, erzählt das mal den Toten", rief ihm einer der Männer nach.

Gilbert hörte es nicht mehr, da er schon zu weit entfernt war und bereits auf das Stadttor zukam. Eine Schar Leute wartete offenbar auf Einlass, eine lange Schlange war schon von weitem zu erkennen. Gilbert schob das Kriechtier zur Seite, reihte sich am Ende der Wartenden ein und fragte die Frau vor sich: „Was ist denn los? Warum warten hier alle? Ist es wegen der Pest?"

Die Frau drehte sich um und wischte sich ihr nasses Haar aus dem Gesicht, sodass ihre spitzen Ohren sichtbar wurden. „Welche Pest? Was weiß ich denn? Die kontrollieren jetzt jeden einzeln und wir stehen uns hier die Beine in den Bauch."

Gilbert musterte ungeduldig den Weg hinauf zur Pforte. „Ich muss dringend in die Stadt, also falls du mich –"

„Das müssen wir alle", giftete ihn die Frau an. „Mein Mann benötigt dringend Arznei für seinen appen Arm."

„Und ich muss dringend zu einer Freundin. Die ist auch Elfe, weißt du?"

Die Frau spuckte etwas Regenwasser zur Seite, das sturzbachartig ihre Wangen hinunterlief. „Ja und?"

„Na, ich dachte, das … das sei irgendwie erwähnenswert", antwortete Gilbert.

Sie verschränkte die Arme. „Aha?"

„Hör ihm nicht zu. Solchen Rassisten sollte man keine Aufmerksamkeit schenken!"

Gilbert suchte noch nach dem Ursprung der Stimme, erst nach dem zweiten Räuspern senkte er seinen Blick und bemerkte den Zwerg, der vor der Elfe in der Schlange stand und sich zu ihm umgekehrt hatte. „So was. Du bist so klein, ich habe dich zuerst gar nicht bemerkt."

„Siehst du?", sprach der Zwerg zu der Frau und schüttelte den Kopf. „Leute wie wir sind für den nur Abschaum." Dann wandte er sich an Gilbert. „Du hältst dich wohl für was ganz Besonderes, was?"

„Eigentlich nicht, werter Zwerg", entgegnete dieser. „Hier liegt, glaube ich, ein kleines Missverständnis vor." Er blickte in die beiden verärgerten Gesichter, die sich durch den starken Regenfall hindurch verschwommen vor seinen Augen abzeichneten. „Hört mir zu: Ich muss wirklich dort hinein, also falls ihr mich vorlassen könntet …"

„Wir haben schon verstanden", sagte der Zwerg. „Wenn sie auf einmal was von einem wollen, dann ist man gerade gut genug. – Und zwei Minuten später wirst du wieder als Kobold oder fetter, glatzköpfiger Hamster bezeichnet."

„Oder als dummes Weibsbild!", fügte die Elfe hinzu.

„Das ist doch keine rassistische Beleidigung“, lenkte Gilbert ein.

„Jetzt geht das mit dem Relativieren wieder los!“, regte sich der Zwerg auf und auch die Elfe stimmte mit ein: „So was kann auch nur von einem Sexisten kommen.“

Für Gilberts Geschmack war dieses Gespräch etwas zu tendenziös-einseitig und die Situation schaukelte sich noch weiter hoch, als sich ein Mann, welcher vor dem Zwerg gestanden hatte, mit einbrachte: „Gibt es ein Problem?“

„Ja“, sprach der Zwerg und deutete auf Gilbert. „Der da. Der hat uns beleidigt. Mich hat er einen Zwerg genannt und die Dame hier wurde mit sexistischen Äußerungen angegangen.“

„Erstens bist du ein Zwerg und zweitens ist das gar nicht wahr.“ Er wandte sich dem Mann zu, der sich mit verschränkten Armen zwischen den Zwerg und die Elfe gestellt hatte. „Glaub mir, das haben sich die beiden zusammengesponnen!“

„Ach, und warum soll ich dir glauben?“, entgegnete dieser. „Etwa, weil ich auch ein Mensch bin, so wie du? Das zeugt nicht gerade von einem toleranten Weltbild, und solche Leute wie dich, die können wir hier gar nicht leiden.“

„Dann lasst mich doch einfach vorbei und ihr seid mich sofort los“, sprach Gilbert, eine Gelegenheit witternd.

„Die Antwort lautet: Nein“, antwortete der Zwerg mit Grimm. „Also warte gefälligst wie alle anderen und halte künftig Abstand zu uns!“

Der aus seiner Sicht zu Unrecht denunzierte Gilbert hatte genug. Seine Versuche, mit der Wortgewandtheit voranzukommen, die ihm zu eigen war, waren zu seiner Verwunderung gescheitert. Der Gnom, das Weib und der andere Trottel wollten ihm nicht helfen und so musste er es auf die rechte Art und Weise tun: Er trat aus der Reihe und schritt neben der Schlange her bis nach vorne zum Tor. Verunsicherungsversuche wie „He, der drängelt sich vor!“ vermochten nicht, ihn davon abzuhalten.

Am Stadteingang, direkt auf der Brücke, blockierte eine Wachpatrouille den Weg und ein Mann mit vom Regen ganz schlapp herunterhängendem Hut nahm die Personalien der Reisenden auf und stellte unangenehme Fragen zum Mädchennamen der Mutter, dem ersten Haustier, etwaigen Freizeitaktivitäten und der Einstellung zu terroristischen Aktivitäten. Der Mann bemerkte Gilbert und rief: „He da, was soll das werden? Die Schlange endet dort hinten!"

„Das ist mir bewusst, Herr."

Der Torwärter trat mit zwei Wachen auf ihn zu. „Und was wollt Ihr dann? Wir lassen niemanden ohne vorherige Kontrolle in die Stadt hinein oder heraus, seit Fürst Aaron ..."

Gilbert holte den Brief hervor, welcher ihm anvertraut worden war, und befreite ihn von überflüssigen Kassenzetteln und Kekskrümeln, die kleine fettige Flecken darauf hinterlassen hatten. „Darum geht es! Ich muss zum stellvertretenden Statthalter, Herr Irgendwasmitwasser. Hier halte ich ein wichtiges Schreiben von den komischen, eingebildeten Leuten aus dieser reichen Schnöselstadt für ihn in den Händen."

Der Mann begutachtete den Brief aufs Genaueste. „Tatsächlich, ein Geleitbrief mit dem Siegel Aurelias. Und Ihr seht auch sehr wichtig aus. Nur Trottel und wichtige Leute tragen Pluderärmel am Wams. Was ist denn das genaue Anliegen?"

„Geheimsache", erwiderte Gilbert. „Lasst Ihr mich nun durch?"

Der Mann reichte ihm den Brief zurück und nickte seinen Wachen zu. „Er darf passieren."

„He, wir warten schon viel länger als er!", schallte es von den Anstehenden, doch auf die Kritik wurde schnell mit Knüppelschlägen eingegangen, und so steckte Gilbert den Brief zurück in seine Tasche und konnte raschen Schrittes den Torbogen durchtreten. Seine Finte war nicht aufgefallen, waren ihm irgendwelche Fürsten und Statthalter doch gänzlich egal, und den Weg zu ihrer Herberge hatte er noch genau im Kopf.

Der Umstand, dass er erst gegen Nachmittag dort eintrudelte, war auch gewiss nicht der Tatsache geschuldet, dass er sich verlaufen haben mochte, nein – er wollte sich nur ein wenig die Beine vertreten, ehe er spektakulös zu Mara zurückkehren und ihr von seinen Abenteuern erzählen würde.

Als er eintrat, in seine einstige Unterkunft, eilte schon der Rezeptionist auf ihn zu: „Der werte Herr! Eine Überraschung, Euch doch wiederzusehen. Mir wurde gesagt, Ihr seid vorerst verreist."

„Ja, nein …" Gilbert blickte sich um. Die hatten irgendetwas mit den Wänden gemacht. Oder mit dem Boden. Vielleicht waren aber auch die vielen ausgestopften Bären zwischen den Säulen neu. „Wussten Sie, dass hier in der Stadt Menschenhändler ihr Unwesen treiben?"

„In der Tat, ja." Der Angestellte durchblätterte beiläufig ein kleines Notizbüchlein mit Angaben zu Waschtagen und Essensplänen. „Das ist hin und wieder ein Problem, aber für gewöhnlich entführen sie nur ganz besonders Unbedarfte, denn jedes Kind in Großostberg weiß darum."

„Ich muss auf mein Zimmer, die Elfe –"

Gilbert konnte nicht aussprechen, da unterbrach ihn der dürre, lange Mann mit Unbehagen in der Stimme: „Herr Torn hatte für eine Woche im Voraus bezahlt, hat sich jedoch nicht noch einmal gemeldet. Diese Woche ist schon um. Habt Ihr ihn zufällig gesehen?"

„Wen?"

„Herrn Torn. Winfried Torn." Der Rezeptionist rückte seine Brille gerade, um besser in Gilberts fragende Augen blicken zu können. „Euer Begleiter? Den Namen hat er jedenfalls hier angegeben."

„Ach ja, ja. Er musste eher abreisen. – Und gewiss nicht, weil er gestorben ist, nein."

„Verstehe …" Der Mann deutete an, dass Gilbert ihm folgen

sollte, und begab sich zu einem Raum neben der Rezeption, den er mit einem kupfernen Schlüssel öffnete. „Wir haben Euer Reisegepäck für Euch aufbewahrt, falls Ihr wiederkämet."

Gilbert nahm seine Tasche und ein paar Kleider entgegen, die ihm der Mann reichte. „Sehr freundlich. Aber …" Er blickte an ihm vorbei in den Raum hinein. „Wo ist denn das Fass? Und die Elfe?"

„Elfen halten wir für gewöhnlich nicht in Abstellräumen." Er zögerte. „Außer dieses eine Mal, als … Aber was rede ich. Die Dame, die Euch begleitet hatte, ist mit einer anderen Frau vor ein paar Tagen schon ausgezogen. Sie sagte, ich solle den restlichen Plunder in die Gosse werfen oder verbrennen, doch ich bewahrte alles für Eure Rückkehr auf."

Mara war nicht mehr hier? Dann musste sie wohl zu seiner Schwester gezogen sein, um Mietkosten zu sparen. Das sah ihr ähnlich und bestimmt ärgerte sich Sam schon, dass sie sie aufgenommen hatte. Gilbert lachte innerlich bei dem Gedanken, wie die beiden sich stritten. In Unterwäsche. Wobei er natürlich nur Augen für die Elfe hätte.

„Das macht sieben Dorsch", räusperte sich der Rezeptionist.

„Wie?" Gilbert blickte ihn fragend an.

„Einlagerung von Taschen und ähnlichen Gegenständen zum Wochenpreis."

Seine Tasche übergeworfen kramte Gilbert nach den restlichen Trigel, die er noch besaß, und drückte ihm fünf davon in die Hand, dass die Hälfte daraus direkt auf den Boden fiel. „Hier, das sollte so passen", sprach er, wandte sich ab und –

„Fremdwährungen nehmen wir nicht an!"

… und verließ die Herberge. Eine Pension von Welt hätte jegliches Geld angenommen.

Sein Weg führte ihn über die Brücke, weiter bis zu der Treppe, die hinunter zu Samandras Labor wies. Er stieg hinab, schon den Augenblick der Wiederzusammenkunft herbeisehnend, sich noch freuend, dass seine Schwester wohl doch die Tür gegen ein schöneres Exemplar mit Glaseinsatz ausgetauscht hatte, auf dem ein Schild angebracht war: CASPARS KLEINER EISLADEN – Was auch immer seine Schwester mit diesen kryptischen Lettern aussagen wollte, er würde es gleich erfahren und trat ein in … ein kleines Lokal?

Zu seiner Verwunderung waren Tische und Bänke aufgebaut und die Böden herausgerissen worden, die Holzdielen waren einem bunten Fliesenmuster gewichen. An einem Tresen werkelte ein verschwitzter Mann mit Dreitagebart und Dreijahrearmbehaarung herum.

Gilbert stieg eine Treppe hinunter, die nun die Leiter ersetzte, die zuvor von der Galerie hinabgeführt hatte, und trat an den Mann heran, der gerade Glasschalen aus Kisten in die Regale einsortierte. „Ihr seid nicht meine Schwester …"

Der Mann drehte sich überrascht um und blickte ihn an. „Das ist wohl richtig. Ich wüsste von einem Bruder." Dann tupfte er sich die Stirn mit einem Handtuch ab. „Wir machen leider erst in zwei Tagen auf, also kann ich Euch höchstens Leitungswasser anbieten. – Und selbst das ist eigentlich Regenwasser, welches eigentlich Wasser ist, das ich aus dem Kanal geholt und so gut es ging von Socken, Verbänden, toten Ratten und was sonst noch drin rumschwamm gereinigt habe."

Gilbert hatte durchaus Durst, doch es gab gerade Dringlicheres zu besprechen. „Habt Dank, aber ich bin eigentlich wegen meiner Freunde hier. Meine Schwester, Samandra, sie –"

„Ah, jetzt verstehe ich!", unterbrach ihn der Mann und zeigte freudig mit dem Finger auf ihn. „Ihr fragt Euch gewiss, was hier geschehen ist. Das hier ist jetzt ein Eisladen!"

„Ich verstehe nicht ganz."

„Fräulein Erhardt hat mir diese Immobilie überschrieben gegen gewisse Gefälligkeiten."

„Ich will nichts von sexuellen Diensten durch irgendein

Fräulein Erhardt wissen, ich möchte wissen, wo meine Schwester hin verschwunden ist!"

„Aber … das müsste Eure Schwester gewesen sein. Fräulein Samandra Erhardt? Klug, etwas mürrisch und mit einer Haut, so weich wie die Eure. – Es ging übrigens nicht um *derlei* Gefälligkeiten."

Gilbert nahm sich zurück. „Ich wusste nicht, dass sie einen Nachnamen hat."

Der Eisladenbesitzer gluckste. „Ein komischer Bruder seid Ihr. Jedenfalls musste sie ausziehen. Irgendwas mit der Bankenaufsicht oder so."

„Und wo ist sie hin?"

„Sie und ihre Begleitung erzählten etwas von einem alten Gemäuer in der Nähe. Irgendwas von einem Künstler oder Schriftsteller?"

„Aha! Danke, das hilft mir weiter", antwortete Gilbert mit einem eifrigen Nicken. Diese Information sorgte für Klarheit: Sie waren nicht bei der Abenteurergilde. Somit blieben nur noch tausend andere Möglichkeiten in Großostberg, die er durchgehen musste. Er wollte sich gerade zum Gehen wenden, da kam ihm noch eine brennende Frage, die er dem neuen Besitzer des Geschäftes unbedingt stellen musste: „Eins noch: Ihr verkauft hier Eis?"

„Speiseeis, genau. Deshalb heißt es ja *Eisladen*", erklärte der Verkäufer stolz.

Gilbert dachte nach. „Aber wie bekommt Ihr das Eis gekühlt, hier in der Stadt?"

Der Mann rieb sich am Hinterkopf. „Ja, das ist noch eines der kleinen strategischen Probleme, die ich lösen muss. Samandra Erhardt sagte, sie könne an einer Lösung für mich arbeiten. Bis es ihr gelingt, verkaufe ich Milchplörre mit Geschmack." Er rührte in einem Bottich mit dickflüssiger, pinker Milch (und einigen undefinierbaren Stückchen) herum.

„Aber Eisladen klang irgendwie besser. Findet Ihr nicht auch?"

„Irgendwie schon. Ich wünsche dann noch viel Erfolg mit der ... Geschäftsidee." Gilbert erklomm die Treppe zurück auf die Galerie hinauf.

„Danke. Die Idee wird zünden wie ein Buschfeuer, glaubt mir! – Sicher, dass Ihr nicht doch noch etwas trinken wollt?"

Gilbert wiegelte entschlossen ab, als er sah, dass sich aus dem Wassereimer neben dem Verkäufer irgendetwas seinen Weg hinauszubahnen versuchte, und verließ den Laden.

Nachdem er probiert hatte, sich auf der Straße durchzufragen, und ob einiger verwirrender Zufälle letztlich bei einem rüstigen Greis daheim in seinem Altherrensitz mit weiteren Freiwilligen als Umzugshelfer Wolpertinger von den Wänden entfernte und in Kisten verfrachtete, erfuhr er von einem Lehrling, der sich für solche Aufträge dem Zubrot halber verdingte, dass es einen sehr alten Autor geben solle, welcher in einem massiven Haus von Stein lebe, nicht unweit des Flusses, welcher durch Großostberg fließt. Irgendetwas kam Gilbert daran bekannt vor und so musste er sich als Packbursche abmelden, was ihn um die Hälfte des vereinbarten Lohnes brachte. Was tat er nicht alles, um endlich seine treuen Gefährten wieder um sich zu vereinen?

Tatsächlich kam ihm das Gebäude überraschend bekannt vor. Fast so, als hätte er dort schon einmal nach einer Heilmethode gegen Vampirismus gesucht. Die schwere Eingangstür war diesmal nicht verschlossen und so trat er hindurch und fand sich im Foyer wieder, durch dessen Fenster die Nachmittagssonne hereinglitt.

„Nein, nein, nein!" Aus der Ferne kam jemand, die Worte laut vor sich hertragend, auf ihn zugestapft. „Keine weiteren Lieferungen! Keine Zeitungsabonnements. Wir haben nichts best– Ah, du bist es nur." Es war Sam, die ihn – noch etwas abgehetzt – ansah. „Hast es in den paar Tagen ja weit gebracht. Bis zum Hofnarr."

„Schwester! Endlich sehe ich dich wieder!" Er fiel der perplexen Wissenschaftlerin um den Hals, worauf diese regungslos entgegnete:

„Immer noch kein Freund von körperlicher Nähe, also könntest du …"

Gilbert ließ von ihr ab und sprach weiter: „Mit dem Hofnarren fehlst du weit! Das hier ist ein wohl adliges Gewand. Ich wurde von Menschenhändlern entführt und musste von Südmeseta bis hierher zurücklaufen. Per Kutsche."

„Klingt nach einem kleinen Abenteuer", murmelte die Wissenschaftlerin und strich sich über die Arme, als wollte sie die Berührung abschütteln. „Komm erst mal mit nach hinten."

Sie ging voran, gefolgt von dem euphorischen Gilbert. „Wo ist Antikus Rheinbergen?", wollte er von seiner Schwester wissen.

„Der alte Rheinthaler ist ausgezogen. Hat was von Pasteten und neuer Inspiration für ein Buch geredet und mir das Haus hier überlassen. Keine Ahnung, was mit dem Alten los ist, aber da waren so verstörende Stofftiere in dem einen Zimmer. Ich hab den ganzen Plunder verbrennen lassen."

Sie waren an der Tür zur Bibliothek angelangt, auf die in großen, weißen Lettern KEIN GEHEIMES LABOR! gepinselt war. Als Sam diese aufstieß, konnte Gilbert seinen Augen nicht trauen – was er aufgrund gewisser Dinge, von denen andere ihm felsenfest versichert hatten, sie seien garantiert nicht wirklich da, für gewöhnlich eh nie tat: Einige Regalreihen waren an die Seiten geschoben und in der Mitte hatte die Wissenschaftlerin ein Sammelsurium gigantischer Apparaturen aufgebaut, mit Kolben, Kanülen und Schläuchen, die sich über mehrere Tische wanden.

„Hab das alte Labor aufgegeben. Der neue Besitzer hat uns mit ein paar Jungs beim Umzug unter die Arme gegriffen." Sie schritten tiefer hinein in die weitläufigen Räumlichkeiten. „Warst du bei ihm? Falls ja, hoffe ich, du hast nichts von dieser bakterienverseuchten Milch gekostet. Wird ein totaler Reinfall, das Geschäft."

Allein der faszinierende Anblick der vielen, bunten Aufbauten wäre ein Grund für Herzsprünge gewesen, doch dann erblickte Gilbert sie: An einem der Tische hing Mara, in diverse Aufzeichnungen vertieft, die Beine ausgestreckt auf dem kleinen Fass ruhend.

„Mara, endlich!" Er eilte sogleich auf sie zu. Würde sie sich schon nach ihm verzehrt haben? Würde ihr Band durch seine Abstinenz wohl sogar noch stärker schwelen? Nein, *schwelen* war der falsche Begriff. *Halten* vielleicht? Was tut ein Band? Und hätte er Blumen mitbringen sollen?

„Warst ganz schön lange fort", knurrte die Elfe, ohne aufzublicken, und blätterte weiter die Papiere durch. Bestimmt war sie etwas schüchtern, nach der langen Zeit, und wusste nicht richtig, wie sie auf ihn zugehen sollte. Frauen konnten mit Veränderungen ja seit jeher nicht gut umgehen und Elfenfrauen schienen keine Ausnahme zu sein.

Seine Schwester nahm ihn zur Seite und murmelte ihm zu: „Hör mal: Marietta ist noch immer nicht sonderlich gut auf dich zu sprechen."

„Immer noch nicht? Aber ich dachte, das mit dem Vampir …"

„Nein, darum geht's nicht. Sie dachte, du wärst einfach ohne sie weiter." Sie deutete mit dem Kopf in Maras Richtung. „Sprich mit ihr. Erklär ihr alles, so wie du es mir erklären wolltest, wozu ich allerdings keinen Nerv hatte."

„Ich verstehe." Gilbert zögerte kurz. „Auch das mit der Schwalbenbande?"

Samandra sah ihn mit einem großen Funken Skepsis an.

„Mit der … was?“

„Was tratscht ihr da so Geheimes?!“, tönte es von der Elfe, die nun den Kopf erhoben hatte und die beiden mit ihren – in Gilberts Augen – niedlichen Zornesfalten über der Nase erwartungsvoll ansah.

Die Erfinderin seufzte. „Erzähl ihr vielleicht doch am besten nur das Notwendigste. – Aber sprich mit ihr! Manche Menschen sind echt … grah.“ Sie entfernte sich ein Stück von den beiden und murmelte noch: „… und das sage ich als Misanthrop.“

Die Elfe hatte gar kein Recht, erbost zu sein. Schließlich war er entführt worden und nun nach etlichen Eskapaden wieder hier, um mit ihr die Welt zu retten. Trotzdem musste er auf sie zugehen, um ihr stures Ego zu umschmeicheln. Gilbert lehnte sich an den Schreibtisch, an dem Mara mit verstimmter Miene saß, und tippte neben ihrem Arm darauf herum. „Tja, blöd gelaufen mit dem ganzen Vampirkram, den vielen Toten und so, aber jetzt bin ich ja wieder da.“

„Ach halt doch den Rand!“, murrte sie und warf noch ein „Idiot“ nach.

Sam zog Gilbert an der Schulter zu sich. „Na, das lief doch schon mal viel schlechter, als ich es mir vorgestellt hatte.“

„Was soll ich denn jetzt tun? … Ich könnte sie mit Essen locken“, schlug Gilbert vor.

„Ich kann euch hören“, kam es von der Elfe.

„Schwierig.“ Die Wissenschaftlerin säuberte ihre Brille. „Sie isst seit Tagen nicht viel.“

„Dann muss es schlecht um sie stehen! Ich muss sie nur ein wenig aufheitern!“ Entschlossen stapfte er wieder hinüber zu dem Tisch. „Mara, ich weiß jetzt, wo wir einen Drachen für unsere Prophezeiung finden können.“

„Und das geht mich was an?“ Sie schob ihren Zettelhaufen hin und her, runzelte die Stirn und rümpfte erbost ihre große Nase. Dann murmelte sie: „Haust einfach ab, ohne ein Wort …“

Gilbert wollte nach ihrer Hand greifen, doch die Reflexe der Elfe waren gut, und so landete ihre Hand stattdessen in seinem Gesicht. Sie musste während seiner Abwesenheit geübt haben und er würde bald eine neue Zahnkrone benötigen.

„Das versuche ich dir ja gerade begreiflich zu machen: Ich wurde entführt! Da waren Menschenhändler, gefangene Kinder, Südmeseta, die Schwalbenbande!"

Sam schüttelte den Kopf und murmelte: „Er hat mit der Schwalbenbande angefangen …"

„*Schwalbenbande?* Was soll das sein? Soll ich auf so einen Unsinn hereinfallen?" Eingeschnappt lehnte sich die Elfe auf ihrem Stuhl zurück und verschränkte die Arme.

Natürlich sollte sie. Warum denn auch nicht? War er doch äußerst vertrauenserweckend, besonders in seiner neuen Kleidung.

Sam intervenierte sogleich: „Schau ihn dir doch mal an. Dieser Hohlkopf hat nach eurer Mission Stunden von meinem alten Labor bis hierhin und wieder zurück gebraucht und sich dabei zig mal verlaufen!"

„He, das sollte doch unter uns bleiben", zischte Gilbert. Er machte gerade wirklich gar nichts richtig. Wie Leute, die denken, die Stöcke nur dabeizuhaben und ein wenig damit beim Spazierengehen vor sich herzuhampeln, sei schon Nordic Walking.

„Ist es da nicht realistisch", fuhr seine Schwester fort, „dass so jemand sich auch vom nächsten Dahergelaufenen entführen lässt, vermutlich noch mit so etwas wie *Auf ein Wort!* und dann einen Fisch übergezogen bekommt?" Sie gluckste. „Der Klassiker."

Gilbert sah sich in einer unangenehmen und ungerechtfertigten Rechtfertigungshaltung und wandte sich ordentlich an Mara: „Es ist wahr, so glaube mir doch! Habe ich dich jemals enttäuscht?"

„Das ein oder andere Mal, schon." Sie sah ihn eindringlich an, dann an ihm hinab. „Musstest du das anziehen, um für die Menschenhändler zu tanzen?"

Gilbert zupfte entrüstet an seinen Kleidern herum. „Das sind exquisite Stoffe für edelmännische Anlässe."

„Sieht albern aus. Passt zu einem Deppen wie dir", entgegnete die Elfe. Dann seufzte sie und verdrehte die Augen, den Stuhl nach hinten gekippt. „Ist ja schon gut, ich glaube dir."

„*Hussa!*", entfuhr es Gilbert.

„Ich meine: Sprechende Bäume, Vampire … Bei deiner Tollpatschigkeit muss man wohl einfach damit rechnen, dass du dich von irgendwelchen zahnlosen Bauern fangen lässt, sobald niemand aufpasst."

„Sie hatte Zähne", entgegnete Gilbert. „Wenn auch nicht mehr viele."

Mara wähnte sich noch skeptisch, war jedoch gedanklich schon zu eingespannt von einer anderen Sache, um einen Streit mit dem Abklatsch eines Abenteurers in alberner Strumpfhose zu führen, und so entgegnete sie: „Du warst ja offenbar clever genug, dich selbst zu befreien. Und die Kinder mit Sicherheit auch."

„Eh … natürlich, die Kinder. Richtig. Alle wieder bei ihren Eltern, ganz sicher. Hehe." Keiner schien Verdacht zu schöpfen, und so wechselte er lieber schnell das Thema: „Wo du gerade die Vampire erwähntest …"

Mara musste erneut seufzen. „Ich weiß, dass es nicht deine Schuld war. – Jedenfalls nicht allein. Trotzdem ist die Situation ätzend: Sam war sich nicht ganz sicher, aber meinte, die Nebenwirkungen könnten permanent sein."

„*Nebenwirkungen?* Das mit deinen angeblich spitzeren Ohren?" Gilbert besah Mara neugierig von allen Seiten.

„Sie *sind* spitzer! Ich weiß ja wohl am besten, wie meine Ohren sind."

Sam stellte sich neben die beiden. „Wir konnten nach einigen Untersuchungen auch feststellen, dass bei starkem Sonnenlicht ihre Nase leicht anfängt zu kribbeln. Es kann auch sein, dass die Symptome noch schlimmer werden."

Mara stand auf und schlug die Hände so fest auf den Tisch, dass die Zettel durch die Gegend flogen. „Das ist aber erst einmal nicht so wichtig. Das hier …" Sie drückte den Finger auf die vielen Schreiben. „… ist viel akuter."

„Was ist es?", wollte Gilbert wissen, und hob ein Blatt Papier auf. „Hast du begonnen, Prosa zu schreiben?"

„Idiot!" Sie riss ihm den Zettel aus der Hand. „Während du auf großer Wanderschaft warst –"

„In einem Käfig", merkte Gilbert an.

„Jaja. Jedenfalls habe ich währenddessen Nachforschungen angestellt."

Gilbert blickte fragend zu seiner Schwester, die begonnen hatte, Flüssigkeiten aus Reagenzgläsern ineinanderzuschütten, dann wieder zu Mara. „Nachforschungen? Worüber?"

Mara nahm sich das Fass, platzierte es vor Gilbert auf dem Boden, ließ sich auf dem Tisch nieder und stellte ihre Füße darauf. „Pass auf: Hast du von den Morden gehört? Vielen Adligen und Fürsten wird seit kurzem nach dem Leben getrachtet."

„Ja, das hörte ich bereits und auch in Aurelia sprach man darüber."

„Aurelia?" Die Elfe blickte ihn fragend an.

„Nicht so wichtig."

„Ich habe jedenfalls ein bisschen was in Erfahrung bringen können."

„Und dafür mit dem ein oder anderen Mann schlafen müssen?", grinste Gilbert.

„Ich bin noch nicht wieder zu derartigen Späßen aufgelegt, also musst du dich auf den kommenden Arschtritt wohl noch etwas gedulden. Und nein, man muss nicht immer alles nur mit

Sex lösen, du Idiot." Sie sah ihn so mürrisch an, dass er vor Unbehagen gar nicht wusste, wohin mit seinen Händen, und sie in den Pluderärmeln verschwinden ließ. Mara fand, dass er aussah wie ein großer, verunglückter Paradiesvogel – nach einem Schlaganfall – und fuhr fort: „Dass es einen Zusammenhang zwischen den Morden gibt, war unschwer zu erkennen, und nach einigen Nachforschungen –"

„Und Nasenbrüchen", warf Sam ein. „Nicht meine präferierte Vorgehensweise, aber … faustdick hinter den Ohren hat es diese zarte Elfe."

Mara wurde lauter: „*Jedenfalls* sollte es uns beunruhigen, dass gezielt Morde auf Politiker verübt wurden, und es könnten noch weitere folgen. Ein Muster hinter dem Vorgehen erkenne ich zwar noch nicht, doch die Sache könnte ganz Grasland ins Chaos stürzen."

„Marietta hat sich ganz schön reingefuchst in die ganze Geschichte", rief Sam ihnen zu, während sie einen Kolben über einer kleinen Flamme zum Glühen brachte.

„Ich wollte zu den Gemächern des Statthalters, um nach Hinweisen zu suchen, oder um mit den Bediensteten zu sprechen. Aber man wollte mich nicht vorlassen, nicht einmal –" Sie stockte. „Da mir dieser Idiot von stellvertretendem Statthalter, Aurus von den schwarzen Meeren, keine Audienz gewähren will, müssen wir einen anderen Weg finden, um an mehr Informationen zu kommen. Und ich habe da auch schon einen Ansatz."

Gilbert gefiel nicht, wie sich das alles entwickelte. Er schob seinen Geleitbrief besonders tief in die Tasche, dass er unschöne Knicke bekam, und entschied sich, den beiden erst einmal nichts weiter von seinem Auftrag in Bezug auf die Angelegenheit zu erzählen. Lieber wäre es ihm sowieso gewesen, wenn sich die Elfe auf das eigentliche Ziel konzentrieren würde und sich nicht in irgendwelchen unwichtigen

Nebenhandlungssträngen verlöre. Und so versuchte er, sie wieder auf den richtigen Weg zu stoßen: „Aber wie willst du denn irgendwelchen ominösen – wer weiß ob gedungenen – Mördern auf die Schliche kommen, während wir nach einem Drachen suchen? Was ist mit der Bestimmung?“

Mara zerrte ihn an den Schultern ein Stück zu sich hin. „Hör zu: Wir müssen der Sache auf den Grund gehen!“

Eine solche Entschlossenheit kannte er von ihr nicht, außer es ging mal wieder um das letzte Butterhörnchen, oder wer als erstes das Bad aufsuchen durfte. Und obwohl es ein sehr ruppiger Griff war, in dem er sich da befand, freute sich Gilbert über die Berührung eines lieben Menschen nach all den Tagen der Fast-Enthaltsamkeit. „Das scheint dich ja echt zu interessieren. Hast du deine Häkelträume schon wieder an den Haken gehängt?“ *Haken* wie in Häkelhaken – eines von Gilberts besonders gewitzten Wortspielen, über welche man selbst nach Tagen noch schmunzeln musste.

„Unsinn.“ Die Elfe ließ von ihm ab, ging ein paar Schritte und biss sich auf die Lippe. „Aber das ist eine echte Gefahr, glaub mir. Und für mich auf der Prioritätenliste gerade eindeutig über irgendwelchen dummen Drachen.“ Sie deutete vor seine Füße. „Da hast du es: Das Fass will auch keinen Drachen töten. Es gibt gerade einfach Wichtigeres als Echsentiere oder Stickkunst.“

Sie sagte das mit Entschlossenheit und Eifer, und doch klang ein wenig Bedauern in ihrer Stimme mit. Er hätte Soziologie studieren sollen, dachte Gilbert bei dieser fachlichen Analyse seinerseits. „Ich weiß ja nicht.“ Skeptisch blickte er sich um. „Sam?“

Die Wissenschaftlerin war auf eine Leiter geklettert und zog in einem halsbrecherischen Manöver einen Kasten mit Ingredienzien aus einem Regal. „Hör auf sie, du Trottel. Irgendwelche Drachen jagen könnt ihr immer.“

Jetzt war ihm auch noch seine eigene Schwester in den Rücken gefallen. Er musste seine Taktik überdenken und an seiner sonst so tadellosen Überzeugungskraft arbeiten. „Kommst du denn auch mit?“, fragte Gilbert.

„Politik, würg. Nicht mein Bereich“, erwiderte Samandra. „Ich kümmere mich lieber um die Wissenschaft, da bin ich zuhaus. Und gerade jetzt, wo ich mein neues Steckenpferd gefunden habe …“

„Die Alchemie?“ Das war es, woran sie gearbeitet hatte mit diesem einen komischen Teil – und dem anderen Teil, welches er sich ausgeborgt hatte, wenn er sich richtig erinnerte. Simple Wissenschaft.

„Ach, das mit der Alchemie war mal ganz interessant. Aber wer will schon endlos Gold?“

Wer wollte nicht endlos Gold? Die Elfe hätte sich gewiss die Kleider vom Leib gerissen für endlos Gold. Gilbert wollte endlos Gold.

Sam gesellte sich wieder zu den beiden. „Ich habe die Maschine verschrottet und mich nach der Vampirismusgeschichte mittlerweile der Biologie zugewandt. Ein bemerkenswertes Feld, wenn du mich fragst!“

Gilbert sah das zwar nicht so, antwortete aus Höflichkeit jedoch mit einem „Fürwahr“.

„Jaja!“, fuhr seine Schwester fort. „Hier meine neueste Theorie: Ich denke, es gibt lauter winzig kleine Pilze, die man mit bloßem Auge nicht sehen kann. Und diese Pilze beeinflussen unser Gehirn und steuern unser Handeln.“ Sie tippte Gilbert mit ihrem Finger gegen die Schläfe, was diesem gar nicht behagte.

„Das klingt nicht sonderlich glaubwürdig.“

„Es wird sich zeigen.“ Sie hielt inne und nahm ihren Finger wieder an sich. „Aber ich unterbrach euch. Sozialkompetenzen und so weiter … ich übe noch.“ Dann wandte sie sich ab und

Mara musste innerlich lachen ob dieser konfusen Frau, die bei längerer Betrachtung doch einiges mit ihrem Bruder gemein hatte.

Gilbert überlegte noch, wie winzig ein Pilz sein müsste, um durch das Ohr in seinen Kopf zu wandern, als die Elfe ihre Ausführungen wieder aufnahm und die für seine Schwester gewiss hilfreich gewesenen Gedankengänge unterbrach:

„Also: Viel weiß ich noch nicht darüber, was genau geschehen ist und warum, aber die neuesten Hinweise führen nach Donnerfeste. Der Sohn des dortigen Königs Sörensborg soll ebenfalls auf mysteriöse Weise umgekommen sein."

Donnerfeste. Das brachte Gilbert auf eine Idee: Da das kleine Inselreich nicht weit von der Morgentau-Insel entfernt lag, könnten sie dem Drachen einen kurzen Besuch abstatten, von dem der alte Kutscher ihm berichtet hatte. Wenn sie erst mal dort waren, würde die Elfe sich auch nicht mehr über den Umweg beschweren, zudem sollte es dort sehr schön sein: Azurblaues Meer, Steinklippen und der klarste Himmel über allen Landen, hatte er gehört. Von seiner Mutter. Die auch noch nie dort gewesen war. Der perfekte Ort, um die Elfe zu besänftigen und einen Drachen zu töten.

„Ich weiß, dass es nach einer dünnen Spur klingt", druckste Mara herum. „Und es ist ein Stück bis dorthin und man sollte nicht seekrank werden, aber …"

„Das mit der Spur und dem seekrank hat mich überzeugt, ich bin dabei", beruhigte Gilbert sie. „Wir benötigen noch ein Schiff für die Überfahrt. Meinst du, die nehmen auch ausländische Währungen?"

Ehe Mara Witze darüber machen konnte, dass er ja sein Plustergewand an bedürftige Wanderzirkusse vermieten könne, beugte sich Samandra hinter einem Regal hervor und rief ihnen zu: „Da hinten im Schrank hab ich noch ein paar Barren Gold. Nehmt euch einfach raus, was ihr braucht."

Tadelnd blickte zu Gilbert hinüber, der sofort losspurtete und die Türen aufriss, und fügte an Mara gerichtet hinzu: „Ich vertraue dir, dass ihr nichts Dummes damit anstellt."

„Dann wäre das ja geklärt!" Gilbert bediente sich reichlich an dem Vorrat, sodass seine Tasche sich nun ebenso gut für den Gewichtsport geeignet hätte, während die perplexe Elfe ihm dabei zusah. (Geld war ihr lieb, doch wäre dies ein Wettlauf gewesen, dann hätte der glücklich strahlende Idiot eindeutig gewonnen.) Dieser rückte seine Kleider zurecht und blickte zu Mara hinüber: „Du bleibst am besten erst einmal hier und kümmerst dich um Dinge, die du gut kannst, wie schlafen oder essen, und ich organisiere uns ein Schiff!"

Verdutzt blickte Mara ihm hinterher, als er an ihr vorbei zur Tür fegte. Das alles war so schnell vonstattengegangen, dass sie gar keine Zeit gehabt hatte, sich über Gilbert auszulassen. „Eh … warte Mal! Mach bloß keinen Mist, denn danach sieht es wieder einmal aus!"

Gilbert drehte sich zu ihr um und sprach: „Keine Sorge! Morgen früh können wir in See stechen!"

Dann verließ er das neu gegründete Labor. Er hatte noch keinen Plan, aber massenhaft Gold und eine hervorragende Garderobe, also würde sich schon etwas ergeben. Und so begab er sich zu der nächstgelegenen Kneipe – auf der Suche nach einer Mannschaft. Und nach einem Schiff.

Die Mannschaft

— Kapitel 17 —

Die Sonne ging schon langsam unter und so hatte man in der gut besuchten Spelunke, welche laut dem Schild Zum bezechten Brechkübel hieß, überall Kerzen entzündet, die das Etablissement in ein gemütliches Licht tauchten. Ein bisschen zu hell für Gilberts Geschmack, da die Kerzen nicht nur auf den Tischen, sondern auch an herumstehenden Fässern, an Deckenleuchtern, auf Geländern und Bedienungen erschienen, wie eine Schar Glühwürmchen in den Abendstunden. In einem Sumpf. In welchem es nach zu lang getragener Unterwäsche und Rasierwasser roch.

Die Ausleuchtung war dennoch von Nöten, war der Brechkübel doch sehr verwinkelt und voll mit Sitznischen für ungestörte Gespräche über zwielichtige Geschäfte und krumme Dinger sowie zur Stärkung versäumter Vater-Sohn-Beziehungen.

Im Grunde war sie wie alle anderen Hafenkneipen, die Gilbert auf seiner Reise bisher gesehen hatte. Darin tummelten sich viele seltsame Gestalten, wie ein verwirrter, bärtiger Mann mit Kopftuch (denn Kopftücher würden garantiert nie aus der Mode kommen!), der sich einen ausgestopften Papagei auf die Schulter genäht hatte und ihn mehr oder weniger erfolgreich mit Brotstangen fütterte, welche zu *Griesbarts glorreichem Grog* gereicht wurden. An einem Tisch saß eine Gruppe von Seeleuten, die noch nicht völlig trunken wirkten und sich das neueste Seemannsgarn erzählten:

„Es war gegen Mitternacht“, begann eine Zwergenfrau aus deren Reihen mit theatralischer Stimme zu erzählen. „Wir waren weit rausgefahren auf das östliche Meer, hatten Biederberg hinter uns gelassen, da sah ich es.“

„Jetzt spann uns nicht auf die Folter, rede weiter!“, drängte einer der anderen.

„Etwas lugte aus dem Wasser, bestimmt über zehn Morfel lang und pechschwarz wie die Nacht.“

„Bestimmt 'ne dunkelhäutige Nixe!“

Die Matrosen begannen zu lachen und sich zuzuprosten.

Erbost schlug die Zwergin auf den Tisch. „Hörst du mir überhaupt zu? Hast du schon mal eine zehn Morfel lange Meerjungfrau gesehen?“

„Vielleicht eine besonders bauchige?“

Wieder lachten alle laut.

„Es könnte sich auch um einen Seekuhsaurus-Rex gehandelt haben“, warf Gilbert ein, der sich neben den Tisch gestellt hatte – an eine Stelle, an der noch nicht so viel Erbrochenes den Boden bedeckte. Der sagenumwobene Seekuhsaurus-Rex, so hatte er es aus Geschichten in seiner Kindheit gehört, sollte sich immer des Nachts und bei schlechtem Wetter den einsamen Schiffen zeigen und die arglose Mannschaft mit Haut und Haar verschlingen, sollte man nicht auf der Hut sein.

„Nah", wiegelte die Zwergin ab. „So was gibt es gar nicht, alles Humbug." Sie kratzte sich am Hals. „Was bist'n du überhaupt für einer? Ganz schön edler Zwirn."

„Ich bin Gilbert. Abenteurer auf einer gefährlichen Mission."

„hrista", stellte sich die Zwergenfrau vor. „Mit kleinem *h*. Aus den steten Landen. War aber schon lange nicht mehr dort."

„Na dann, Hrista."

„hrista."

„hrista. Also kommen wir gleich zur Sache." Gilbert holte einen der Barren aus seiner Hose, der die Beteiligten bis eben noch glauben ließ, er wäre einfach eine leicht zu erregende Frohnatur, und knallte ihn auf den Tisch. „Ich brauche ein Schiff und eine Mannschaft. Sind anheuerungswillige Matrosen anwesend?"

Die Seeleute bekamen große Augen und zogen Gilbert in ihrer geldgetriebenen Freundlichkeit zu sich an den Tisch.

„Wirt! Einen Grog für den Jungen!", rief einer in Richtung des Tresens, an dem ein überarbeiteter Schankwirt entnervt mit unflätigen Gesten Antwort gab. „Trink mit uns, mein Freund! Spielst du Karten?"

„Beizeiten ja", antwortete Gilbert. „Aber gerade kann ich nicht noch eine weitere Elfe gebrauchen. Ich würde lieber gleich zum Geschäftlichen kommen."

„Ah, wartet bestimmt noch wer auf dich daheim, was?", scherzte eine Frau neben ihm und stieß ihm gegen den Arm, was die Mannschaft erneut zu lautem Lachen anhielt.

Gilbert wagte einen neuen Vorstoß: „Also, ich müsste mit meiner Begleiterin zur Morgentau-Insel – am besten schon morgen. Und sollte es zeitlich passen, dann danach noch weiter nach Donnerfeste. Aber das ist mehr optional."

hrista kratzte sich am Bart. „Hm, ich denke, Ersteres ließe sich einrichten. Donnerfeste hingegen wird schwierig: Jorn und Björn haben sozusagen Hausverbot auf Lebenszeit. Haben möglicherweise die Schafe von ein paar Hirten unsachgemäß angefasst."

Zwei zerlumpte Gestalten mit gelben Zähnen und fettigem Haar, das zwischen ihnen zusammengewachsen zu sein schien, lächelten Gilbert zu.

„Ach, dann ist es nicht so wichtig. Hauptsache wir kommen zu der Insel", antwortete dieser.

„Gut", sprach hrista. „Da müsstest du nur noch einmal mit dem Käpt'n sprechen."

Gilbert sah sich um. „Und wo ist euer Kapitän?"

„Gleich hier!", ertönte es lallend unter dem Tisch.

Er beugte sich hinunter zu einem Mann mit knallroter Knollnase, stattlichem Backenbart und Hosenträgern – und sonst nichts weiter –, der, eine Buddel in den Händen haltend, in seinen eigenen Exkrementen lag.

„Käpt'n Archibald Endres, zu Diensten! Hab alles mit angehört. Legt noch 'nen Barren für ein paar Fässer Grog drauf und es is' genehmigt!" Nach diesen Sätzen nahm er einen kräftigen Schluck aus der Flasche, die – wie Gilbert jetzt lesen konnte – mit Brennspiritus betitelt war und sackte erneut zusammen.

„Sodann", sprach Gilbert und richtete sich wieder auf. „Einen Barren gibt es jetzt, den anderen bei der Ankunft auf der Insel." Er stand auf, zögerte kurz und sagte dann: „Meine Begleitung, eine Elfenfrau ... Erzählt ihr bitte nichts von unserem Ziel."

„Ah, eine Überraschung für das turtelnde Paar!", schallte es von einem der Matrosen.

„Ja", lachte Gilbert. „So in etwa ... Also, wir sehen uns in den frühen Morgenstunden oben am Hafen. – Und danke noch, dass ihr nicht versucht habt, mich direkt abzustechen und einfach das Gold an euch zu nehmen."

Die Seeleute sahen sich an. „Oh, das haben wir. Fron hier hat dir einen Dolch genau zwischen die Rippen getrieben, als du dich setztest."

Gilbert bemerkte das Messer, das seitlich in ihm steckte und sein Wams ruiniert hatte, erst jetzt. Durch das viele Kauern auf der Seite während seiner Gefangenschaft musste er sich die Stelle wohl taubgelegen haben. Er zog die Klinge heraus und besah sein zerstochenes Gekleide. „Na toll. Das könnt ihr mir aber ersetzen."

„Wieso?", fragte einer der Seeleute. „Du bist doch offenbar reich."

„Stimmt, auch wieder wahr", entgegnete Gilbert und gab der Frau ihr Messer zurück. „Also bis morgen früh dann!"

Gerade wollte er die schäbige Hafenkneipe verlassen, da fiel sein Blick auf einen Burschen, der einsam über einen Apfelsaft gestützt in einer der Sitznischen weilte. Gilbert kannte den jungen Mann und setzte sich gegenüber von ihm an den kleinen Tisch, der viel zu dicht an die Bank geschoben war, dass fette Leute keine Chance gehabt hätten, daran Platz zu nehmen, es sei denn, sie hätten den Bauch die ganze Zeit über eingezogen. „Ich kenne dich. Du bist … Herman. Oder Hartman?"

„Thoman", sprach der Junge abgekämpft, blickte nach oben und brach in Erstaunen aus: „Herr Gilbert! Ihr seid es. Was tut Ihr hier?"

„Ich heure eine Mannschaft an, für eine Reise zur Morgentau-Insel, einen Drachen zu töten!"

„Morgentau?!" Der Jüngling sah Gilbert mit angstverzerrtem Gesicht an und sprach panisch: „Tut das nicht! Lasst ab von diesem furchtbaren Plane!"

Gilbert nahm einen Schluck von dem Apfelsaft vor Thoman, stellte ihn dann jedoch wieder zurück, war ihm der Urinanteil doch zu hoch. „Wieso das? Wo sind eigentlich deine Kameraden?"

Thoman sackte seufzend über seinen Armen zusammen. „Die Schwalbenbande … ist nicht mehr. Wir wurden zerrieben. Kämpften, aber die Bestie …

Erst verschlang sie unseren geliebten Anführer, dann zerspie sie die restlichen meiner treuen Gefährten. Tot. – So viel Tod und Elend. Ich konnte mich noch eben so retten, feige und ohne Ehr'." Er begann zu schluchzen.

Gilbert rang nach den passenden Worten und sprach: „Du musst immer das Positive in allem sehen. Deine Geschichte zum Beispiel bedeutet, dass ich tatsächlich einen echten Drachen dort finden kann, und das nicht nur ein Märchen war!"

„Natürlich ist der echt!" Der Bursche begann noch kläglicher Rotz und Wasser zu heulen. „Hat Felix Pesolt den Kopf abgebissen, samt Kinnbart. Oh, dieser majestätische Kinnbart ...!"

„Na, dann hast du doch bestimmt Lust, es dem Drachen noch einmal so richtig heimzuzahlen. Du könntest Knappe sein, mein Schwert halten." Er dachte nach. „Oder dein Eigenes und es mir für den Kampf leihen. Meines ist mir abhandengekommen und damals wolltet ihr mir ja keines der euren geben."

Das verheulte Gesicht erhoben, schüttelte der Bursche den Kopf. „Nie und nimmer gehe ich dorthin zurück!" Er kramte sein Schwert unter der Bank hervor und warf es auf den Tisch. „Da, nehmt. Ich habe keine Verwendung mehr dafür. Auf mich wartet nur noch der Tod – und dieser appetitliche Apfelsaft hier."

„Schade, wenn Leute sich nicht ihrer Verantwortung stellen wollen." Gilbert stand auf und griff nach dem Schwert. „Aber danke dafür. Man sieht sich." Dann verließ er die Spelunke.

Es war eine laue Abendnacht und so schlenderte er zufrieden, das hübsche Schwert des Jünglings schwingend, und darin sein Spiegelbild betrachtend, durch die Straßen der Stadt. Dachte an das, was er schon erlebt hatte und an das baldige Ende seiner Reise. Bald würde ihn nicht mehr jeder nur als den Sohn seines Vaters kennen, sondern als den Drachentöter, der den Leuten wieder Sicherheit brachte.

Vor dem neuen Labor hockte zu seiner Überraschung Mara auf dem kleinen Fass und sah ihn schon aus der Ferne: „Diesmal hast du dich also nicht wieder entführen lassen?“ Sie lächelte schnippisch.

„Ich habe uns ein Schiff organisiert. Morgen früh müssen wir zu den Anlegern.“

„Was man mit viel Geld nicht alles anstellen kann, was?“ Sie deutete ihm an, sich neben sie an die Steinwand auf den Boden zu hocken.

Gilbert mühte sich hinab, wobei einige Nähte an seiner feinen Gewandung platzten und weitere Risse in ebendieser verursachten. „Was machst du hier draußen?“

Die Elfe blickte nach oben. „Sehe mir den Himmel und die Sterne an. Nachts ist es momentan etwas angenehmer. Nicht so hell.“ Sie kicherte.

„Was ist so witzig?“

Mara klopfte auf das Fass. „Es meint auch, du siehst aus wie ein Tölpel in den Klamotten.“

„Jetzt mal ernsthaft.“ Gilbert legte den Kopf an das Fass, wurde jedoch von der Elfe unsanft auf den Boden befördert.

„He, keine Vorwände, meinem Hintern zu nahe zu kommen!“

„Nein, wirklich“, sprach Gilbert und näherte sich erneut dem Fass. „Das sind doch nur ein paar beschlagene Bretter. Kannst du da echt was hören?“

Mara seufzte leicht. „Du wohl immer noch nicht. Als du fort warst, da hat es uns in einigen Entscheidungen beigestanden und lag meist richtig.“

Gilbert klopfte gegen die Seite und horchte. Stille. – Ob wohl etwas darin war? Ein kleiner Gnom oder ein paar Feen? Dann ließ er sich wieder auf den Boden nieder und sah ebenfalls empor zu den Sternen. „Sobald wir auf See sind, haben wir genug Zeit. Dann kann ich dir all das, was mir geschehen ist in den letzten Tagen, bis ins Detail erzählen.“

„Ich werde dich wohl eh nicht davon abhalten können", entgegnete Mara und schwieg.

„Weißt du", sprach sie nach einer Weile. „Es ist … also, dass du mitkommst und mir helfen willst … Ich … wie soll ich das sagen?" Sie schluckte. „Danke dafür."

„Eh, natürlich", stammelte Gilbert. „Auf mich kann man sich verlassen." Das Vampirgift musste das Gehirn der Elfe stark angegriffen haben. Anders konnte er sich die Worte aus ihrem Munde nicht erklären. Hoffentlich, so dachte er bei sich, würde sich das mit der Zeit wieder geben. Er wollte ungern die Begleiterin wechseln. „Wo ist eigentlich dieser Ork hin?"

Mara lachte leise in sich hinein. „Brida hatte versucht, bei der Gilde eine Entschädigung herauszuschlagen und muss nun für eine Anhörung nach Krest. Hat ihr gar nicht gefallen."

„Stimmt, Brida hieß sie", murmelte Gilbert.

„Hast du das etwa so schnell wieder vergessen?" Sie lachte diesmal hörbar, dass sich ein Herr in seiner Wohnung auf der gegenüberliegenden Straßenseite schon anschickte, die Stadtwache ob der nächtlichen Ruhestörung zu informieren. Gutgelaunt ergänzte die Elfe: „Du bist ein echter Idiot, weißt du das?"

Sie saßen noch eine Weile so da und genossen die Stille. Dann gingen sie hinein und legten sich – zu Gilberts Enttäuschung in getrennten Zimmern – schlafen, denn der Morgen konnte gar nicht schnell genug kommen.

Die Überfahrt

— Kapitel 18 —

Aufstehen, Schlafmütze!"

Gilbert war in Maras Zimmer gestürmt, um sie zu wecken, was die halbnackte und nur noch zu einem Drittel in ihrem Bette liegende Elfe mit einem gezielten Hockerwurf nach seiner Nase erwiderte.

Zwanzig Minuten und etliche Entschuldigungen, Zankereien, Rücknahmen von Entschuldigungen, versehentliche Ins-Bad-Platzer und Backpfeifen später saßen sie zu dritt an einem dekorativ angerichteten Frühstückstisch in einer Küche im Erdgeschoss des neuen Labors. Sam war nach diesen gewiss versehentlichen Annäherungsversuchen durch ihren Bruder noch sichtlich aufgekratzt, dass selbst die ganzen Dinge, welche er fürs Frühstück organisiert hatte, sie nicht auf andere Gedanken bringen mochten. Dabei war er extra losgezogen, hatte mit etwas von ihrem Gold unter anderem Trüffel und kleine, dunkelbraune Glibberkugeln gekauft, von denen der Verkäufer geschwärmt hatte, sie seien *ganz besonders exquisit.* Mara stocherte derweil lustlos mit ihrem Besteck in dem Essen auf ihrem Teller herum.

„Du hast ja dein Frühstück bisher kaum angerührt", bemerkte Gilbert mit vollem Munde.

„Ich habe keinen sonderlich großen Hunger", entgegnete die Elfe missmutig.

„Dann stört es dich gewiss nicht …?" Er hatte sich ihren Teller bereits gegriffen und hielt erwartungsvoll seinen Löffel darüber.

Mara seufzte genervt und schob ihm ihr Besteck gleich hinterher: „Nein, es ist dein."

Nachdem sie alle aufgegessen hatten und Gilbert seiner Schwester noch einmal beteuerte, dass es unbeabsichtigt gewesen war und er auch garantiert nichts gesehen hatte, ganz besonders nicht ihr faszinierendes Muttermal, packten sie ihre Reiseausrüstung zusammen – samt Verpflegung und Fass –, und Gilbert zog sich an. Winfried hatte ihnen freundlicher-, wenn auch unfreiwilligerweise einige Kleidungsstücke zurückgelassen und neben einem Paar neuer Stiefel (kurios, dass die Schuhgröße immer genau die richtige zu sein scheint) legte Gilbert auch dessen gesteppte Weste an. In der Hoffnung, Samandra würde bei ihrer Rückkehr noch etwas von dem Gold übrig haben, um eine Wasserrutsche an das Gemäuer anzubauen, und in der Zwischenzeit keine Massenvernichtungswaffen entwickeln, verabschiedeten sie sich von ihr und traten auf die Straße, dem Weg aus der Stadt hinaus und zu den Anlegern des Hafens folgend.

Gilbert hatte es vermisst, mit seiner Gefährtin durch die Lande zu ziehen, immer neuen Abenteuern nach und immer mit interessantem Gesprächsstoff sich die Zeit vertreibend. Und davon hatte er viel: „Ich habe nachgedacht."

„Das ist schon kein guter Anfang", stöhnte die Elfe.

„Warum hast du dir eigentlich keine reichen Fürsten gesucht, die dich bezahlen?"

„Was? Wie … du Arsch!" Sie schlug ihm mit der Faust gegen die Seite. Nun spürte er dort doch wieder etwas. Ganz in der Nähe der Stichwunde vom Vorabend. „Weißt du eigentlich, wie schwer es überhaupt ist, an solche Leute heranzukommen? Und dann des Nachts am Hofe vor der Gemahlin vom Balkon zu fliehen? Pft. Nein, danke."

Jetzt, da sie es erwähnte, bestätigte sie seine Annahme: „Du hast dich vermutlich einfach nicht genug angestrengt. Man könnte meinen, du nimmst die ganze Sache mit der Prostitution gar nicht richtig ernst. Fast so, als würde es dir keine wirkliche Freude bereiten."

„Ich weiß nicht, ob ich dich noch einmal schlagen oder heulen soll." (Sie wusste es wirklich nicht, da sich an Gilberts Rippen ein roter Fleck abzuzeichnen begann.) „Geld ist doch nicht alles."

Verwirrt antwortete dieser: „Aber du magst doch Geld."

„Aber doch nur, um meine Miete zu bezahlen!"

„Und *das* soll ich dir glauben?" Gilbert blickte sie skeptisch an. „Hättest du jetzt auf einmal Unmengen an Geld – sagen wir mal einen Drachenschatz."

„Bei Samandra haben wir Unmengen an Geld", unterbrach ihn die Elfe.

„Ja, aber wenn es dein eigenes Geld wäre. Was würdest du damit tun?"

Mara neigte nachdenklich den Kopf zur Seite. „Ich würde ein Mittel gegen diese blöden Nebenwirkungen suchen. Meine Nase juckt schon wieder." Sie rubbelte sich kräftig über die Nasenspitze. „Tja, und dann … Ich würde versuchen, mir einen

Namen mit der Wappengestaltung zu machen. Aber das weißt du ja." Nach einer kurzen Pause schob sie hinterher: „Und du? Weiber und Wein?"

Trotz ihrer Offensichtlichkeit war Gilbert unzureichend auf die Frage vorbereitet und überlegte kurz: „Ein neues, noch imposanteres Schwert als das letzte. Und einen teuren Umhang. Rot soll er sein. Aber im Grunde würde es mir schon reichen, das Geld einfach zu besitzen. Alles Weitere fliegt einem dann doch eh zu, oder?"

Mara musste lachen. „Du stellst dir das zu einfach vor, glaube ich." Sie dachte nach, dann trübte sich ihre Stimmung. „Weißt du, ich würde mir diese Träume wirklich gern erfüllen. Irgendwann. Doch jetzt gerade gibt es einfach wichtigere Dinge."

„Gänse!"

„Was? Wieso Gänse? Ich rede von den Mor–" Mara wurde von Gilbert festgehalten, wäre sie doch beinahe in eine Schar Zwerggänse, welche die Straße kreuzte, hineingelaufen. Sie waren über das Gespräch hinweg schon aus der Stadt hinausgeschritten und nunmehr unweit des Wassers.

Der Hafen war groß und es gab viele Anleger dort. Gilbert und Mara gingen den Steg entlang, vorbei an drei Wachen, die vergeblich versuchten, eine Wasserleiche mit einem Kescher zu bergen, während sie von Möwen attackiert wurden. Dann entlang einiger beeindruckender Frachtschiffe mit bedeutungsschwangeren Namen wie SCHWARZE KATZE, *Kefreum* und *Garnichtgut.*

Da standen auch schon hrista und der Kapitän vor einem durch Bestechung wohl gerade noch von der Werft abgenommenen, aber dafür recht großen Schiff mit krummem Mast und mittels gestreifter Unterhosen geflickten Segeln. Die beiden waren in ein Gespräch vertieft und bemerkten Gilbert und Mara erst, als sie sich dem Anleger näherten.

„Ist das der stinkreiche Trottel von gestern Abend?“, knurrte der backenbärtige Mann der Zwergin zu, während er schon verkrampft in Gilberts Richtung zu lächeln begann.

„Das ist er, mein Käpten“, antwortete diese. „Mit Begleiterin, wie angekündigt.“

Der Kapitän nickte und schritt mit offenen Armen und einem breiten Grinsen auf die Abenteurer zu. „Mein werter Herr! Die holde Elfe!“ Er nahm Maras Hand zum Kusse, doch diese konnte sich mit Gewalt und unter Einsatz ihres Stiefels erwehren. „Archibald Endres, Euer Kapitän auf dieser spaßigen Reise.“

„Gilbert, Abenteurer.“

„Marietta von Ambas.“

„Ja, ja …“ Endres musterte sie und sprach dann: „Ihr kommt von weiter her, so wie Ihr klingt, Fräulein Elfe.“

Er hatte Recht. Es war Gilbert bisher gar nicht großartig aufgefallen, doch Mara sprach keinen erkennbaren Dialekt – was in Grasland sehr ungewöhnlich war.

„Und wenn schon“, zischte die Elfe. „Das geht Euch nichts an. Sorgt lieber dafür, dass dieses Schiff bald ablegen kann.“

„Schon gut. Braucht nicht grantig zu werden. Ich wollte zur Begrüßung nur die Stimmung etwas lockern. Das hier …“ Er sah sich mehrmals um, dann zu seiner Rechten nach unten, wo die Zwergenfrau stand: „Das ist hrista. Sie wird Euch alles Weitere zeigen: Wo Ihr essen könnt, wo Ihr schlaft und … na Ihr wisst schon was. Ich brauche jetzt erst mal eine kleine Magenspülung auf den Durst.“ Endres trat die Planke hinauf auf das Schiff und verschwand dort unter Deck.

Der Kapitän wirkte in der Tat noch sehr nüchtern, verglichen mit seinem Zustand vom Vortage. Auch das war Gilbert bis eben nicht aufgefallen. Er sollte mehr auf die Dinge um sich herum Acht geben.

hrista nahm sie mit an Bord, wo mehrere Seeleute schon eifrig Tauwerk durch die Gegend schafften und Kisten mit der

Aufschrift KEINE HEHLERWARE umherhievten. Die Dielenbretter an Deck machten keinen sonderlich vertrauenserweckenden Eindruck und auch das Loch in der Schiffsseite, welches zwei Matrosen mit toten Albatrossen zu kitten begonnen hatten, sorgte nicht für Besserung. Aber das war egal. Sie würden mit dem Schiff problemlos bis zur Morgentau-Insel und zurück gelangen, war der Weg immerhin nicht sehr weit. Und hatten sie, wie hrista ihnen gerade zeigte, doch haufenweise eingelegte Heringe – sortiert von *Wohlmundend* über *Na ja* bis *Notration* – und Grog in rauen Mengen für die Reise an Bord.

Als die Zwergenfrau ihnen gerade die Schlafkojen präsentierte, welche direkt übereinanderlagen – wobei ganz oben noch eine dritte vorhanden war, mit der Aufschrift *Maat Miffy* – setzte sich das Schiff plötzlich in Bewegung. „Was ist denn da los?", wunderte sich hrista. „Wir wollten doch noch gar nicht …"

Ein Matrose kam auf seinen Holzbeinen die Treppe hinuntergeeilt und berichtete: „hrista. Wir mussten den Anker lichten und Segel setzen. Da waren ein paar seltsam gekleidete Leute in dunklen Roben, die sich nach der Ladung erkundigten. Wahrscheinlich Zollbeamte."

Die Zwergenfrau seufzte. „Na gut, dann werden wir unser Ziel wohl etwas eher erreichen."

Gerade wollte sie sich abwenden, da fiel ihr etwas ein: „Bevor ich es vergesse: Die Truhe da vorne ist tabu." Es war eine verschnörkelte, golden bemalte Holzkiste, die da in der hintersten Ecke stand, mit schwerem Schloss, welches zu öffnen Gilbert gewiss eine Weile gekostet hätte. „Da bewahrt der Käpt'n seinen erbeuteten Kram drin auf. Kelche, Waffen, burleske Miederwaren. – Fragt mich nicht, woher ich das weiß. Jedenfalls würde er euch den Kopf abschlagen, würdet ihr euch dran zu schaffen machen." Die Truhe wäre ihnen gar nicht weiter aufgefallen, hätte die Zwergin sie nicht erwähnt. Sie nickte. „Ansonsten: Willkommen an Bord und macht es euch gemütlich!"

Dann klopfte sie Gilbert auf die Schulter, zwinkerte Mara zu und ließ die beiden allein.

Mara stellte das Fass ab und hing sich in die Koje, während Gilbert noch überlegte, wie die kleingewachsene Zwergin das mit dem Schulterklopfer angestellt hatte.

„Irgendwie habe ich ein komisches Gefühl", murrte die Elfe.

„Was meinst du? Vielleicht bist du seekrank?" Gilbert setzte sich auf die gegenüberliegende Matratze.

„Unsinn. Mein Magen hat bisher noch alles verkraftet."

„Und da war bestimmt schon so einiges drin", scherzte Gilbert, worauf die Elfe auffuhr, ihm gegen den Arm boxte und sich wieder zurücklehnte.

„Kannst du das mit den blöden Sprüchen nicht mal lassen?", knurrte sie ihn an.

„Ich kann nichts dafür", erwiderte Gilbert. „Sie kommen mir just in den Sinn und müssen hinaus in die Welt, da wo sie frei sind …" An ihm war ganz sicher ein großer Poet verloren gegangen, dachte er bei sich. Dann nahm er seinen Anhänger in die Hand, fast, als habe er irgendeine Reaktion erwartet.

„Frei am Arsch. Schaust du jetzt lieber Steine an, als dich weiter mit mir zu unterhalten?", wollte Mara wissen, biss sich jedoch gleich darauf für diese Frage auf die Zunge, hätte sie doch auch einfach die Ruhe ohne weitere, unqualifizierte Äußerungen genießen können.

„Seit dem Kampf mit Sir Truestar leuchtet er nicht mehr rot, ist ganz ergraut."

„Ist schon seltsam." Mara blickte nach oben zum Gebälk und tippelte auf dem Fass neben sich herum. „Das Fass meint, es könne ja nicht immer alles trist bleiben. – Ich hingegen würde sagen; benutz' ihn als Briefbeschwerer."

„Dekorativ ist er ja." Gilbert mochte diesen Anhänger. Und am liebsten mochte er ihn rot. Er sah ihn sich noch eine Weile an, während die Elfe ein Nickerchen hielt.

Es war Nachmittag geworden, sie saßen an Deck und missbrauchten das kleine Fass als Unterlage für eine Partie Karten, während der Kapitän auf einer halb zerbrochenen Drehleier schmissige Seemannslieder zum besten gab, und ein beinloser Seebär versuchte, zwei jungen Matrosen das Stepptanzen näherzubringen. Frustriert fraß er einen der beiden Lernunwilligen, worauf er wieder zurück in seinen Käfig geschleift werden musste. Langsam zog sich der Himmel zu und die ersten Regentropfen gingen da nieder auf das Schiffsdeck.

„Schade", sprach Gilbert. „Gerade, wo ich am Gewinnen war."

„Du und gewinnen?", lachte die Elfe. „Du schuldest mir schon zwanzig Dorsch!"

„Nimmst du auch Trigel?"

Plötzlich erfasste zu Gilberts Glück eine Böe das Spiel und fegte einige der Karten hinfort, dass kein Gewinner mehr hätte festgemacht werden können. Mit einer Hand seine Frisur vor Wassertropfen zu retten versuchend, fischte er mit der anderen nach den umherfliegenden Karten. Ob einer ungünstigen Bewegung rutschte ihm sein vertraulicher Brief aus der Innentasche heraus, verselbständigte sich und wehte fast über die Reling, konnte von Gilbert jedoch im letzten Momente noch erhascht werden.

„Was hast du denn da?" Mara hatte sich die restlichen Karten und das Fass unter den Arm geklemmt und kam neugierig auf ihn zu.

„Ach, das hier? Das … ehm … das ist gar nichts." Er stopfte den Brief eilig zurück in sein Jäckchen.

„Liebe Mitreisende." Ein Seemann unterbrach sie zu Gilberts Erleichterung, um hoffentlich gekonnt das Thema zu wechseln. „Wir sind bisher gut im Zeitplan. In knapp einem Tag erreichen wir die Morgentau-Insel."

Verdammt. Das brachte Gilbert in Erklärungsnot und die Mannschaft um ein gehöriges Trinkgeld.

„Morgentau?“ Mara sah den Matrosen verwirrt an. „Aber ich dachte wir …“ Dann stieg in ihren Augen die Erkenntnis und sie erhob die Stimme: „Gilbert …?“

Der Abenteurer machte ein paar Schritte nach hinten, da ihm die Elfe beängstigend nah zu kommen drohte. „Na ja, weißt du; ich dachte, wir könnten ja eine Art Umweg nehmen. Es ist auch nur ein ganz Kleiner.“

Mara presste die Zähne aufeinander und knurrte: „Um was zu tun?“

„Vielleicht ist da ja ein klitzekleiner Drache, den wir ganz kurz –“

Sie stampfte auf, dass der Dielenboden knarrten: „Du willst mich wohl verarschen?!“

Ein zweiter Matrose lief zu dem Kapitän, in dessen Eckhut sich mittlerweile genügend Wasser angesammelt hatte, um auf sein kaputtes Musikinstrument zu laufen. „Ein Unwetter ist im Anmarsch!“

„Das sehe ich auch!“, entgegnete dieser. „Und keiner unternimmt was! Wer ist denn hier eigentlich für diesen Dreckskahn zuständig?!“

„Das seid Ihr, Käpt'n!“

„Stimmt, richtig. Ich vergaß. Ja, dann mal alle auf Position, ihr räudigen Seeratten!“ Endres schmiss seine Leier von Bord und eilte zum Steuer.

In der Zwischenzeit hatte Mara Gilbert fest in eine Beinklammer gehoben. „Gilbert … Sag endlich: Was ist in dem Brief?“

„Nette Worte … hn … an meine Mutter?“, ächzte dieser unter Schmerzen.

Mara wurde es zu bunt und so zog sie unter anfänglicher Gegenwehr, die nur durch Schläge und Atemnot zu stoppen gewesen war, den Brief aus seiner Tasche und ließ von ihm ab. Er rang noch nach Luft, da hatte sie schon das Siegel gebrochen.

Mit jedem Wort, jedem Satz krallte sie sich tiefer in das durchnässte Papier, bis sie schließlich mit gekränkter Stimme zu ihm sprach: „Das war die ganze Zeit dein Plan? Du erzählst mir hier sonst welche Geschichten, enthältst mir aber Dinge wie diesen Brief hier vor, der uns eine Menge Arbeit erspart hätte, nur um einen dummen Drachen zu jagen?"

„Was sollte ich denn machen?", japste Gilbert, sich gerade so auf den Beinen haltend. „Du wärst doch nie freiwillig mitgekommen!" Der Himmel verdunkelte sich zunehmend und schwere Wolkenberge zeugten als Vorboten vom nahenden Unwetter. „Warum ist dir das mit diesen reichen Schnöseln überhaupt so wichtig?! Das kann dir doch völlig egal sein!"

„Das –" Mara stockte. „Ach, halt doch endlich den Mund! Wir haben hier wichtige Dinge zu erledigen und was machst du?!" Sie kam auf ihn zu und drückte ihm den Finger gegen die Brust. „Du sabotierst mal wieder das ganze Unterfangen! – Wenn du hören könntest, was das Fass dazu zu sagen hat!"

Langsam wurde es auch Gilbert, der sich bei dem Wetter bestimmt eine Lungenentzündung einfangen würde, zu viel, versuchte er doch nur, alles zu einem guten Abschluss zu bringen. „Dieses bescheuerte Fass spricht aber nicht! Es ist nämlich nur …" Er versuchte, im stärker werdenden Regen das Fass an sich zu reißen, konnte es jedoch nicht aus Maras überraschend starkem Griff entwinden, und zankte mit ihr darum.

„Lass los!", schrie die Elfe und versuchte, ihn mit ihrem Stiefel auf Abstand zu bringen, doch er ließ nicht locker.

„… nur ein dummes, ngh … Fass!" Mit einem plötzlichen Satz langte er nach dem Fass und konnte es – zum Schreck der Elfe – beinahe an sich bringen, doch entglitt es seinen regennassen Fingern, als just in dem Moment ein Blitz sich durch den angestauten Himmel zog. Das Fass ging unter einem grausigen Grollen zu Boden, zerschellte an den hölzernen Planken des Decks und gab nun seinen leblosen Inhalt preis.

Gilbert und Mara sahen ungläubig darauf und in ihnen machte sich erst Bestürzung, dann tiefe Trauer ob des Verlustes breit. Sie sprachen nicht, sie sahen es nur an, denn keine Worte konnten sie finden.

Nach dieser kurzen Stille entfuhr es Mara: „Ich muss hier weg!" Sie wandte sich von Gilbert ab und lief zu dem einzigen Beiboot.

Ein Matrose eilte ihr hinterher, als sie sich an den Leinen zu schaffen machte: „Aber Fräulein! Ein Sturm zieht auf! Das ist viel zu gef–"

„Lasst mich alle in Frieden!", brüllte die Elfe ihm entgegen und schlug ihm in den Magen, dass er vor ihr zusammenklappte, ganz wie ein Kartenhaus, dem man eine wichtige Stütze nahm.

Während sie die Seile des Beibootes löste, wurde Gilbert endlich bewusst, dass das Fass wichtig gewesen war.

Mara machte bereits das Beiboot klar und hatte sich schon hineinbegeben, als Gilbert – der Situation gewahr werdend – zu ihr an die Schiffsbrüstung eilte. „Mara! Ich wollte doch nicht … Bitte, gib mir noch eine Chance!"

„Nein!", brüllte die Elfe über das Rauschen der Wellen und die einfallenden Regenmassen hinweg. „Das war deine letzte Chance!"

Gilbert wusste nicht weiter und so rief er nur: „Aber ich bekomme doch immer noch eine Chance …!"

„Nimmermehr!"

Er versuchte, Mara zu stoppen, doch sie hatte das Boot bereits ein Stück hinuntergelassen, dass er sie nicht mehr erreichen konnte. „Ich habe doch so viel durchgemacht, um wieder mit dir …"

Die Elfe schüttelte nur den Kopf und wandte sich ab. „Und doch machst du immer wieder die gleichen Fehler." Das Boot setzte auf den rauen Wassern auf und war bald schon nur noch ein kleiner Punkt in der Ferne.

Noch eine Weile stand er zeitvergessen da und sah ihr nach. Er konnte sie sogar ein wenig verstehen. Sollte er umdrehen? Vielleicht war der Drache ja auch schon fort. Aber wollte er nicht, dass dort ein Drache sei?

Gerade hatte er sich unter Deck begeben, um in Selbstmitleid statt in den Regenmassen zu ertrinken, da brüllte jemand: „Da vorne, in den Wellen!" Schnell lief er wieder hinauf und mit einigen Seefahrern presste er sich an die Reling. Doch die immer höher peitschenden Wassermassen machten es schwer, etwas darin zu erkennen.

„Dort! Da ist etwas!", schrie einer der Matrosen.

Finsternis löste sich aus den Wellen. Konnte es denn sein? Ein Leviathan oder gar der sagenumwobene Seekuhsaurus-Rex? Gilbert war nicht sicher, ob er da überhaupt etwas sah, aber das Schiff begann so heftig zu schwanken, dass er sich nur mehr unter erheblichen Anstrengungen am Geländer halten konnte, um nicht von Bord gerissen zu werden. Wohin er auch blickte, war nur noch Wasser. Unter ihm die See und von oben prasselten Sturzfluten herab. Könnte er es sich aussuchen, so wollte er doch lieber an den Regenmassen ertrinken, denn an den Meeren – war der Regen wenigstens nicht salzig. Der erste Matrose ging von Bord und ein weiterer – offenbar sein heimlicher Verehrer – gleich hinterher. Zwei Männer mussten den Kapitän an das Steuer ketten, da er versucht hatte, sich mit einem Speer in die Wogen zu werfen, das womögliche Biest in einem gewiss nicht ganz ausgeglichenen Zweikampfe niederzustrecken.

Sie gerieten immer tiefer in den Sturm, der sie zu verschlingen drohte. Dann krachte es mit einer Gewalt, dass die ersten Bretter brachen und Gilbert sich an hrista klammerte, da Lipide im Wasser besonders gut oben treiben sollten.

Ob Welle oder Ungetüm: Etwas hatte das Schiff erfasst und warf es, einem Spielball gleich, durch die dareinbrechenden Fluten. Gilbert begann zu schreien und die Zwergin gleich mit, da er sich mit aller Kraft an ihrem Bart festklammerte. Das Wasser schwoll, das Holz barst und den Geräuschen nach die halbe Mannschaft gleich mit, ehe sich Schwarz in Schwarz verschlang und nur die Dunkelheit zurückblieb.

Dann Stille.

War das sein Ende? Sollte es wirklich so enden? Ohne Ruhm und schnell vergessen – so kurz vor dem Ziel? Nein, das konnte es nicht sein. Er konnte seinen Gedankengängen noch folgen, das hieß, er war am Leben! Kraft seiner Gedanken öffnete er langsam die Augen. Das Licht schlug ihm gleißend hell ins Gesicht. Er schmeckte Sand und spürte den Boden unter sich. Oh, geliebter Boden! Geliebter Himmel und geliebte tote Schiffsmannschaft, verteilt über den ganzen Sandstrand! – Moment.

Langsam und unter Schmerzen stand Gilbert auf, entfernte letzte Barthaare von seinen Fingern und sah sich um. Teile des Schiffswracks wurden mit den Wellen an den Strand gespült. Überall lagen tote Seeleute. Und noch viel schlimmer: Seetang. Wie lange hatte er in den Fluten gekämpft? Wie viel Zeit war vergangen? Alles schmerzte ihm. Und die Elfe war bestimmt ebenso in den Wellen versunken. Er war wirklich sauer auf sie. Doch eigentlich war es nur seine innere Wut, die hinausmusste, und so nahm er den ergrauten Anhänger, den er noch immer am Hosenbund trug, und schleuderte ihn Richtung Meer – oder versuchte es zumindest, denn die Kette hatte sich an einem Knopf verheddert, dass ihm der Wurf nicht glücken wollte, und schlug ihm gegen sein Knie.

Gilbert seufzte und sah sich weiter um. Seinen herausragenden Geografiekenntnissen zum Dank wusste er, dass er eigentlich nur auf einer Insel angeschwemmt worden sein konnte: „Die Morgentau-Insel!“ – Oder wenn es ganz schlecht gelaufen war, dann auf der Insel der menschenfressenden Riesenoger ohne Tischmanieren, aber das glaubte er nicht. Seine Lippen waren aufgerissen und seine Zunge fühlte sich trocken an. Er kraxelte über Strandgut, Kisten, Planken und Beine, bis er etwas ganz in der Nähe bemerkte: Die verzierte Truhe des Kapitäns war unweit angeschwemmt worden und aufgebrochen, sodass ihr Inhalt ringsum verteilt im feuchten Sand lag. Er watete zu ihr hinüber. Neben etlichem Tand wie Reliquien des Heiligen Erzfeuers und einer gut sortierten Bartsammlung befand sich darin auch ein goldenes Schwert, Parier und Knauf besetzt mit bunten Edelsteinen.

Gerade wollte er es aufnehmen, da packte ihn jemand am Bein, dass er erschrak. „Nur über meine Leiche!", ächzte der lädierte Kapitän Endres, halb mit dem Steuerrad verknotet, halb unter einigen Fässern mit besonders edlem Grog begraben, welchen er mit Gilberts Gold gekauft haben musste. „Das ist meine Truhe!"

Unbeirrt riss Gilbert sich von dem Mann los. Zu einer besseren Stunde hätte er ja um Erlaubnis gebeten, doch schwere Zeiten erforderten schwere Taten, und schwere Taten erforderten eindrucksvolles Kriegswerkzeug. Und so nahm er das goldene Schwert an sich und stieg weiter über Schlamm und Schlick. Das Schwert müde hinter sich herziehend, stapfte er den Strand entlang, während der Kapitän noch in der Ferne jammerte: „He, ich sagte, nur über meine Leiche! Och, menno …"

Der Strand

— Kapitel 19 —

Allein und unter Schmerzen lief Gilbert die Küste hinab, vorbei an manch zerklüfteten Klippen und von der Gischt ganz glänzend-rutschigen Felsplatten. Da sah er in der Ferne eine Dortel. Der helle Sand knirschte unter seinen Sohlen – audiophile Menschen wären davon sehr angetan! – und eine Brise wehte einen Hauch frisch schmeckender Seeluft in sein Gesicht.

Das Federtier stand mit dem Blick auf die Flut gerichtet und ruderte wie wild und unter sichtbarer Anstrengung mit seinen stummeligen Flügelchen.

Gilbert beobachtete das Tier gespannt, während er sich annäherte, und fragte dann: „Was machst du denn da, kleiner Vogel?"

„Ich versuche zu fliegen, und selbst?!"

„Aber Dorteln können doch gar nicht fliegen“, schmunzelte Gilbert, sogleich geplagt von einem starken Ziehen in seinem Zwerchfell.

Die Dortel wandte sich dem fragend dreinblickenden Abenteurer entnervt zu. „Glaubst du, ich weiß das nicht? Ich bin ja nicht blöd!“

„Warum tust du’s dann?“, wollte Gilbert wissen.

„Warum nicht? Wer soll mich denn davon abhalten?“

„Na ja“, sprach er langsam, „also vielleicht … irgendeine höhere Macht? Eine riesige, fliegende Schildkröte zum Beispiel?“ Gilbert kam sich überaus gewitzt vor, wurde jedoch sogleich von den sparsamen Blicken der Dortel verunsichert. Er dachte nach: „Du hast ja offensichtlich keine passenden Flügel, bist also gar nicht dazu geschaffen, zu fliegen.“

„Das ist mir zu blöd.“ Sie wandte sich ab und tapste den Sandstrand entlang von dannen.

„He! Halt, warte!“ Gilbert eilte – so rasch er es in seinem Zustand konnte – hinterher und holte den Vogel nach fünf Morfel schnaufend ein. „Du wirkst, als wüsstest du Dinge. Dinge, die vielleicht wichtig sein könnten. Ich suche einen Drachen.“

„Also gut.“ Die Dortel hopste auf einen Felsen, um mit Gilbert auf Augenhöhe zu stehen. „Warum tust *du* denn, was du tust?“

„Nun ja …“ Gilbert beugte sich in Richtung des Vogels und fuhr sich nachdenklich durchs Haar. Normalerweise lagen ihm Antworten sogleich auf der Zunge, doch gerade machte sich eine leichte Verunsicherung in ihm breit. Nach einer kurzen Bedenkzeit, in der die Dortel zweimal beinahe eingenickt wäre, wusste er es wieder: „Weil es meine Bestimmung ist – und wohl irgendwie auch meine Leidenschaft! Weißt du, eine vollbusige Wasserfrau erzählte mir –“

„Ach, alles Blödsinn!“, unterbrach ihn die Dortel. Sie hopste noch einen Felsen höher. „Weißt du, was ich glaube? Der Leser treibt dich voran.“

„Eh, was?“ Gilbert stockte.

„Na, *der Leser!* – Oder Zuhörer, oder wie auch immer du es nennen willst.“

„Ich verstehe nicht, was du …“ Es fiel ihm schwer, sich zu konzentrieren, da es nunmehr aus allen Wunden, derer er sich bis jetzt nicht bewusst gewesen war, in den letzten Minuten begonnen hatte zu bluten.

Die Dortel neigte den Kopf zur Seite, rollte mit den kleinen Äuglein und brummte: „Vergiss es einfach. Ist jetzt auch egal.“

Egal. Das sagte sich so einfach. Was, wenn der Vogel recht hatte? Was war dann noch real? Der blaue Himmel dort oben? Der nasse Sand unter seinen Füßen? Und das Muttermal auf seinem linken Innenschenkel, das die Form eines ganz normalen Muttermales hatte – nur viel größer?

„Das klingt doch alles recht unglaubwürdig.“ Gilbert hob das Wams an, um seine Wunden zu besehen, friemelte es jedoch beim sich ihm bietenden Anblick eilig wieder zurecht. „Ja, es drängt mich, zu tun, was ich tue. Doch *was* ich tue, das tue ich aus freien Stücken. Es ist immer schon allein meine Entscheidung gewesen.“ Er richtete sich auf und streckte die Brust heraus. „Ich kann tun, was immer ich will.“

„Ist das so?“

„Ich glaube, ich bin zumindest so frei, wie ich sein muss, und der Rest, ja, der ist wirklich gar nicht so wichtig. Was kommt, kommt. Ich gehe jetzt los – einen Drachen töten.“

„Du, ganz allein?“ Der Vogel blinzelte ihn mit großen, ungläubigen Augen an. „Das ist doch Wahnsinn.“

„Du hast ja selbst gesagt“, entgegnete Gilbert. „Ich muss es tun. Und wenn ich dir Glauben schenken darf, dann habe ich eh keine Wahl. Wer würde denn jetzt noch ein schlechtes Ende herbeischreiben?“

„Ach bitte“, sprach die Dortel. „Schau dich an. Es ist doch schon vorbei.“

„Das werden wir ja sehen." Er klopfte auf den Stein, auf dem der Vogel stand. „Schönen Tag noch. Und viel Erfolg weiterhin!"

Gilbert wandte sich ab und folgte dem Strand behäbig eine ganze Weile weiter, bis dieser sich in einer großen Grünfläche, umringt von felsigen Brocken, auflöste. Er musste sich etwas beeilen, um nicht mit aufgelöst zu werden, und stand nun inmitten des ruinengleichen Felsschlages. Knochen lagen verteilt über den Platz und auch den Beutel voll Waffen, welchen die Schwalbenbande mit sich geführt hatte, konnte er ausmachen. Man hatte ihn nicht in die Irre geleitet: Der Drache war hier. Nun fühlte er sich etwas schlecht, den jungen Burschen in der Kneipe so angegangen zu sein. Der Drache war hier. Irgendwo. „Elendes Drachentier! Komm raus und zeig dich!", brüllte Gilbert über den Schlag.

Nichts.

„Ich bin Gilbert, Abenteurer und zukünftiger Drachentöter aus Langweil!"

Wieder nichts.

Er sah sich gerade ein wenig um, hatte er doch einige Banner von Rittern und auch Teile derer Rüstungen hier und da im Gras entdeckt, manche schon überwuchert und von manch edler Absicht zeugend, da hörte er ein Knurren, erst leise, dann lauter werdend, und zweifelsohne immer näher kommend. Der Boden begann zu beben und so tat es auch sein Herz. Er würde beenden, was keiner vor ihm vermocht hatte. Die ganze Reise, sein Weg, hatten ihn doch so viel reifer werden lassen, hatten ihn so vieles gelehrt. – Er stutze. Ja, was denn eigentlich?

Aus einem breiten Spalt zwischen zwei Felsen glühte ein Paar großer, gelber Katzenaugen hervor. Dann mit einem Ruck, auf einmal, schwang sich die Bestie hinaus, landete direkt vor dem aus Panik gestürzten Gilbert und breitete die enormen Flügel weit aus. Die Schuppen des Drachen waren dick und dunkelgrün, der Körper übersät von Waffenspuren. Seine Nüstern bebten und sein Blick war voller Zorn auf den kleinen Menschen vor sich gerichtet, der sich da traute, ihn zu stören. Dann hob das Monstrum den Kopf und durch die langen, unzähligen Zähne hindurch erspähte Gilbert ein Glühen.

Er rollte sich im letzten Moment ab und bezog Deckung hinter einem Haufen Geröll, bevor die monströse Echse die Stelle, an der er eben noch gestanden hatte, in ein Flammenmeer tauchte. Obwohl er sich in sicherer Distanz befand, so war die Hitze doch fast unerträglich und brannte auf seiner Haut. Doch an Aufgeben war nicht zu denken. Nicht jetzt.

Hastig spurtete er hin zu dem nächstgrößeren Felsen und griff sich einen schweren, angesengten Schild, welchen er noch von einem daran baumelnden Arm befreien musste. Ängstlich und voller Anspannung, die ihn seine Schmerzen vergessen ließ, lugte Gilbert hinter dem Fels hervor. Der Drache drehte sich nach allen Seiten, um den Störenfried ausfindig zu machen.

Mut. Gilbert musste nur Mut fassen und alles andere vergessen. Denn nichts war sonst noch wichtig. Er atmete tief ein, wie er es aus einem Buch seiner Mutter über eine gesündere Lebensführung gelernt hatte. Das war der Moment. Sein Moment.

Er trat hinter dem Fels hervor und ging wackeren Schrittes auf den Drachen zu. Das Schwert erhoben, welches in einer Nahaufnahme anmutig in den Himmel ragte, dass das Sonnenlicht in seiner Schneide reflektierte, wie man es aus den ganzen epischen Kampfszenen von allerlei Fantasystreifen kennt.

Er gab einen brachialen Kampfschrei von sich, den er die Woche zuvor noch vor dem Spiegel geübt hatte, bis Mara ihn zornig davonjagte, laut und furchteinflößend – und wurde kurzerhand in einem Teil durch des Ungetümes Maul verschlungen.

Und alle Tiere des Waldes, die Vöglein, die Habichte, die kleinen roten, knuffigen und die bösen dunkelbraunen Eichhörnchen, die Rentiere und Ameisenbären – Moment, die waren alle tot –, sowie die Otter und Wisente auf den Ästen weinten um den Helden, der vermutlich gar keiner war, auch nie gewesen war oder hätte sein können.

Und wenn sie nicht gestorben sind – abgesehen von denen, die zu diesem Zeitpunkt schon tot waren – dann leben sie, bis sie dann auch endlich wegsterben.

Ende.

Halt, Augenblick. Das Ende ist doof. Gefällt mir nicht. Streicht die letzten beiden Absätze.

Also: Gilbert kommt halt so auf den Drachen zugestapft, das Schwert episch in der Sonne, *Blah Blah* … UND DANN … stolpert er über seine eigene, zerrissene Hose und zieht sie sich im Fallen mitsamt Unterzeug aus purer Tölpelhaftigkeit selbst aus! Er hat also gar keine Unterwäsche mehr an. Mann, ist das peinlich.
… ach ja, und dann wird er von dem Drachen gefressen.

Ja, das ist viel lustiger. Was ein Idiot.

Ende.

Gewidmet der scheidenden

Sozialdemokratie.

Toll, dass du es bis hierher geschafft hast!
Weiter geht es irgendwann in Band zwei.

Mein Dank geht an meine Familie, Freunde, meine mich (hoffentlich) liebende Frau, den Typen, der mir neulich beim Asia-Imbiss einen Euro schenken wollte, und den verdammten Ohrwurm, den ich nicht mehr aus dem Kopf bekomme.

Raum für unnütze Notizen oder die Nummer vom Pizzalieferdienst